LUCÍA DE LA VEGA

COMISARIA FIOL

UND DER TOD IM NETZ

EIN MALLORCA-KRIMI

KNAUR

Besuchen Sie uns im Internet:
www.knaur.de

Aus Verantwortung für die Umwelt hat sich die Verlagsgruppe Droemer Knaur zu einer nachhaltigen Buchproduktion verpflichtet. Der bewusste Umgang mit unseren Ressourcen, der Schutz unseres Klimas und der Natur gehören zu unseren obersten Unternehmenszielen. Gemeinsam mit unseren Partnern und Lieferanten setzen wir uns für eine klimaneutrale Buchproduktion ein, die den Erwerb von Klimazertifikaten zur Kompensation des CO_2-Ausstoßes einschließt. Weitere Informationen finden Sie unter: www.klimaneutralerverlag.de

FSC
www.fsc.org
MIX
Papier aus verantwortungsvollen Quellen
FSC® C014496

Originalausgabe Februar 2022
Knaur Taschenbuch

Ein Imprint der Verlagsgruppe
Droemer Knaur GmbH & Co. KG, München

Redaktion: Bernhard Stäber
Covergestaltung: ZERO Werbeagentur, München
Coverabbildung: Collage aus mehreren shutterstock/Images und Alamy/Images
Satz: Adobe InDesign im Verlag
Druck und Bindung: GGP Media GmbH, Pößneck
ISBN 978-3-426-52806-8

2 4 5 3 1

KNAUR

Über die Autorin:
Lucía de la Vega (*1982) ist in Sóller (Mallorca) aufgewachsen und studierte Jura an der Universität der Balearen. Nach einigen Jahren Tätigkeit als Rechtsanwältin machte sie ihr neben der Literatur größtes Hobby – das Sporttauchen – zu ihrem Hauptberuf und managte fünf Jahre lang ein Tauchsafari-Schiff in Indonesien. Heute lebt sie mit ihrem mallorquinischen Lebensgefährten in Palma und arbeitet als freiberufliche Autorin und Übersetzerin.

Für Tomeu

Prolog

Das Klingeln der Weckfunktion riss sie aus einem unruhigen Schlaf. Benommen griff sie nach dem Handy, das auf dem Nachttisch lag, und stoppte den Alarm. Dann schaltete sie das Telefon ein. Als Erstes checkte sie ihren Instagram-Account. Voller Freude stellte sie fest, dass sie über Nacht zwei neue Follower hinzugewonnen hatte. Sogleich verwandelte sich die Heiterkeit jedoch in Ärger, als sie einen bösen Kommentar unter einem Foto las, das sie am Vorabend gepostet hatte.

Um 1:43 Uhr hatte IAmTheRealQueen geschrieben: »Du hässliche Kuh wirst es nie schaffen!«, gefolgt von Tränen lachenden Emojis.

Sie drückte die App weg und warf die Bettdecke zurück. Als sie sich aufsetzte, wurde ihr kurz schwarz vor Augen. Sie atmete einige Male tief durch und versuchte, das Grummeln in ihrem Magen zu ignorieren. Dann stand sie mit leicht wackeligen Beinen auf und verließ das Schlafzimmer. Draußen war es noch stockdunkel, aber in der Küche brannte bereits Licht. Wahrscheinlich saß ihre Mutter wieder einmal am gedeckten Frühstückstisch.

Sie ging ins Bad und setzte sich auf die Toilettenschüssel. Ihr Herzschlag beschleunigte sich, denn nun stand der wichtigste Moment des Tages an. Sie tätigte die Spülung und holte die Digitalwaage unter dem Badezimmerschrank hervor. Hastig zog sie ihren Schlafanzug aus, dann stieg sie mit angehaltenem Atem auf die Waage. Ein paar Sekunden lang starrte sie ungläubig auf die Gewichtsanzeige. Sie zeigte 200 Gramm mehr an als am Vortag. Augenblicklich machte sich das schlechte Gewissen in ihr breit, und sie hatte Mühe, die aufsteigende Verzweiflung zu unterdrücken. Es musste der Apfel sein, den sie gestern Abend noch gegessen hatte. Sie hätte der Versuchung nicht nachgeben dürfen, dabei hatte sie doch den ganzen Tag so gut durchgehalten! Nun jedoch war es zu spät, sie konnte es nicht mehr rückgängig machen. Zur Strafe würde sie eine Extraeinheit im Fitnessstudio einlegen müssen. Resigniert schob sie die Waage zurück an ihren Platz. Dann putzte sie sich die Zähne und begann mit ihrer morgendlichen Schminkroutine.

Fünfzehn Minuten später betrachtete sie das Ergebnis im Spiegel. Sie war zufrieden. In den vergangenen Monaten hatte sie sich dank etlicher YouTube-Videos in einen wahren Schminkprofi verwandelt. Ihre eben noch fahle Gesichtshaut strahlte nun rosig, und ihre langweiligen braunen Augen hatten durch den perfekt gezogenen Lidstrich einen verführerischen Ausdruck bekommen. Der im Nude-Ton gehaltene Lippenstift passte farblich exakt zu ihren manikürten Fingernägeln, und die sündhaft teure Mascara hatte ihren Wimpern einen wunderbar geschwungenen Touch verliehen. Nun musste sie nur noch ihre Haare mithilfe des Glätteisens ein wenig in Form bringen.

Nachdem auch das erledigt war, schoss sie mit dem Handy ein Dutzend Selfies vor dem Spiegel. Dann postete sie das Foto, auf dem ihr Gesicht am schmalsten wirkte, auf ihrem Instagram-Account.

Sie verließ das Bad und kehrte ins Schlafzimmer zurück. Dort schlüpfte sie in schwarze Sportleggings und ein kurzes rotes Top mit eingenähtem Push-up-BH. Ein prüfender Blick in den großen Wandspiegel ließ sie innehalten. Tatsächlich schien es, als hätte sie an den Hüften zugelegt. Aber wie konnte das sein? Waren es vielleicht immer noch die Auswirkungen von Patricias Geburtstag vor zwei Wochen, als sie ein Stück Kuchen gegessen hatte? Angewidert wandte sie den Blick vom Spiegel ab und griff nach ihren neuen pinken Sportschuhen. Sie musste los, sonst blieb ihr im Fitnessstudio nicht genügend Zeit.

Im Flur hörte sie ihre Mutter aus der Küche rufen. »Schatz, ich habe Orangensaft und Toast gemacht.«

»Danke, Mama«, erwiderte sie. »Aber ich muss los, ich bin in Eile.«

Ihre Mutter kam in den Flur. Jetzt würde sie ihr gewiss wieder eine Standpauke halten.

»Schatz, du bist so dünn. Bitte iss etwas, bevor du wieder Stunden im Fitnessstudio verbringst.«

»Keine Sorge, Mama, auf dem Weg hole ich mir noch schnell ein Croissant beim Bäcker!« Dem Gesichtsausdruck ihrer Mutter war anzusehen, dass sie ihr kein Wort glaubte. »Wir sehen uns heute Abend, Mama. Hab einen schönen Arbeitstag!«

Sie ließ die Haustür hinter sich ins Schloss fallen und trat in den noch dunklen Morgen.

MONTAG,
9. SEPTEMBER 2019

Kapitel eins

Saskia Schneider ging in moderatem Tempo den Hügel hinauf und verfluchte gedanklich ihren Mann, der gute zwanzig Meter vor ihr lief. Es war ihr dritter Urlaubstag auf Mallorca, und schon wieder hatte Gerd darauf bestanden, so früh wie möglich zu den Wanderwegen aufzubrechen. Gestern hatten sie bereits um 11 Uhr vormittags den Gipfel des l'Ofre erreicht, einer der höchsten Berge, die das Tal von Sóller umgaben. Und auch heute hatte der Wecker sie um Punkt 6:30 Uhr wachgeklingelt.

»Schatz, es ist unser erster Urlaub in diesem Jahr, und ich würde gerne endlich mal ausschlafen«, hatte sie ihn vor über einer Stunde angeraunzt.

»Es ist noch Hochsommer!«, hatte Gerd erwidert. »Wenn wir uns nicht früh auf den Weg machen, müssen wir in den schrecklich heißen Mittagsstunden laufen.«

Saskia war resigniert aufgestanden und hatte sich in ihre Wanderkleidung geworfen. Selbstverständlich hätte sie auch einfach im Bett liegen bleiben und ihren Mann alleine losziehen lassen können. Aber unter normalen Umständen bekam sie Gerd durch seinen stressigen Beruf als Investmentmanager schon kaum zu Gesicht. Da wollte sie nicht auch noch im Urlaub auf seine Gesellschaft verzichten. Also hatte sie sich zusammengerissen und war ihm schweigend zum Frühstück gefolgt.

Um die frühe Uhrzeit waren sie vollkommen allein auf der Hotelterrasse gewesen. Nicht einmal Andreas Lindner, dem

Eigentümer ihres Landhotels, der stets schon in aller Früh seine Gäste begrüßte, waren sie über den Weg gelaufen. Nur Catalina, die mallorquinische Rezeptionistin, hatte ihnen mit verschlafenem Gesicht ein kleines Frühstück serviert.

Während der kurzen Autofahrt bis an den Ausgangspunkt der Wanderroute hatten sie sich dann erneut gestritten. Saskia hatte Gerd vorgeschlagen, im Wechsel einen Tag früh aufzustehen, um Wanderungen zu unternehmen, und einen Tag auszuschlafen und sich dann gemütlich an den Strand zu legen. Ihr Mann jedoch war gar nicht auf den Kompromiss eingegangen. Stattdessen hatte er damit begonnen, Saskia einen Vortrag über die Historie des alten Wachturms zu halten, der an diesem Morgen als Erstes auf seiner Liste stand, bevor sie die längere Wanderung in Richtung Sa Costera beginnen wollten.

»Siehst du, genau das meine ich«, hatte sie ihn angefahren. »Ich schlage dir eine gerechte Freizeitgestaltung vor, bei der wir unseren Urlaub gemeinsam verbringen können. Ich gebe ein wenig nach und du gibst ein wenig nach. Aber du hörst mir nicht mal zu, sondern schwafelst mich schon wieder ständig mit deinen mittelalterlichen Piratengeschichten voll.«

»Aber es geht hier gar nicht ums Mittelalter«, hatte er gereizt erwidert. »Wenn *du* mir doch nur einmal zuhören würdest! Ich habe ja gerade eben gesagt, dass die Torre Picada 1614 gebaut wurde. Da war, soweit ich weiß, das Mittelalter schon längst vorbei!«

»Gerd! Du verstehst wirklich gar nichts. Mir geht es in diesem Moment nicht um das Baujahr von irgendeinem dämlichen Wachturm, sondern um unseren gemeinsamen Urlaub, verdammt noch mal!«

Sie war ziemlich laut geworden, und Gerd hatte daraufhin wie gewohnt nur noch geschwiegen. Das war typisch für ihren Mann. Wenn er keine Antwort parat hatte, aber trotzdem keinen Kompromiss eingehen wollte, schwieg er einfach.

Als sie nach nicht einmal zehn Minuten Autofahrt bei der Stelle ankamen, ab der sie zu Fuß weitermussten, parkte Gerd den Wagen, knallte die Fahrertür zu und begann, den schmalen Weg hochzulaufen.

Saskia war so wütend gewesen, dass ihr Tränen in die Augen stiegen. Doch sie beschloss, sich den Tag von Gerd nicht verderben zu lassen. Nun, da sie sowieso schon hier war, konnte sie sich den alten Wachturm auch anschauen. Aber danach würde sie zurück ins Hotel fahren. Sollte ihr von Mallorcas Geschichte besessener Mann doch alleine durch die Berge streifen und sich später ein Taxi nehmen, um zurückzukehren.

Saskia beschleunigte ein wenig ihr Tempo, denn sie hatte Gerd schon fast aus den Augen verloren. Sie hatten den schmalen Asphaltweg verlassen und befanden sich nun auf einem breiten Pfad inmitten eines Pinienwalds. Zwar war es unwahrscheinlich, dass sie sich verlief, aber sie hatte es wie immer Gerd überlassen, die Route im Reiseführer nachzuschlagen. Daher war es besser, ihn nicht komplett aus ihrem Blickfeld zu verlieren.

Keine Menschenseele kreuzte ihren Weg, was für die frühe Uhrzeit jedoch nichts Ungewöhnliches war. Die Mehrzahl der Wandertouristen begann ihre Ausflüge erst ein wenig später, und auf Einheimische traf man meist nur am Wochenende.

Saskia spürte, dass sie dringend musste. Der Kaffee und der Orangensaft drückten auf ihre Blase. Obwohl sie außer dem Rauschen des Meeres und dem Zwitschern der Vögel keinen Laut vernahm, überprüfte sie, dass niemand in der Nähe war, bevor sie sich hinter einen Busch hockte.

Als sie zwei Minuten später erneut auf den Pfad trat, sah sie Gerd nicht mehr. Sie unterdrückte den Impuls, nach ihm zu rufen. Diese Genugtuung wollte sie ihm nicht geben. Stattdessen lief sie mit schnellen Schritten den breiten Weg weiter hinauf. Nach ein paar Kurven lichtete sich der Pfad, und der Weg wurde ebener, aber noch immer konnte sie Gerd nicht sehen.

Urplötzlich durchbrach ein Schrei die friedliche Stille. Es war Gerd. Saskia hielt wie angewurzelt in ihrer Bewegung inne. Was war passiert? Ihr Herz begann wie wild zu pochen und ihr ohnehin schon beschleunigter Atem ließ sie fast keine Luft bekommen. Hektisch drehte sie sich in alle Richtungen, konnte aber niemanden sehen.

Dann hörte sie Gerd erneut schreien. »Hilfe! Saskia! O mein Gott!«

Saskia rannte den Pfad weiter hinauf.

»Gerd, was ist los? Bist du verletzt?«, rief sie.

Noch bevor sie eine Antwort hätte erhalten können, erblickte sie ihren Mann. Er stand vor dem imposanten Wachturm und schaute zu etwas hinauf. Sie folgte seinem Blick. Eine Sekunde später schrie auch sie.

Kapitel zwei

Andreas Lindner saß auf der Terrasse seines Häuschens und kraulte Bobs Kopf. Der Labradormischling sah ihn aus traurigen Augen an.

»Ja, ich weiß, du vermisst Marie auch. Aber morgen kommt sie uns ja wieder besuchen.«

Andreas griff sich die Tasse, die vor ihm auf dem Steintisch stand, und nahm einen Schluck Kaffee. Er hatte eine unruhige Nacht verbracht und war in den frühen Morgenstunden immer wieder hochgeschreckt, weil er ein ums andere Mal von Marie geträumt hatte. In seinen Träumen gingen sie Hand in Hand am Meer spazieren, sahen eng umschlungen der untergehenden Sonne zu oder fielen leidenschaftlich übereinander her. Doch Ernüchterung machte sich jedes Mal in ihm breit, wenn er aufwachte und realisierte, dass er noch immer alleine in ihrem gemeinsamen Bett lag.

Trotzdem war er guten Mutes, dass Marie bald wieder in ihr gemeinsames Heim zurückkehren würde. Seit nunmehr drei Monaten wohnte sie in Palma, in der Wohnung ihrer Freundin Lilly, die vorübergehend aufs Festland gezogen war. Nach den schrecklichen Ereignissen im Frühjahr hatte Marie Distanz zwischen sich und ihn bringen wollen. Er hatte Jahre zuvor einen One-Night-Stand mit einer Arbeitskollegin gehabt. Sandra Russo hatte sich als gefährliche Stalkerin entpuppt und Marie sowohl körperlich als auch seelisch schwer verletzt. Darüber hinaus hatte Marie die Erkenntnis, dass er sie betrogen hatte, so sehr erschüttert, dass sie seine Nähe nicht mehr aushielt. Zwar hatte sie nie das Wort Scheidung in den Mund genommen, aber sie hatte ihn gebeten, ihr Zeit zu geben, um über alles, was vorgefallen war, nachzudenken.

Andreas war die räumliche Trennung sehr schwergefallen, aber er hatte gewusst, dass er Maries Wünsche respektieren musste, wenn er wollte, dass sie zu ihm zurückkehrte. Seine Frau hatte so viel Schlimmes in den vergangenen Jahren durchgemacht, da war es nur natürlich, dass sie ein wenig Abstand brauchte. Sechs Wochen lang hatten sie sich nur flüchtig gesehen, wenn Marie vorbeikam, um Bob abzuholen.

Doch dann hatte Marie an einem Nachmittag Ende Juli sein Angebot angenommen, noch auf einen Kaffee zu bleiben, nachdem sie Bob zurückgebracht hatte. Sie hatten bis in die Abendstunden hier auf der Terrasse gesessen, viel geredet und auch geweint. Schließlich hatte Marie sich verabschiedet und war zurück nach Palma gefahren. Aber an jenem Abend hatte Andreas begonnen, Hoffnung zu schöpfen, dass es eine reelle Chance auf eine Rettung ihrer Ehe gab.

Und tatsächlich hatten sie sich eine Woche später zum Abendessen in einem Restaurant in Palma getroffen und waren danach zu Marie in ihre Wohnung gegangen. Sie hatten miteinander geschlafen, und für Andreas war es gewesen, als würde er die Beziehung zu seiner Frau noch einmal ganz von vorne beginnen. Zwar war Marie nach dieser wunderschönen Nacht erneut ein paar Tage auf Distanz gegangen, doch in den vergangenen Wochen hatten sie sich wieder einige Male gesehen, und Andreas war zuversichtlich, dass sich bald alles zum Guten wenden würde.

Er atmete tief durch. Es war Zeit, ins Hotel zu gehen, um nach dem Rechten zu sehen. Gerade als er aufstehen wollte, begann das Handy in seiner Hosentasche zu klingeln. Er holte es hervor und schaute auf das Display. Einen Moment lang zögerte er. Es war eine deutsche Handynummer. Noch immer versetzte es ihm einen Schrecken, wenn er von einer unbekannten Telefonnummer aus angerufen wurde. Zu frisch waren all die schrecklichen Erinnerungen an Sandras Anrufe, Nachrichten und Drohungen des vergangenen Jahres. Obwohl er seit ihrer Einweisung in die geschlossene Station einer psychiatrischen Klinik in Hamburg nichts mehr von ihr gehört hatte, saß ihm das Grauen über all das, was seine ehemalige Arbeitskollegin angerichtet hatte, noch tief in den Knochen.

Er versuchte, die düsteren Erinnerungen zu verscheuchen, und nahm ab. »Ja, hallo, Lindner.«

»Herr Lindner!« Die Stimme am anderen Ende der Leitung war weiblich und klang gehetzt. »Sie müssen sofort die Polizei verständigen. Es ist so furchtbar!«

Andreas erkannte die Stimme der Frau nicht. »Entschuldigen Sie, wer sind Sie?«

»Ach so, ja, ich bin Saskia Schneider, wir sind Gäste in Ihrem Hotel. Sie haben uns doch Ihre Handynummer für Notfälle gegeben.«

Andreas erinnerte sich sofort an das norddeutsche Paar, das vor ein paar Tagen angekommen war und jeden Morgen schon früh zu Wandertouren aufbrach. »Frau Schneider, ja, natürlich. Was ist denn passiert?«

Er hörte, dass sie schluchzte. »Ein Mann …« Sie stockte. »Hier ist ein Mann, der sich das Leben genommen hat. Es ist schrecklich. Er hat sich aufgehängt.«

Andreas versuchte, die Worte einzuordnen. »Wo sind Sie, Frau Schneider? Ist Ihr Mann bei Ihnen?«

»Ja, ja, Gerd ist auch hier. Er hat den Mann ja zuerst gesehen. Wir sind bei diesem Wachturm hier in Port de Sóller.«

»Beim Torre Picada?«, fragte Andreas. Er wusste aus Erzählungen von Einheimischen, dass die Zone rund um den bekannten Wachturm ein beliebter Ort für Selbstmorde war. Jedoch handelte es sich meist um verzweifelte Menschen, die von dort oben in die Tiefe sprangen und durch den Aufprall auf die Klippen ihr Leben verloren. Saskia Schneider jedoch hatte gesagt, dass der Mann sich erhängt hatte.

»Ja, ich glaube, so heißt er. Sie müssen die Polizei rufen!«

»Sofort, Frau Schneider. Aber sind Sie sich sicher, dass der Mann tot ist? Oder muss ich einen Krankenwagen verständigen?«

»Ja, natürlich ist er tot.« Sie schluchzte erneut. »Es ist ein grauenvoller Anblick. Er hängt hier vollkommen nackt von einer Art Balkon des Turms.«

Andreas atmete tief durch. »Okay, Frau Schneider. Ich rufe jetzt die Polizei an. Geht es Ihnen und Ihrem Mann gut?«

»Ja, ja, wir sind nur vollkommen geschockt. Ich habe noch nie einen toten Menschen gesehen, wissen Sie?«

»Ja, ich verstehe. Die Polizei wird sofort kommen. Bitte bleiben Sie, wo Sie sind, und fassen Sie nichts an.«

»Natürlich, was sollen wir denn auch hier schon anfassen?«

Andreas ging nicht auf die Frage ein. »Ich melde mich gleich wieder bei Ihnen«, sagte er und beendete das Gespräch.

Er dachte einen Moment lang nach. Das Beste wäre wohl, wenn er Marie verständigte. Sie hatte direkten Kontakt zur Polizei und kannte auch bei der örtlichen Policía Local ein paar Beamte. Wenn sie die Polizisten benachrichtigte, würde gewiss alles schneller laufen, als wenn er erst seine Personalien angeben musste.

Er drückte Maries Handynummer. Trotz des schrecklichen Umstands, dass seine Gäste gerade einen Toten gefunden hatten, begann sein Herz zu klopfen, wenn er daran dachte, gleich Maries Stimme zu hören. Doch so weit kam es nicht. Das Handy seiner Frau war ausgeschaltet, und es erklang nur die spanische Ansage in der Leitung, dass er eine Nachricht hinterlassen könne.

»Verdammt!«

Bob horchte auf, als er sein Herrchen fluchen hörte, und begann Andreas' Hand zu lecken.

»Nein, jetzt nicht, Bob«, sagte Andreas und dachte nach, ob er Comisaria Fiol anrufen oder doch besser direkt die Gemeindepolizei verständigen sollte.

Er entschied, es bei der Kommissarin zu versuchen. Marie hatte ihm damals, als sie das erste Mal zusammen mit Silvia Fiol an einem Mordfall arbeitete, die Telefonnummer der Comisaria gegeben.

Er drückte auf ihren Namen in seiner Kontaktliste und wartete auf das Freizeichen in der Leitung.

Kapitel drei

Silvia Fiol nahm die Auffahrt zur Vía de Cintura und blieb auf der rechten Spur der Autobahn. Sie hatte es nicht eilig. An diesem Montagmorgen musste sie weder arbeiten, noch hatte sie irgendeine andere Verpflichtung. Zeit genug also, um die wunderbaren Tage, die hinter ihr lagen, Revue passieren zu lassen. Sie spürte, wie sich bei dem Gedanken an David schon wieder eine wohltuende Wärme in ihr ausbreitete. Seit Jahren hatte sie keine ganze Woche am Stück mit einem Mann verbracht. Daher war sie sehr nervös gewesen, als sie vergangenen Montag eben diese Strecke in die andere Richtung gefahren war, um David am Flughafen abzuholen. Aber all ihre Sorgen, so viele Tage mit einem Mann in ihrem kleinen Stadtapartment zu verbringen, waren vollkommen unbegründet gewesen. Eine der schönsten Wochen ihres Lebens lag hinter ihr, und obwohl sie David gerade erst zum Flughafen gebracht hatte, konnte sie es schon jetzt kaum erwarten, ihn wiederzusehen.

Dieser Gedanke versetzte ihr einen kleinen Stich. Denn genau das war das große Problem ihrer noch so frischen Liebesbeziehung. David lebte in Madrid und arbeitete dort als Violinist beim spanischen Nationalorchester. Es war ein Beruf, für den er sein Leben lang hart gekämpft hatte, und vor allem einer, der es ihm unmöglich machte, aus der spanischen Hauptstadt wegzuziehen. Das Schicksal war einfach gemein. Da lernte sie endlich einmal einen Mann kennen, bei dem alles zu passen schien, und er musste ausgerechnet 600 Kilometer von ihr entfernt leben.

Silvia versuchte, die negativen Gedanken beiseitezuschieben. Über ihre Lebensumstände konnte sie später auch noch grübeln. Nun wollte sie das wunderschöne Gefühl des Verliebtseins so lange wie möglich auskosten. Sie schaltete das Radio ein und musste über sich selbst schmunzeln. Sie hatte wirklich das Verlangen, ein kitschiges Liebeslied zu hören. Doch ehe sie einen passenden Song fand, blieb sie bei IB3 Radio hängen, die gerade die Lokalnachrichten sendeten. Silvia drehte die Lautstärke hoch.

Noch immer gibt es keine Spur von der vermissten deutschen Influencerin und Public Relations Managerin, Caroline Stern, die vergangenen Mittwoch zum letzten Mal in dem Coffeeshop »Baristas Café« in ihrem Wohnort Cala Rajada gesehen wurde. Angehörige und Freunde der 24-Jährigen, die eine Berühmtheit der Partyszene in Mallorcas Nordosten ist, starteten am Samstag eine große Social-Media-Kampagne mit Aufrufen an die Bevölkerung, nach Caroline zu suchen.

Ebenfalls weiter unbekannt ist der Aufenthaltsort des mallorquinischen Sport-Influencers und Personal Trainers Xavier Colomer, der seit dem 22. August spurlos verschwunden ist. Der 28-Jährige wurde zuletzt von einem Rentner in Santa Ponça gesehen, als er frühmorgens seine Joggingrunde im Wald von Sa Morisca absolvierte.

Obwohl in den sozialen Netzwerken schon darüber spekuliert wird, ob ein Zusammenhang zwischen den beiden Vermissten besteht, gibt es nach Angaben der ermittelnden Beamten bisher keinen Hinweis hierauf. Der Pressesprecher der Policía Nacional, Agustín Sastre, teilte am Samstag in einer Medienkonferenz mit, dass es bis jetzt keine Anhaltspunkte gebe, die auf ein Gewaltverbrechen hindeuten.

Wenn Sie eine der genannten Personen gesehen haben oder Hinweise auf einen möglichen Aufenthaltsort von Xavier Co-

lomer oder Caroline Stern haben, dann setzen Sie sich bitte umgehend mit der Zentrale der Policía Nacional unter der Nummer 971 22 52 00 in Verbindung.

Und jetzt zum Sport: Real Mallorca konnte sich gestern mit einem 2 : 1 gegen Atlético de Bilbao einen erneuten Heimsieg sichern. Kapitän Xisco Campos schoss das erste …

Silvia wechselte den Sender. Aber irgendwie war ihr nun die Lust auf ein romantisches Liebeslied vergangen.

Während der vergangenen Woche hatte sie Urlaub gehabt, daher hatte sie von dem Verschwinden der deutschen Influencerin nur flüchtig durch die Medien erfahren. Außerdem hatte sie ihre gemeinsamen Tage mit David nicht mit Gedanken an ihre Arbeit belasten wollen und versucht, der Angelegenheit keine besondere Aufmerksamkeit zu schenken. Morgen, wenn sie aufs Präsidium zurückkehrte, würde sie von ihren Kollegen der Personenfahndung schon alle Einzelheiten erfahren.

Sie grübelte einen Moment, denn sie meinte, den Namen Caroline Stern schon irgendwo einmal gelesen oder gehört zu haben. Auf Instagram oder anderen sozialen Medien war dies jedoch unwahrscheinlich. Silvia hatte zwar Accounts bei einigen Plattformen, nutzte diese aber nur sehr selten. Auch in ihrem Bekanntenkreis gab es, soweit sie wusste, nicht viele die sich intensiv mit Social Media beschäftigten, und wenn sie sich mit Freunden traf, sprachen sie nicht über irgendwelche Internetstars. Vielleicht hatte sie den Namen einfach einmal in irgendeinem Zeitungsartikel gelesen.

Xavier Colomer hingegen war Silvia bekannt gewesen. Ein älterer Kollege des Drogendezernats hatte ihr schon vor einem Jahr Trainingsvideos des mallorquinischen YouTubers geschickt, nachdem Silvia ihn gefragt hatte, wie er es schaffte, sich so in Form zu halten. Silvia hatte sich die intensiven Sportvideos nur flüchtig angeschaut, aber das Gesicht und der Name waren ihr im Gedächtnis geblieben.

Das Klingeln ihres Handys ließ sie zusammenzucken. Silvia griff nach dem Telefon, das auf dem Beifahrersitz lag, und schaute aufs Display. Die Nummer war ihr unbekannt. Sie schaltete die Sprechanlage ein und nahm ab.

»*Sí, diga?*«

»Comisaria Fiol? Ich bin Andreas Lindner.«

Silvia stutzte. Augenblicklich kam ihr der Gedanke, dass Marie etwas zugestoßen war. Warum sonst sollte ihr Ehemann sie auf ihrem privaten Handy anrufen?

»Andreas, was ist los? Ist etwas mit Marie?«

»Äh, nein, nein. Ich rufe dich an, weil zwei meiner Hotelgäste einen toten Mann beim Torre Picada in Port de Sóller gefunden haben. Ich habe versucht, Marie zu benachrichtigen, aber ihr Handy ist ausgeschaltet. Daher dachte ich, dass ich dich direkt anrufe, bevor ich die Policía Local verständige.«

»Ein Toter? Selbstmord?«, fragte Silvia.

»Anscheinend, ja. Meine Gäste meinten, dass er sich an einem Geländer der Burg erhängt hat.«

Silvia seufzte. »Verstehe. Hast du ihnen trotzdem gesagt, dass sie nichts anfassen und dortbleiben sollen, bis die Polizei eintrifft?«

»Ja, hab ich. Saskia und Gerd Schneider, so heißen meine Gäste, sind wegen des Anblicks total durch den Wind. Die werden bestimmt nicht einfach verschwinden.«

»Alles klar, Andreas! Danke, dass du mich sofort benachrichtigt hast. Ich verständige umgehend die Gemeindepolizei. Kannst du mir noch bitte die Telefonnummer der Schneiders als Textnachricht schicken? Ich sitze gerade im Auto.«

»Ja, natürlich.«

Silvia dankte ihm nochmals und beendete das Gespräch. Dann rief sie bei der Gemeindepolizei von Sóller an und unterrichtete den Beamten am Apparat über die Geschehnisse.

»Erhängt, sagen Sie, Frau Fiol? Das haben wir ja noch nie erlebt. Wenn sich da oben einer das Leben nimmt, dann doch eher, indem er über die Klippen springt. Aber warum soll sich einer die Mühe machen, bis zur Burg zu laufen, um sich aufzuhängen? Das kann er doch auch zu Hause machen.«

Silvia verdrehte die Augen. »Das weiß ich auch nicht, Herr Frontera, ich habe Ihnen nur mitgeteilt, was mir berichtet wurde.«

»Ja ja, schon gut, wir fahren sofort mit dem Geländewagen hoch und schauen uns vor Ort um.«

Nachdem sie auch dieses Gespräch beendet hatte, nahm Silvia die Ausfahrt zur Innenstadt von Palma und verließ die Autobahn. Sie würde ihren letzten Urlaubstag zum Schlafen nutzen. Denn Schlaf hatte sie in den vergangenen Nächten mit David viel zu wenig bekommen. Bei dem Gedanken musste sie schmunzeln, und erneut flammte ein kleines Feuer in ihrem Inneren auf.

Gerade als sie den Kreisverkehr am Carrefour hinter sich gelassen hatte, kam ihr abrupt ein Gedanke. Wieso hatte sie sich nicht sofort daran erinnert? Die Presse hatte schon vor zwei Wochen darüber berichtet. Das letzte Foto, das Xavier Colomer auf seinem Instagram-Account gepostet hatte, zeigte den muskelbepackten Mallorquiner strahlend und mit nacktem Oberkörper vor der Torre Picada. Selbstverständlich konnte es nur ein Zufall sein. Dennoch wendete sie einer inneren Eingebung folgend ihren Wagen und fuhr erneut aus Palma hinaus. Keine fünf Minuten später bog sie auf die Landstraße ab, die nach Sóller führte.

Kapitel vier

Marie Lindner nahm die Stöpsel aus den Ohren und schaute auf ihre Armbanduhr. Fünfzig Minuten hatte sie für die Strecke von Portixol bis hier an die Playa de Palma gebraucht. Seit einem Monat ging sie nun schon ein paarmal die Woche morgens an der Strandpromenade spazieren. Die körperliche Bewegung und die frische Meeresluft halfen ihr dabei, zur Ruhe zu kommen und ihre Gedanken zu ordnen. Doch heute war ihr schon seit dem frühen Morgen nicht richtig wohl, und sie hatte ein flaues Gefühl im Magen.

Sie schaute sich um und beschloss, noch einen Kaffee zu trinken, bevor sie sich auf den Rückweg zu ihrem Auto machte. Anfangs war sie einige Male noch weiter Richtung El Arenal gelaufen. Aber heute verspürte sie keine Lust, verkaterten deutschen Partytouristen zu begegnen, die die Nacht betrunken am Strand verbracht hatten. Sie suchte sich eine Cafeteria mit schönen weißen Korbstühlen aus und setzte sich an einen der leeren Tische. Die junge Frau, die alleine am Tisch neben ihr saß, blickte kurz von ihrem Smartphone auf und musterte Marie. Dann wandte sie ihre Aufmerksamkeit wieder dem Telefon zu und tippte mit ihren langen Fingernägeln eifrig auf das Display.

Marie entschied sich im letzten Moment um und bestellte einen Pfefferminztee anstelle des gewohnten Milchkaffees. Der spanische Kellner nickte ihr lächelnd zu und verschwand dann erneut im Inneren des Lokals. Marie schloss einen Moment lang die Augen und genoss die morgendlichen Sonnenstrahlen auf ihrem Gesicht. Sie war froh, dass sie vor ein paar

Monaten nicht ihrem ersten Impuls gefolgt war und Mallorca den Rücken gekehrt hatte.

Nach den körperlichen und seelischen Verletzungen, die Sandra ihr zugefügt hatte, war sie versucht gewesen, einfach alles hinzuschmeißen und nach Hamburg zurückzukehren. Sie hatte mit dem Gedanken gespielt, die Scheidung einzureichen, ihren Anteil des Landhotels an Andreas zu verkaufen und ihren ehemaligen Beruf bei der Kripo in Hamburg wieder aufzunehmen. Doch dann hatte sie beschlossen, keine voreiligen Entscheidungen zu treffen und sich stattdessen ein wenig Bedenkzeit zu geben. Wochenlang hatte sie in Lillys leer stehender Stadtwohnung, wo nichts sie ablenken konnte und sie bis auf Silvia kaum jemanden zum Reden traf, all die furchtbaren Erinnerungen verarbeitet. Und tatsächlich hatte diese direkte Konfrontation mit all ihren negativen Gefühlen nach einiger Zeit bewirkt, dass der Schmerz langsam, aber stetig in den Hintergrund getreten war.

Der Kellner kam und brachte ihren Tee. Marie nahm einen kleinen Schluck von dem heißen Getränk. Sie war versucht, ihr Handy einzuschalten und ein wenig im Internet zu surfen. Aber sie unterdrückte den Impuls und genoss stattdessen den wunderschönen Ausblick auf das spiegelglatte Meer.

»Hey, Süße, soooorry, dass ich zu spät komme!«, erklang es plötzlich auf Deutsch vom Nebentisch.

Eine hübsche junge Frau Anfang zwanzig begrüßte eifrig Maries Tischnachbarin mit Küsschen. Obwohl die eine blond und die andere brünett war, sahen sich die beiden zum Verwechseln ähnlich. Wahrscheinlich lag es daran, dass sie fast identische geblümte Sommerkleider auf ihrer stark gebräunten Haut trugen, beide ihre langen Haare zu hohen Pferdeschwänzen gebunden hatten und auf ihren Nasen die exakt gleichen Ray-Ban-Sonnenbrillen thronten.

Marie wandte den Blick ab und versuchte, ihre Aufmerksamkeit auf das Meer und den wunderschönen Spätsommermorgen zu richten. Doch nur wenige Sekunden später riss sie die schrille Stimme des brünetten Mädchens erneut aus ihrer Ruhe.

»Hast du gesehen, wie mega viele Follower Alexandra Luna in den vergangenen Tagen dazubekommen hat? Ich sag dir, seit Caroline weg ist, explodiert Alexandras Instagram!«

Marie horchte auf. Sie hatte von dem Verschwinden der deutschen Influencerin vor ein paar Tagen in den Zeitungen gelesen.

»Ja, ist doch klar!«, erwiderte die Blonde. »Ich hab eben auch Alexandras neues YouTube-Video gecheckt. Jetzt, wo Caroline keine Diättipps mehr gibt, muss man sich halt anderswo die Info holen.«

»Du meinst das Video mit diesem pflanzlichen Abführmittel? Das muss ich unbedingt auch mal ausprobieren«, sagte die Brünette. »Aber schon voll heftig, dass Alexandra jetzt so viele neue Follower bekommt, obwohl sie ja Carolines Erzfeindin war.«

Das blonde Mädchen hob erschrocken die Sonnenbrille. »*War?* Meinst du echt, Caroline ist was passiert? Glaubst du, sie ist tot?«

»Ach, keine Ahnung. Vielleicht ist sie einfach nur untergetaucht. Es wurde ja gemunkelt, dass sie sich so 'nen reichen, verheirateten Sugar Daddy geangelt hat. Womöglich schippern die gerade auf 'ner Luxusjacht irgendwo vor Ibiza rum und machen Party.«

Die Blonde setzte die Sonnenbrille wieder auf und nahm einen Schluck von dem grünen Shake, der vor ihr auf dem Tisch stand. »Das ergibt doch keinen Sinn, Vicky! Wenn sie irgendwo feiern wäre, würde sie doch erst recht alle Fotos auf

Instagram posten. Und warum sollten ihre Freunde nicht wissen, wo sie ist? Immerhin sucht sogar die Polizei nach ihr.«

Vicky kicherte. »Vielleicht ist sie ja auf so einem heftigen Drogentrip, dass sie sogar ihre sozialen Netzwerke und ihre Freunde vergisst.«

Der Kellner kam an den Tisch, und Vicky bestellte ein stilles Wasser mit Zitrone.

Dann wandte sie sich erneut an ihre Freundin. »Ah, übrigens, was ich dir unbedingt vorschlagen wollte. Ich hab gehört, morgen soll's 'ne riesige Party in diesem neuen Beachklub geben. Vielleicht kriegen wir von Adam ja Eintrittskarten. Was meinst du?«

Marie beschloss, sich auf den Rückweg zu machen. Entspannt aufs Meer starren konnte sie neben diesen Plaudertaschen sowieso nicht. Sie stand auf und ging in das Lokal, um ihren Tee zu bezahlen und auf die Toilette zu gehen.

Fünf Minuten später stand sie erneut auf der Strandpromenade und begann mit ihrem Rückmarsch Richtung Portixol. Sie dachte über das Gespräch der beiden Mädchen nach und überlegte, Silvia anzurufen, um mehr über das Verschwinden dieser deutschen Influencerin zu erfahren. Sie holte das Handy aus ihrer Gürteltasche und schaltete es ein. Sogleich zeigte ihr das Display einen verpassten Anruf von Andreas an.

Marie runzelte die Stirn. Seit sie ihn gebeten hatte, es ihr zu überlassen, wann und wie oft sie sich trafen, rief Andreas sie nicht an. Marie war froh, dass er sie in dieser Hinsicht respektierte und ihr die Zeit gab, die sie benötigte, um sich ihm erneut langsam zu nähern. Augenblicklich wurde sie nervös. Irgendetwas musste passiert sein. Ob Bob etwas zugestoßen war? Rasch drückte sie auf den grünen Knopf unter Andreas' Namen und wartete unruhig darauf, dass er abnahm.

Kapitel fünf

Silvia ging auf den Geländewagen zu, der soeben vor dem Wachturm gehalten hatte. Ein Beamter der Gemeindepolizei sowie Gerichtsmediziner Fernando Vázquez und zwei Mitarbeiter der Spurensicherung stiegen aus dem Auto.

Fernando wandte sich direkt an Silvia. »Also, meine Liebe, hier bin ich! Normalerweise bewege ich mich für einen Selbstmord nicht aus meinem Institut, aber du klangst am Telefon ziemlich aufgebracht.«

Silvia ignorierte Fernandos ironischen Unterton und kam ohne Umschweife zur Sache. »Es scheint sich bei dem Toten um den vermissten Xavier Colomer zu handeln. Er sieht zwar nicht mehr so aus wie auf dem letzten Foto, das er von sich veröffentlichte, aber ich denke schon, dass er es ist.«

Fernando fuhr sich durch die dunkelblonden Haare. »Na ja, Tote sehen schließlich in der Regel nicht so aus wie Lebendige. Besonders nicht, wenn sie sich gerade aufgehängt haben.«

Silvia verdrehte die Augen und unterdrückte den Impuls, dem Forensiker eine patzige Antwort zu geben. »Das meine ich nicht. Sieh ihn dir einfach selbst an. Die Kollegen haben ihn gerade runtergebracht.«

Sie folgten den Männern der Spurensicherung.

»Was macht denn die Feuerwehr hier?«, fragte Fernando und deutete auf ein breites rotes Fahrzeug mit ausfahrbarer Leiter, das vor dem Turm geparkt hatte.

»Ich hatte keine Lust, dass bei der Bergung der Leiche Leute im Inneren des Turms herumtrampeln und mögliche Spuren zerstören, solange wir nicht eindeutig von einem Suizid ausgehen können.«

»Also sind sie mit der Leiter hoch und haben die Leiche von außen runtergeholt.«

»Ja, ich habe ihnen zugesehen. Sie haben das Seil, das um den Hals des Toten geschnürt ist, auf halber Höhe durchgetrennt und die Leiche unversehrt nach unten gebracht.«

»Und das sind Feuerwehrmänner hier aus Sóller?«, fragte Fernando.

»Ja, wieso interessiert dich das so?«

»Ach, nur so.« Fernando setzte sein zynisches Lächeln auf und senkte die Stimme. »In den Dörfern gerät man ja so manchmal an den einen oder anderen Trottel.«

Silvia blieb stehen und kniff die Augenbrauen zusammen. »Okay, es reicht. Nur weil du in Madrid aufgewachsen bist, heißt das noch lange nicht, dass jeder, der nicht aus der Großstadt kommt, vollkommen inkompetent ist. Vielleicht hast du es in all den Jahren, die du hier schon lebst, noch nicht begriffen. Aber es gibt genügend Mallorquiner, die euch großkotzigen Festlandspaniern haushoch überlegen sind.«

»*Ui, ui, ui.* Was hast du denn heute Morgen gefrühstückt?«

Silvia schüttelte entnervt den Kopf. »Okay, lassen wir es gut sein. Guck dir lieber die Leiche an und sag mir etwas über die Todesursache.«

»Stets zu Ihren Diensten, Señora Comisaria.«

Silvia verkniff sich einen weiteren Kommentar. Sosehr sie Fernandos professionelle Arbeit schätzte, mit seinen sarkastischen Kommentaren trieb er sie auch nach jahrelanger Zusammenarbeit immer noch häufig an die Grenzen ihrer Geduld. Dabei musste sie sich wieder und wieder eingestehen, dass sie von dieser Tugend leider viel zu wenig besaß.

Sie kamen an Saskia und Gerd Schneider vorbei, die nebeneinander auf einem Steinfelsen hockten und immer noch ziemlich mitgenommen aussahen.

»Ein Kollege wird Ihre Aussage zu Protokoll nehmen, danach können Sie gehen«, sagte Silvia auf Englisch an das Ehepaar gerichtet.

Gerd Schneider nickte. »Ist gut. Wir warten solange hier. Ich möchte diese Leiche nicht noch einmal sehen.«

»Das müssen Sie auch nicht. Ich gebe dem Kollegen gleich Bescheid«, erwiderte Silvia und ging weiter.

Fernando war bereits bei den Beamten angelangt, die um die Leiche herumstanden. »Hallo, die Herrschaften, ich bin Gerichtsmediziner Fernando Vázquez«, hörte Silvia ihn sagen. Die Feuerwehrmänner und Gemeindepolizisten nuschelten eine Begrüßung und entfernten sich dann etwas.

Fernando pfiff durch die Zähne, als er die Leiche sah, die auf einer Plastikplane auf dem Boden lag. »Oh wow, der ist ja kaum wiederzuerkennen.«

»Aber er ist es, nicht wahr?«, fragte Silvia, die nun neben ihm stand.

»Ich bin zwar kein Fan von diesen hochgepriesenen Sportskanonen, die sich im Internet zur Schau stellen. Aber ja, dem Foto nach zu urteilen, würde ich schon sagen, dass es sich hier um Xavier Colomer handelt. Wobei ja von Sportskanone nun nicht mehr die Rede sein kann. Mein Gott …«

Silvia war es genauso ergangen wie Fernando, als sie die Leiche vorhin zum ersten Mal gesehen hatte. Von Xavier Colomers muskulösem, durchtrainiertem Körper war nicht mehr viel übrig. Vor ihnen lag ein Mann, der ziemlich abgemagert aussah und kaum mehr an den gutaussehenden Influencer erinnerte. Auch seine sonst so auffällige braun gebrannte Haut war nun einem eher hellen Teint gewichen. Wo immer er sich seit seinem Verschwinden aufgehalten hatte, in der Sonne war er anscheinend nicht gewesen.

»Was meinst du? Was ist dein erster Eindruck?«, wollte Silvia wissen.

»Also ehrlich gesagt, steh ich grad auf dem Schlauch. Er sieht vollkommen ausgemergelt aus. Und warum zum Teufel ist er nackt?«

»Ja, das habe ich mich auch als Erstes gefragt. Warum stellt sich ein so eitler Mensch auf diese Art zur Schau, wenn er Suizid begeht? Ich meine, klar kann es sein, dass er zutiefst unglücklich mit seinem ach so tollen, berühmten Dasein war. Wir hören ja immer wieder, wie viele von diesen Internetstars in Wirklichkeit unter Selbstzweifeln und Depressionen leiden. Aber warum bringt er sich auf so eine groteske Weise um? Warum springt er nicht einfach von den Klippen oder nimmt zu Hause eine Überdosis Schlaftabletten, wenn er sich das Leben nehmen will?«

Fernando kratzte sich das glatt rasierte Kinn, während er vor dem Toten kniete. »Sag mal, wie ist er eigentlich auf den Balkon hinaufgekommen? Als ich vor ein paar Jahren mal hier oben war, konnte man nicht ins Innere des Turms. Das Tor war fest verschlossen. Hat sich das geändert?«

»Das Schloss des Tors wurde aufgebrochen«, erwiderte Silvia. »Auf den ersten Blick sieht es so aus, als ob ein Bolzenschneider zum Einsatz kam. Aber die Kollegen der Spurensicherung werden uns da sicherlich bald mehr Auskunft geben können.«

Fernando öffnete den kleinen Koffer, den er mit sich trug. Er holte ein paar Einweghandschuhe heraus und streifte sie über. »Ich will mir mal seine Zähne angucken. Seiner Haut nach zu urteilen, sieht er dehydriert aus«, sagte er und öffnete mit seinen Fingern den Mund der Leiche.

»Und?«, wollte Silvia sofort wissen.

»Ja, die Mundwinkel sehen ziemlich trocken aus, und die Zähne machen nicht den Anschein, als seien sie in den vergangenen Wochen sauber gehalten worden.«

Silvia rümpfte unwillkürlich die Nase.

»Was haben wir denn hier?«, stieß der Gerichtsmediziner plötzlich hervor.

Silvia kniete sich neben ihn und sah mit an, wie Fernando den Rachen der Leiche abtastete. »Was meinst du?«

»Hier steckt ein kleiner Gegenstand«, erwiderte er.

Silvia neigte sich noch ein wenig mehr über den Toten. »Was ist es?«

»Ah, ich hab es«, sagte Fernando und zog seine Finger aus dem Mund der Leiche.

Er öffnete seine behandschuhte Hand vor Silvias Gesicht.

»Ein USB-Stick?« Silvia runzelte die Stirn. »Was soll das denn?«

»Vielleicht ist das ja die Art der Influencer, heutzutage einen Abschiedsbrief zu hinterlassen. Die haben es wohl nicht so mit handgeschriebenen Dokumenten«, erwiderte der Forensiker.

»O Mann, hör auf mit deinem Zynismus. Das sieht mir hier nun nicht gerade nach einem Scherz aus!«

Fernando zog ein wenig Luft durch die Zähne. »Ja, das stimmt. Hinter alldem könnte womöglich mehr als ein Selbstmord stecken. Aber bevor wir uns den Kopf zerbrechen, sollten wir die Leiche schnellstmöglich ins forensische Institut bringen, damit ich die Todesursache feststellen kann. Und du solltest dir umgehend einen Laptop besorgen und dir den Inhalt des Sticks anschauen.«

Fernando zog einen Einwegbeutel aus seinem Arbeitskoffer und ließ den USB-Stick hineinfallen. Dann überreichte er Silvia den Beutel.

»Kannst du sonst noch irgendetwas auf den ersten Blick an der Leiche feststellen?«, wollte sie wissen.

Fernando schob seine Hände unter das Seil, das Xavier Colomer um seinen Hals geschlungen hatte, und lockerte es etwas. »Na, ich habe ja schon ein paar Erhängte auf meinem Obduktionstisch liegen gehabt. Für gewöhnlich stehen bei Menschen, die auf diese Art zu Tode gekommen sind, die Augen ein wenig mehr hervor. Das fehlt mir hier.«

Silvia betrachtete die Leiche. »Also könnte er ermordet worden sein, und danach wurde vom Täter ein Suizid inszeniert. Aber warum? Der Mörder hätte sich ja denken können, dass die Autopsie schnell klärt, ob es ein Selbstmord oder Fremdverschulden war.«

Fernando streifte sich die Silikonhandschuhe ab. »Ich glaube, es ist wirklich das Beste, wenn wir erst einmal die Untersuchung im Institut abwarten, bevor wir irgendwelche Theorien aufstellen.«

»Ist gut«, sagte Silvia. »Kannst du dich direkt heute Nachmittag damit beschäftigen?«

Fernando verschloss seinen Arbeitskoffer und erhob sich. »Ich habe noch einige Leichen, die auf mich warten. Aber nichts wirklich Dringendes. Also ja, sobald die Kollegen mir den Toten vorbeibringen, kann ich mich an die Arbeit machen.«

Silvia stand ebenfalls auf. »Okay, ich veranlasse, umgehend den Abtransport. Ich hoffe, dass die das mit dem Geländewagen hinkriegen, denn ein normales Leichenfahrzeug schafft es ja hier nicht hoch.«

Fernando schmunzelte. »Ja, da sagst du was. Das war vielleicht ein Geschaukel, um hier hinzukommen. Vielleicht sollte ich besser zu Fuß den Berg runterlaufen, bevor ich mich noch im Jeep übergebe.«

Silvia blickte auf Fernandos Outfit. Wie immer war der Gerichtsmediziner lässig, aber trotzdem auf eine gewisse Art elegant gekleidet. Sie musste zugeben, dass er Stil hatte und dies gewiss auch einer der Gründe war, wieso er solch einen Erfolg bei seinen zahlreichen Verehrerinnen hatte. Trotzdem konnte sie sich einen Kommentar nicht verkneifen. »Na, mit deinen schicken Schuhen läufst du wohl besser nicht den Berg runter, sonst kommst du wahrscheinlich erst morgen an.«

Fernando schaute auf seine Schuhspitzen. »Ach du bist ja nur neidisch auf meinen guten Geschmack. Das ist handgefertigte italienische Topware. Mit diesen Schuhen kannst du problemlos und sehr bequem in jedem Gelände laufen. Die sind schon was anderes als deine 08/15-Treter.«

»Tu mir trotzdem den Gefallen und lass dich fahren«, erwiderte Silvia. »Wir sollten uns so schnell wie möglich an die Arbeit machen und keine weitere Zeit vergeuden.«

»Aye, aye, Käpten. Ich ruf dich an, sobald ich mit der Autopsie fertig bin«, sagte er und wandte sich an den Fahrer des Geländewagens.

Silvia blieb noch einen Moment neben der Leiche stehen und betrachtete nachdenklich den Einwegbeutel mit dem USB-Stick in ihrer Hand. Sie beschloss, ebenfalls direkt nach Palma zu fahren und sich den Inhalt des Sticks im Präsidium der Policía Nacional anzuschauen. Sie wollte vorerst vermeiden, dass sich dessen Fund herumsprach und womöglich die Presse davon Wind bekam.

Sie verstaute den Beutel in ihrer Handtasche und ging dann auf die wartenden Beamten zu. Gerade als sie Anweisungen geben wollte, die Leiche abzutransportieren, klingelte ihr Handy. Es war Marie.

Kapitel sechs

Ich schaue auf die Wanduhr neben dem Wohnzimmerregal. Noch zehn Minuten, dann muss ich zurück zur Arbeit. Da ich nicht sehr weit von meinem Büro entfernt wohne, komme ich, wenn ich ganztags arbeite, in der Mittagspause nach Hause. Die meisten meiner Kollegen nehmen sich eine Tupperdose mit ins Büro oder essen in der Kantine. Aber weder will ich mich mit meinen Kollegen auch noch in der Pause unterhalten müssen, noch verspüre ich irgendeine Lust auf ekeligen Kantinenfraß. Hier bei mir zu Hause kann ich mir mein Mittagessen jeden Tag frisch zubereiten und es in Ruhe genießen.

Ich schalte den Fernseher aus. Es ist genauso eingetroffen, wie ich es mir vorgestellt habe. Ein deutsches Touri-Paar, das schon in den frühen Morgenstunden wandern war, hat Xavier also gefunden. Ach, zu gern hätte ich die Gesichter dieses Pärchens gesehen. Da spazieren sie entspannt in der morgendlichen Stille zu dem Wachturm und stoßen auf einen Erhängten. Diese Bilder werden sich gewiss in ihr Gedächtnis eingebrannt haben und sie ihr Lebtag begleiten.

Irgendwie tun sie mir aber auch leid. Sie können ja nichts dafür, dass dieser kranke, vollkommen hirnlose Möchtegernsportstar für seine Taten büßen musste. Ob das Pärchen wohl das Geschenk geöffnet hat? In den Nachrichten haben sie darüber nichts gesagt.

Ich lehne mich auf dem Sofa zurück und denke nach. Noch wird es als Selbstmord abgetan, aber ich bin mir sicher, dass unsere liebe Silvia Fiol schon eine Ahnung hat, nachdem sie am Tatort war. Auf den Kopf gefallen ist die Comisaria ja nicht. Jetzt, wo ihr Kollege Ramón Colom tot ist, scheint sich die Gute sogar noch verbissener als sonst in die ihr zugewiesenen Fälle zu vergraben. Direkt nach seinem Tod im vergangenen Mai hat sie sich selbst mit Arbeit überschüttet und ist wochenlang erst spätabends nach Hause gegangen. Wahrscheinlich war das ihre Methode, über den Verlust ihres Kollegen hinwegzukommen.

Doch mittlerweile scheint es ihr eindeutig besser zu gehen. Ich glaube, sie hat sich sogar verknallt. Aber das wurde ja auch Zeit, nach all diesen Jahren ohne einen festen Mann in ihrem Leben. Und es ist wirklich gut, dass sie gerade eine Woche Urlaub hatte. In den kommenden Tagen wird sie wohl eher nicht zur Ruhe kommen.

Ich würde sagen: Spätestens, wenn unser Surferboy-Gerichtsmediziner Fernando Vázquez die Leiche auf seinem Tisch liegen hat, wird ihnen wohl bewusst werden, dass der gute Xavier keinen Erstickungstod erlitten hat. Falls sie den USB-Stick nicht schon am Tatort entdeckt haben. Noch hat die Presse anscheinend keine Ahnung. Aber sobald die Bullen sich den Inhalt des Sticks anschauen, werden auch die Medien früher oder später von der Sache Wind bekommen.

Ich beuge mich über den Sofatisch und schalte den Laptop ein. Ein paar Minuten habe ich noch, um kurz nach dem Rechten zu sehen. Ich öffne das Kamera-Programm auf dem Computer, und zwei Videoaufnahmen erscheinen auf dem Bildschirm. Die rechte Kamera zeigt einen leeren, von Neonlicht erhellten Raum. Ich schaue ein paar Sekunden auf das Bild und mache mir eine mentale Notiz, Chlorreiniger einzupacken, um die sichtbaren Schweiß- und Urinspuren gründlich wegzubekommen. Die nächste Person auf meiner Liste soll ja nicht von diesem stinkenden Schmutz empfangen werden.

Dann schaue ich auf das linke Kamerabild. Caroline sitzt zusammengesunken in einer Ecke des Raums und schluchzt vor sich hin. Es ist schon faszinierend, wie ein Mensch sich sowohl körperlich als auch seelisch innerhalb von nur ein paar Tagen Einzelhaft verändert. Schon jetzt ist von der durchgestylten, strahlenden Schönheit, die diese Diva jahrelang zur Schau gestellt hat, nichts mehr übrig. Ihr grüner Designerbikini ist verdreckt und von der linken Silikonbrust gerutscht. Ihre sonst auf den Fotos strahlenden blonden Haare hängen ihr in fettigen Strähnen herunter. Ihr unter normalen Umständen makellos geschminktes Gesicht sieht nun mit dem Knebel im Mund und der verschmierten Mascara einfach nur grotesk aus. Ich nicke zufrieden und schließe das Überwachungsprogramm.

Es ist an der Zeit, mich zurück an meinen Arbeitsplatz zu begeben und den Kollegen ein normales Leben vorzugaukeln. Nach Feierabend werde ich zu Caroline fahren und ihr etwas zu trinken bringen. Verdursten soll mir die Kleine ja nicht. Und dann werden wir uns an die Arbeit machen. Das wird ein richtiger Spaß. Ich freue mich schon auf die Reaktionen ihrer Fangemeinde.

Kapitel sieben

Marie stieg aus dem Aufzug im zweiten Stock des Polizeipräsidiums, wo Silvia ihr Büro hatte. Nachdem sie mit Andreas telefoniert und dieser ihr erklärt hatte, was vorgefallen war, hatte Marie die Comisaria angerufen. Silvia hatte sie in wenigen Sätzen über den Stand der Dinge unterrichtet und Marie gefragt, ob sie aufs Präsidium kommen könne. Marie war rasch nach Hause gefahren, hatte geduscht und war dann zur Zentrale der Policía Nacional von Palma geeilt.

»Ah, hallo, Frau Lindner«, sagte Silvias Sekretärin Maria Antonia, als Marie an deren Schreibtisch vorbeikam. »Comisaria Fiol erwartet Sie schon. Sie ist in ihrem Büro mit zwei weiteren Kollegen. Sie können direkt reingehen.«

Marie nickte der groß gewachsenen, kräftigen Frau zu. »Alles klar, ich danke Ihnen.«

Sie klopfte an Silvias Bürotür.

»*Sí, sí,* herein«, erklang es aus dem Inneren.

Marie trat in den Raum und begrüßte die Comisaria und zwei weitere Männer, die sich über einen Laptop gebeugt hatten.

»Hallo, Marie, danke, dass du so schnell gekommen bist«, sagte Silvia und kam auf sie zu. »Das hier sind Mateu Fuster von der Personenfahndung und Lucas Carrasco, unser Informatikexperte.«

Marie gab beiden Männern die Hand und wandte sich an Silvia. »Habt ihr euch den Inhalt des USB-Sticks schon angeguckt?«

Silvia nickte. »Ja, ist ziemlich heftig. Aber schau es dir am besten selbst an. Lucas, spielst du das Video bitte noch einmal Marie vor.«

Der junge Informatiker gab etwas auf der Tastatur des Laptops ein und drehte ihn dann in Maries Richtung. Marie nahm sich einen Stuhl und setzte sich vor das Notebook. Ein paar Sekunden war der Bildschirm vollkommen schwarz. Nur am unteren Rand war die Zeitangabe der Aufnahme zu erkennen. Das Video hatte eine Länge von 26 Minuten und 17 Sekunden. Plötzlich erschien ein Schriftzug. Ein paar Sekunden lang stand *Tag 1* in großen weißen Buchstaben auf dem schwarzen Bildschirm. Dann erschien ein grell erleuchteter quadratischer Raum, in dessen Mitte ein nackter Mann auf einem Laufband rannte.

Marie zuckte kaum merklich zusammen. Damit hatte sie nun nicht gerechnet. Sie beugte sich noch ein wenig näher an den Bildschirm heran und erkannte, dass es sich bei dem Mann um den vermissten Xavier Colomer handelte. Vor seinem Verschwinden war der Influencer Marie vollkommen unbekannt gewesen, aber in den vergangenen Wochen hatte sie ein paar Bilder von dem durchtrainierten Mallorquiner in den Zeitungen gesehen. Er war es eindeutig.

Bis auf das Laufband war der Raum leer. Außer dem keuchenden Atem des Mannes und dem Rattern des Fitnessgeräts waren auch keine Geräusche zu vernehmen. Die Geschwindigkeit des Laufbandes war rasant, und Xavier Colomer hatte trotz seiner guten körperlichen Verfassung offensichtlich Schwierigkeiten, das Tempo zu halten. Marie fiel auf, dass er außer den Sportschuhen an seinen Füßen auch eine Art Metallhalsband trug.

Sie drehte sich zu Silvia. »Was ist das?«, fragte sie und deutete mit dem Zeigefinger auf ihren Hals.

»Guck weiter, du wirst es gleich sehen«, sagte die Comisaria.

Marie schaute erneut auf den Bildschirm. Genau in diesem Moment verlangsamte Xavier sein Tempo. Augenblicklich durchfuhr ihn ein Stromstoß. Sein Körper zuckte zusammen. Er verlor das Gleichgewicht und flog vom Laufband. Als er auf den Fliesenboden krachte, schrie er laut auf.

»Na, das ging aber schnell«, ertönte plötzlich eine elektronisch verzerrte Stimme aus dem Off. Marie konnte nicht einordnen, ob sie männlich oder weiblich war.

»Ich dachte, du wärst der fitteste Mensch Mallorcas«, sprach die Stimme weiter. »So stellst du dich doch immer dar. Los, steh auf, sonst verpasse ich dir den nächsten Stromschlag. Und vielleicht dieses Mal mit noch ein bisschen mehr Power. Hättest du das gerne?«

»Nein«, brachte der immer noch am Boden liegende Xavier hervor. »Warum tun Sie mir das an?«

»Du stellst hier keine Fragen, Bürschchen«, erwiderte die Stimme. »Steh auf und mach weiter. Sofort!«

Der junge Mann erhob sich mühsam und ging erneut auf das Laufband zu. Anscheinend hatte ihn der Sturz nicht ernsthaft verletzt, denn er lief aufrecht und humpelte auch nicht. Er stieg auf das Fitnessgerät. Augenblicklich nahm das Laufband enorm an Geschwindigkeit zu. Xavier hatte Mühe, das Tempo zu halten, aber er biss die Zähne zusammen und kämpfte sich ab.

»Sehr schön«, erklang die Stimme. »Und jetzt grüß bitte deine Fans hier in die Kamera.«

Xavier guckte einen Augenblick verwirrt in die Kamera, musste sich aber sogleich wieder auf das Laufband konzentrieren, um nicht erneut von ihm herabzufallen.

»Hast du mich nicht gehört?«, sagte die Stimme. »Wünsche deinen Fans eine gute Nacht. Das hast du doch sonst auch täglich gemacht. Los, winke in die Kamera.«

»Was soll das alles?«, stieß Xavier keuchend hervor.

»Du sollst keine Fragen stellen, hab ich dir gesagt. Verdammt noch mal, winke in die Kamera und setz dein beschissenes, falsches Lächeln auf, sonst jag ich dir einen weiteren Stromstoß durch deinen tollen Körper.«

Resigniert, und ohne dabei sein Tempo zu verringern, hob Xavier den rechten Arm und bewegte ihn leicht.

»Na also, geht doch. Und jetzt noch dein süßes Lächeln, mit dem du all den jungen Mädchen den Kopf verdrehst«, rief die Stimme.

Xavier schaute auf, blickte in die Kamera und rang sich ein gequältes Lächeln ab.

Dann endete die Aufnahme prompt. Der Bildschirm wurde schwarz, und ein erneuter Schriftzug erschien. *Tag 2.* Wieder wurde der gleiche Raum gezeigt. Wieder rannte Xavier auf dem Laufband.

»Na, Xavi, animierst du jetzt noch deine Follower, immer weiter zu joggen?«, erklang die verzerrte Stimme.

Der erschöpfte Mann erwiderte nichts, sondern keuchte nur.

»Ich habe dich etwas gefragt!«, schrie die Stimme. »Antworte gefälligst!«

»Nein«, brachte Xavier hervor.

»Nein?«, fragte die Stimme mit gespielter Verwunderung. »Also ist das Laufen jetzt auf einmal doch nicht mehr so gesund.«

»Nein«, sagte er erneut.

»Na, da hast du aber schnell deine Meinung geändert. Du erzählst doch seit Jahren deiner Fangemeinde, dass Rennen das Beste für den Körper sei. Dass sie gar nicht genug Stunden auf dem Laufband oder in der Natur joggen können. Dass sie sich immer weiter anstrengen sollen. Dass sie sich verausgaben müssen, um an ihre körperlichen Grenzen zu gelangen.«

Xavier erwiderte nichts, sondern kämpfte weiter mit der rasanten Geschwindigkeit des Laufbands.

»Bist du an deiner körperlichen Grenze angelangt, Xavi?«

»Ja«, sagte er. »Bitte, lassen Sie mich runter.«

»Nicht so schnell mein Lieber, heute hast du noch fünf Stunden vor dir.«

Marie drehte sich fassungslos zu Silvia. »Geht das jetzt immer so weiter? Es werden alle Tage gezeigt?«

Silvia presste die Lippen aufeinander und nickte. »Ja, so ist es. Wobei viele Tage nur eine sehr kurze Aufnahme zeigen. Man sieht jedoch klar und deutlich, dass er jeden Tag erschöpfter und kraftloser ist.«

»Mein Gott«, erwiderte Marie.

»Wenn Sie sich das jetzt nicht alles anschauen wollen, können Sie auch direkt auf Minute 24 gehen. Das ist der letzte Tag, mit der Nummer 17«, meldete sich der junge Informatiker zu Wort.

»Ja, ist gut«, sagte Marie. Sie verspürte keine Lust, sich diese schreckliche Folter unnötig lange anzugucken.

Sie drückte mit der Maus auf den unteren Rand des Bildschirms und ging auf Minute 24.

Erneut war Xavier rennend auf dem Laufband zu sehen. Sein körperlicher Zustand war jedoch in keiner Weise mit dem in der ersten Aufnahme zu vergleichen. Er hatte in den vergangenen Tagen stark an Gewicht verloren, sein vorher praller Oberkörper wirkte ausgezehrt, und in seinem eingefallenen Gesicht zeichnete sich vollkommene Erschöpfung ab.

Marie schüttelte ungläubig den Kopf. »Mein Gott, der arme Mann!«

»Das kannst du aber laut sagen«, sagte Silvia, die nun direkt neben sie getreten war.

Marie hatte Mühe, den Blick auf dem Bildschirm zu halten. Welches Leid hatte dieser junge Mensch über sich ergehen lassen müssen!

»Ich ... kann ... nicht mehr«, krächzte Xavier. Jegliche Kraft war aus seiner Stimme gewichen.

Dann brach er plötzlich zusammen. Das weiterlaufende Fitnessgerät stieß ihn vom Band, und er krachte unsanft zu Boden. Regungslos und mit ausgestreckten Gliedmaßen blieb er auf dem grauen Fliesenboden liegen.

»Na, das sieht ja ganz danach aus, als hätte unser lieber Xavi schon ins Gras gebissen!«, sagte auf einmal die verzerrte Stimme. »Aber keine Sorge, liebe Fans, ich verspreche euch, dass wir uns schon sehr bald mit einem anderen ganz tollen Star wiedersehen werden.«

Die Aufnahme endete abrupt und der Bildschirm wurde schwarz.

Marie atmete tief aus. Dann drehte sie sich zu Silvia. »Wie krank ist das bitte?«

»Absolut irre, ja!«, erwiderte die Comisaria. »Was die Todesursache betrifft, müssen wir jetzt wohl nicht mehr Fernandos Obduktionsbericht abwarten.«

Marie empfand diese Aussage als ein wenig geschmacklos, aber sie sagte nichts. Mittlerweile war sie Silvias direkte Art gewohnt. Im Gegensatz zur großen Mehrheit ihrer zurückhaltenden mallorquinischen Landsleute nahm die Comisaria selten ein Blatt vor den Mund. Was natürlich auch oft von Vorteil während der Ermittlungsarbeiten war. Für einen Außenstehenden war bestimmt schnell klar, wer von ihnen beiden den Part des bösen Bullen übernahm. Die kleine, drahtige Silvia war selbstbewusst, impulsiv und angriffslustig. Marie selbst hingegen hatte ein ruhigeres, kühleres Gemüt und war wesentlich introvertierter als ihre mallorquinische Kollegin.

Sie räusperte sich. »Ja, offensichtlich ist er an völliger Erschöpfung gestorben. Wahrscheinlich hat sein Herz versagt, was ja bei dieser Tortur kein Wunder ist.« Sie schüttelte angewidert den Kopf. »Aber was das Motiv angeht … Also für mich sieht das eindeutig nach Rache aus. Warum sonst sollte jemand einem Menschen so etwas antun?«

»Ja, das sehen wir auch so«, meldete sich Mateu Fuster zu Wort, der bis jetzt noch nichts gesagt hatte. »Meine Mitarbeiter von der Personenfahndung und ich hatten uns bereits kurz nach Eingehen der Vermisstenanzeige durch einen engen Freund von Xavier Colomer bei dessen Verwandten und Bekannten umgehört. Auf etwas Konkretes waren wir dort jedoch nicht gestoßen, und es bestand noch die Möglichkeit, dass Colomer einfach nur für einige Zeit von der Bildfläche verschwinden wollte. Nun aber hat die ganze Angelegenheit eine andere Dimension angenommen. Es geht offensichtlich um Entführung, Folter und Mord.«

»Ja, wir werden noch tiefer in seinem Umfeld und wahrscheinlich auch in seiner Fangemeinde nachforschen müssen«, erwiderte Silvia. »Was mir jedoch im Augenblick mehr Sorgen bereitet, ist das Verschwinden der deutschen Influencerin.«

»Du meinst, dass auch Caroline Stern in den Fängen dieses Psychopathen sein könnte?«, fragte Marie. Sogleich fiel ihr der letzte Satz ein, den die verzerrte Stimme gesagt hatte. »Wegen dem *wir sehen uns bald mit einem anderen Star wieder?*«

»Ja, klar«, sagte Silvia. »Ich meine, Xavier Colomer wird ja nicht mehr auf einem weiteren Video erscheinen, da sein Entführer ihn umgebracht hat. Und es ist nun einmal Tatsache, dass eine weitere Influencerin seit einigen Tagen spurlos verschwunden ist.«

Marie wandte sich an Mateu Fuster. »Haben Sie in Bezug auf Caroline Stern schon etwas in Erfahrung bringen können?«

»Nicht viel, ehrlich gesagt«, antwortete der stämmige Mann und fuhr sich in einer nervösen Geste über seine Halbglatze. »Wie ich schon gerade sagte: Bis vor einer paar Stunden wussten wir ja noch nicht, dass es sich bei der ganzen Angelegenheit um einen Mordfall handelte.«

Marie hatte den Eindruck, dass der Polizist versuchte, keine Kritik an der Arbeit seiner Abteilung aufkommen zu lassen. Wahrscheinlich hatte sein Team Xavier Colomers Verschwinden nicht besonders viel Aufmerksamkeit geschenkt, und nun wurde ihm bewusst, dass sie mehr Energie in diese Vermisstenanzeige hätten stecken müssen.

»Es ist ja nicht so, als würden hier auf der Insel nicht des Öfteren Personen verschwinden«, erklärte er weiter. »Manche tauchen einfach nach ein paar Tagen wieder auf, von einigen findet man irgendwann die Leiche, weil sie Selbstmord begangen haben. Und nur in den seltensten Fällen handelt es sich bei den Vermissten um Opfer eines gewaltsamen Verbrechens.«

»Ja, das verstehe ich natürlich«, sagte Marie, die ihm vermitteln wollte, dass sie seiner Abteilung in keiner Weise schlampige Arbeit unterstellte.

»Mateu«, mischte sich Silvia ein. »Ich glaube, Marie ging es mehr um die Frage, was ihr über Caroline Stern in den vergangenen Tagen rausgefunden habt.«

»Äh, ja … also wir sind natürlich nach Cala Rajada gefahren und haben uns dort in der Eventfirma umgehört, bei der die Dame arbeitet. Außerdem haben wir Freunde und Kollegen von Caroline Stern befragt. Leider konnte uns jedoch niemand wirklich weiterhelfen. Alle haben uns bestätigt, dass die junge Frau sehr beliebt war und keine Feinde hatte. Ein kleines Problem für uns war, dass viele ihrer deutschen Bekannten kaum Spanisch sprechen. Wir haben es dann, so gut es ging, auf Englisch versucht. Und heute hatten wir eigentlich vor, mit einer Dolmetscherin noch einmal hochzufahren.«

»Das wird nicht nötig sein«, warf Silvia ein. »Für die Befragung in Caroline Sterns Umfeld haben wir ja jetzt Marie. Eine deutschsprachige Polizistin ist in dieser Hinsicht effizienter als eine Dolmetscherin.«

»Ja, das stimmt natürlich«, gab Mateu Fuster zurück. Marie hatte das Gefühl, dass der große Mann froh war, sich nicht darum kümmern zu müssen.

Sie wandte sich erneut an ihn. »Und was ist mit Familienangehörigen hier auf der Insel?«

»Caroline Stern hat keine Familie auf Mallorca«, erwiderte Mateu Fuster. »Sowohl ihre Schwester als auch ihre Mutter leben in Deutschland. Soweit ich weiß, wollten sie aber so schnell wie möglich herfliegen.«

»Was ist mit dem Vater?«

»Der ist wohl vor einigen Jahren schon verstorben.«

Marie nickte nachdenklich. »Haben Sie denn mit der Mutter und der Schwester telefoniert?«

»Ja, das hat eine Kollegin übernommen, die gut Englisch spricht. Weitergebracht hat es uns jedoch auch nicht besonders. Die Schwester glaubt wohl, dass Caroline eine heimliche Beziehung zu einem Mann führt, aber mehr konnte sie dazu anscheinend auch nicht sagen.«

Marie fiel augenblicklich die Konversation der zwei Mädchen ein, die am Morgen neben ihr in dem Café gesessen hatten. »Und woher will sie es dann wissen?«

»Keine Ahnung, das war wohl eher so eine Vermutung von ihr«, erwiderte Mateu Fuster leicht genervt.

»Seit wann lebt Caroline Stern denn auf Mallorca?«, fragte Silvia.

Mateu Fuster schaute auf ein paar Notizen, die er auf Silvias Schreibtisch ausgebreitet hatte. »Noch nicht so lange. Im März 2017 ist sie nach Cala Rajada gezogen.«

»Entschuldigt, dass ich euch unterbreche.« Der junge Informatiker sah von dem Computer auf, an dem er die vergangenen Minuten konzentriert gearbeitet hatte, und nahm sich den Kopfhörer ab.

»Schieß los, Lucas«, sagte Silvia. »Kannst du die verzerrte Stimme entschlüsseln?«

»Mit der Ausstattung, die uns hier zur Verfügung steht, leider nicht. Ich kann nicht mal ausmachen, ob die Stimme weiblich oder männlich ist.«

»Ja, das habe ich leider schon befürchtet«, sagte Silvia.

»Ich hab jedoch einen Bekannten, der bei der Policía Nacional in Valencia arbeitet. Der ist Speziallist auf dem Gebiet und verfügt über die neueste Technik. Wenn ihr mir die Genehmigung gebt, würde ich ihm das Video schicken.«

»Ja, geht klar«, sagte Silvia. »Aber bitte betone, dass es sich um streng geheime Informationen handelt. Das Letzte, was wir nun brauchen, ist, dass dieses Video auf irgendeine Weise an die Öffentlichkeit gelangt.«

»Selbstverständlich«, sagte Lucas Carrasco und widmete sich wieder seinem Bildschirm.

Silvia begann im Raum auf und ab zu gehen. »Also gut, lasst uns einen Plan aufstellen und uns umgehend an die Arbeit machen.«

Marie fiel etwas ein. »Eine Sache noch: Habt ihr euch schon mit dem Laufband befasst? Ich meine, wo man ein solches Modell kaufen kann?«

»Ja, das steht als Nächstes auf meiner Liste«, erwiderte der Informatiker. »Ich kümmere mich auch sonst um alles, was mit der Videoaufnahme in Verbindung steht.«

Marie nickte.

»Okay«, sagte Silvia. »Dann würde ich vorschlagen, dass du, Mateu, Marie und mir alle Unterlagen zu den Befragungen in Carolines und Xaviers Umfeld übergibst. Wir müssen herausfinden, ob die beiden außer der Tatsache, dass sie recht erfolgreiche Influencer sind, beziehungsweise waren, sonst noch irgendwelche Gemeinsamkeiten aufweisen.«

»Geht klar«, sagte Mateu Fuster.

»Soll ich mich als Erstes auf den Weg nach Cala Rajada machen und mich noch mal in Carolines Bekanntenkreis umhören?«, warf Marie ein.

Silvia blieb stehen und stemmte die Arme in die Hüften. Nicht zum ersten Mal ertappte sich Marie bei dem Gedanken, wie viel Energie und Entschlossenheit die kleine Comisaria stets ausstrahlte.

»Ja, unsere Priorität sollte nun Caroline Stern sein. Nach dem, was wir gesehen haben, schwebt die junge Frau womöglich schon in Lebensgefahr. Aber ich denke, dass du vielleicht zuerst noch einmal mit ihren engsten Verwandten sprechen solltest.«

Ehe Marie etwas erwidern konnte, begann das Telefon auf Silvias Schreibtisch zu klingeln. Silvia nahm den Hörer ab. »Ja, Maria Antonia? Was gibt's? ... Ja, ist gut, stell ihn durch.«

»Hi, Fernando, bist du mit der Autopsie schon fertig?«, hörte Marie Silvia in den Hörer sagen. Eine kurze Pause entstand. »Okay, ich mache mich sofort auf den Weg.«

Silvia legte auf und wandte sich an Marie und Mateu Fuster. »Ich muss zum forensischen Institut. Fernando ist auf etwas Interessantes gestoßen, das ich mir umgehend angucken soll.«

»Alles klar, soll ich mitkommen?«, fragte Marie.

Die Comisaria griff nach ihrer Handtasche. »Mir wäre es lieber, wenn du schon mal bei Caroline Sterns Familie anrufst. Mateu kann dir die Telefonnummer geben. Ich denke, es ist besser, wenn wir uns die Arbeit aufteilen, dann verlieren wir keine wertvolle Zeit.«

»Okay, verstehe«, sagte Marie. Sie hätte sich zwar gerne angesehen, was der Gerichtsmediziner entdeckt hatte, aber Silvia hatte recht: Sie arbeiteten effektiver, wenn sie in verschiedene Richtungen gleichzeitig ermittelten.

»Ich melde mich, sobald ich etwas in Erfahrung gebracht habe«, sagte Silvia. »Ach, und Marie: Auf dem Weg zum forensischen Institut rufe ich den Polizeichef an, damit er sich um den Papierkram wegen deiner Mitarbeit bei diesem Fall kümmert. Ist das okay für dich?«

»Ja, klar«, erwiderte Marie. Sofort musste sie an Andreas denken, der sicherlich alles andere als begeistert sein würde, zu hören, dass sie erneut an einem Mordfall mitarbeitete. Aber ihr war bewusst, dass er sich nur um sie sorgte, weil er sie wirklich liebte. Sie würde ihn anrufen, sobald die Versammlung beendet war.

Silvia lächelte sie an. »Super. Ich bin froh, dass du uns auch dieses Mal unterstützt!« Dann eilte die kleine Mallorquinerin aus dem Büro und ließ lautstark die Tür hinter sich ins Schloss fallen.

Kapitel acht

Silvia parkte ihren Dienstwagen auf einem der leeren Stellplätze vor dem forensischen Institut von Palma und schaltete den Motor aus. Gerade als sie ihr Handy in die Handtasche stecken wollte, vibrierte es. Sie schaute auf das Display, und ihr Herzschlag beschleunigte sich. Es war David. *Ich liebe dich,* stand unter seinem Namen.

Silvia starrte ungläubig auf die drei Wörter. Es war das erste Mal, dass David ihr eine Liebeserklärung machte. Zwar hatten sie in der vergangenen gemeinsamen Woche ein paarmal darüber gesprochen, dass sie sich sehr vermissen würden, aber das Wort Liebe war dabei zu keinem Zeitpunkt gefallen.

Selbstverständlich wusste Silvia, dass David für sie Gefühle entwickelt hatte, genau wie sie selbst für ihn. Aber in Silvias Fall war es eher eine intensive Verliebtheit. Von Liebe traute sie sich nach solch einer kurzen Zeit noch nicht zu sprechen. Aber gut, vielleicht hatte sie da auch einfach eine andere Einstellung. Sie hatte schon oft von Paaren gehört, die sich bereits nach wenigen Tagen Beziehung gegenseitig ihre Liebe schworen. Für Silvia hingegen war Liebe etwas Tieferes, etwas, das sich erst nach einer gewissen Zeit zwischen zwei Menschen entwickeln konnte. Von sich selbst konnte sie sowieso nur behaupten, erst zu zwei Gelegenheiten in ihrem Leben einen Mann geliebt zu haben. Beide Male lagen mittlerweile bereits viele Jahre zurück.

Nichtsdestotrotz freute sie sich natürlich über Davids Geständnis. Nur, was sollte sie darauf antworten? Sie dachte ein paar Sekunden lang nach, beschloss dann jedoch, ihm vorerst nicht zu schreiben. Sie würde sich später bei ihm melden. Nun hatte ihre Arbeit Vorrang.

Sie stieg aus dem Auto und ging in die Eingangshalle des Gebäudes.

»Hallo, Elena, *¿qué tal?*«, begrüßte Silvia die junge Frau am Empfang.

»Hola.« Elena Seguí musterte Silvia von unten bis oben.

Silvia wusste, dass Elena sie nicht ausstehen konnte. Die brünette Schönheit arbeitete erst seit ein paar Monaten im forensischen Institut, aber jeder hatte bereits mitbekommen, dass sie in Fernando verschossen war. Silvia wusste zwar nicht, warum Elena auf sie eifersüchtig war, denn sie würde ihr den begehrten Junggesellen bestimmt nicht wegschnappen. Aber es war offensichtlich, dass die junge Frau es nicht gern sah, wenn Silvia mit Fernando zusammenarbeitete.

Silvia legte die Hände auf den Empfangstresen. »Fernando hat mich gerade angerufen. Kannst du mir bitte sagen, in welchem Obduktionssaal er ist?«

Elena stand auf. Obwohl Silvia wie gewohnt Schuhe mit Absätzen trug, überragte die Assistentin sie um einen ganzen Kopf.

»Da muss ich ihn aber erst einmal fragen, ob er dich empfangen kann. Er ist momentan mit einer wichtigen Autopsie beschäftigt«, sagte Elena und blickte Silvia abschätzend an.

Silvia war versucht, dem arroganten Mädel eine patzige Antwort zu geben, aber sie riss sich am Riemen. »Elena, wie ich eben schon sagte, hat Fernando selbst mich ja hierherbestellt. Kannst du mir jetzt bitte freundlicherweise sagen, in welchem Raum er ist?«

Die junge Frau schien einen Moment lang abzuwägen, ob es Sinn ergab, die Comisaria weiter hinzuhalten. Doch Silvia konnte ihre Ungeduld nun nicht mehr verbergen und funkelte die Assistentin streng an.

Elena hielt ihrem Blick ein paar Sekunden lang stand. »Obduktionssaal Nummer zwei«, sagte sie schließlich.

»Sehr nett, vielen Dank«, erwiderte Silvia und rauschte an ihr vorbei.

Sie durchquerte die Eingangshalle und nahm dann die Treppe, die ins Untergeschoss führte. Neben der Tür, auf der eine große 2 prangte, stand ein Wagen in dem Hand- und Überziehschuhe sowie Plastikkittel und Haarschutzkappen lagen. Nachdem Silvia sich alles übergestreift hatte, klopfte sie an der Tür.

»Ja, komm rein«, sagte Fernando aus dem Inneren.

Der Leichengeruch stieg Silvia direkt in die Nase, als sie den hell erleuchteten Raum betrat. Fernando, der ebenfalls komplett in Schutzkleidung gehüllt war, stand neben dem Obduktionstisch und war über die Leiche von Xavier Colomer gebeugt. Als er Silvia erblickte, legte er das Skalpell, das er in der Hand hielt, in eine Operationsschale auf dem Tisch.

»Ah, perfektes Timing, Silvia«, sagte er. »Ich warte besser mit dem Aufschneiden des Magens, bis du wieder weg bist.«

Silvia verzog den Mund. »Das ist äußerst nett von dir.«

Sie betrachtete den toten Xavier einen Moment lang. Nicht zum ersten Mal fragte sie sich, wieso ein so lebenslustiger, extrovertierter Mensch wie Fernando seine Lebenszeit damit verbrachte, in einem Keller Leichen aufzuschneiden.

»Das Outfit steht dir übrigens ausgezeichnet.« Fernandos ironischer Tonfall riss sie aus ihren Gedanken. »Das solltest du öfters tragen! Nur ein bisschen groß ist es.«

»Kannst du bitte deine Schmeicheleien für dich behalten?«, erwiderte Silvia gereizt. Sie konnte viel wegstecken, aber was ihre geringe Körpergröße anging, verstand sie keinen Spaß. Darunter hatte sie schon während ihrer Schulzeit und ganz besonders während ihrer Ausbildung an der Polizeischule gelitten. Dutzende Male hatte sie versucht, Kommentare männlicher, groß gewachsener Kollegen zu ignorieren. Aber obwohl sie sich im Verlauf der Jahre ein immer dickeres Fell antrainiert hatte, trafen sie Bemerkungen dieser Art noch immer.

»Ist ja schon gut, sorry, sorry«, erwiderte der Gerichtsmediziner und hob seine behandschuhten Hände.

»Jetzt erzähl endlich, was du gefunden hast«, sagte sie. »Ich habe mich extra beeilt, um schnell hier zu sein.«

Fernando ging in eine Ecke des Raumes, wo ein länglicher Metalltisch stand. Er griff nach zwei Klarsichtbeuteln im DIN-A4-Format und streckte sie Silvia entgegen. »Das habe ich in jeweils einem seiner Turnschuhe gefunden.«

Silvia kam näher auf ihn zu und erkannte, dass es sich um gemalte Bilder handelte. »Wie bitte? Diese Malereien waren in seinen Schuhen?«

»So ist es«, erwiderte er. »Sie lagen gefaltet zwischen seinen Füßen und den Schuhsohlen.«

Silvia griff nach einem der Bilder. Es handelte sich um ein farbenfrohes Aquarell. Im Vordergrund standen zwei lachende Kinder, die mit einem Ball inmitten einer blühenden Mandelbaum-Landschaft spielten. Im Hintergrund war ein kleines, mallorquinisches Steinhaus zu sehen. Über den Bäumen waren ein tiefblauer Himmel und eine strahlende Sonne gemalt. Ganz unten, in der rechten Ecke, standen die Initialen M.P.V., darunter das Datum 10.02.2015.

Silvia runzelte die Stirn und schaute auf das zweite Bild. Dieses wies ebenfalls leuchtende Farben auf und zeigte einen Strand mit einer Dünenlandschaft im Hintergrund. Am Strand selbst war ein Dutzend Personen zu sehen, die allesamt lachten und den schönen Tag zu genießen schienen. Auch hier standen die gleichen Initialen in der rechten unteren Ecke. Als Datum war der 28.06.2015 vermerkt.

»Könnte den Strand von Es Trenc darstellen«, murmelte Silvia.

»Das hab ich auch direkt gedacht«, sagte Fernando. »Aber es könnte auch Sa Ràpita oder Ses Covetes sein.«

Silvia schaute von dem Bild auf und sah Fernando direkt in die Augen. »Ehrlich gesagt verstehe ich gerade gar nichts mehr. Was haben diese fröhlichen Malereien in den Turnschuhen eines zu Tode gefolterten Internetstars zu suchen?«

Der Gerichtsmediziner hob fragend eine Augenbraue. »Was meinst du mit *zu Tode gefolterten?*«

Silvia fiel ein, dass sie Fernando noch gar nichts von dem Inhalt des USB-Sticks erzählt hatte. In wenigen Sätzen erklärte sie ihm, was sie auf den Videoaufnahmen gesehen hatten.

»Oh fuck!«, sagte Fernando überrascht. Dann lächelte er breit. »Na, dann kann ich mir die Autopsie ja sparen, wenn wir die Todesursache ohnehin schon kennen.«

Silvia sah ihn missmutig an.

»Das war ein Witz, liebe Silvia. Sobald du gegangen bist, schneide ich die Leiche auf, versprochen.«

Silvia widmete sich erneut den Bildern. Sie betrachtete ein paar Sekunden lang die vor den Mandelbäumen spielenden Kinder. »Kannst du dir vorstellen, wo das sein soll?«

Fernando zuckte mit den Achseln. »Keine Ahnung, irgendwo in der Inselmitte wahrscheinlich, wo die meisten Mandelbäume wachsen.«

Silvia kniff die Augenbrauen zusammen und schaute auf das andere Bild. »Der Maler hat auf jeden Fall Talent. Sowohl die Landschaft als auch die Personen sind sehr authentisch gezeichnet.«

»Kann schon sein, aber das bringt uns wohl auch nicht weiter bei der Frage, in welchem Zusammenhang die Malereien mit dem Mord stehen. Ganz zu schweigen davon, dass sie uns zumindest auf den ersten Blick auch nichts über den möglichen Täter sagen.«

»Ja, gerade kann ich mir da überhaupt keinen Reim drauf machen«, stimmte Silvia ihm zu. »Ich habe nicht den geringsten Schimmer, was sich der Mörder mit dieser Platzierung der Bilder in Xaviers Schuhen gedacht hat.«

»Moment, Silvia. Woher willst du denn hundertprozentig wissen, dass es der Täter war, der die Malereien in die Schuhe gesteckt hat? Rein theoretisch könnte es ja auch Xavier Colomer selbst gewesen sein.«

Silvia sah ihn ungläubig an. »Das kann ich mir nicht vorstellen. Warum sollte er das tun? Außerdem hat der Mörder ihm ja eindeutig alle Klamotten ausgezogen, auch die Schuhe. Dabei wären dem Täter ja bestimmt die gefalteten Blätter in den Schuhen aufgefallen.«

»Vielleicht hat der Mörder ihn ja gar nicht ausgezogen, sondern hat vielmehr Xavier Colomer dazu gezwungen, sich auszuziehen. Dann wäre dem Täter der Inhalt der Schuhe womöglich gar nicht aufgefallen.«

»Ja, okay, natürlich könnte das rein theoretisch sein. Aber ganz ehrlich, Fernando, das ergibt doch überhaupt keinen Sinn. Warum sollte ein Instagram-Star oder überhaupt irgendein normaler Mensch mit Aquarellen in den Schuhen herumlaufen?«

Fernando hob die Hände. »Was weiß ich? In unseren Berufen haben wir doch beide oft die Erfahrung gemacht, dass das menschliche Verhalten nicht immer einer nachvollziehbaren Logik entspricht.«

»Ich glaube eher, dass der Mörder uns mit den Bildern irgendetwas mitteilen will«, sagte Silvia.

»Und das wäre?«, fragte Fernando.

»Wenn ich das wüsste, würde ich hier nicht vollkommen planlos rumgrübeln.«

»Meinst du etwa, er will mit der Polizei spielen, und in den Bildern ist irgendeine Botschaft versteckt?«

Silvia atmete tief durch. »Ich habe keine Ahnung. Das Einzige, was wir hinsichtlich der Bilder vorerst machen können, ist, sie an einen Spezialisten weiterzuleiten. Mit etwas Glück können wir ja anhand des Stils oder der Initialen irgendetwas über den Maler herausbekommen. Oder womöglich handelt es sich sogar um jemanden, der in der Künstlerszene ein wenig bekannt ist.«

»Tja, einen Versuch ist es vielleicht wert. Für mich sehen die Malereien zwar nicht schlecht aus, aber ein berühmter Künstler steckt sicherlich nicht dahinter. Dafür sind sie nicht gut genug.«

Silvia wunderte sich, dass Fernando sich so sehr mit den Bildern beschäftigte. Normalerweise übermittelte der Forensiker ihr nur die Fakten und ließ es stets aus, selbst irgendeine Interpretationstheorie aufzustellen.

Als hätte Fernando ihre Gedanken gelesen, zuckte er erneut mit den Achseln. »Aber ich halte mich besser aus diesen Hypothesen heraus und widme mich lieber dem, was ich wirklich kann«, sagte er und deutete mit dem Kinn auf die Leiche. »Das Ermitteln überlasse ich dir und deinen Kollegen der Policía Nacional.«

»Ich kann die noch nicht mitnehmen, oder?«, fragte Silvia und zeigte auf die Bilder in ihrer Hand.

»Nein, da musst du dich leider noch ein wenig gedulden. Bis wir die Malereien auf Fingerabdrücke untersucht haben, kann ich sie nicht aushändigen.«

Silvia holte ihr Handy aus der Handtasche, die sic auf einen Stuhl neben der Eingangstür gestellt hatte. Dann legte sie die Bilder zurück auf den Metalltisch und schoss ein paar Fotos von ihnen mit ihrem Smartphone.

»Hast du sonst noch etwas gefunden, was mich interessieren könnte?«

»Bis jetzt habe ich ja nur eine erste visuelle Begutachtung der Leiche vorgenommen«, sagte Fernando und trat neben den Tisch, auf dem Xavier Colomers lebloser Körper lag. »Äußere Verletzungen wurden ihm anscheinend keine zugefügt. Aber wie ich schon am Tatort bemerkte, weist seine Haut auf Dehydrierung hin. Das muss nicht unbedingt bedeuten, dass der Täter ihm wenig zu trinken gegeben hat. Es kann auch auf den enormen Flüssigkeitsverlust zurückzuführen sein, den das lang anhaltende Schwitzen auf dem Laufband verursacht hat.«

»Ja, klar. Sonst noch was?«

»Nein. Für mehr hatte ich leider noch keine Zeit.«

»Okay.«

»Wie war eigentlich dein Urlaub, Silvia? Bei dem ganzen Stress hab ich dich das gar nicht gefragt. Ich hab gehört, du hättest dir einen Freund zugelegt.«

Silvia war überrascht. Sie hatte keinem auf der Arbeit von David erzählt. Seitdem ihr ehemaliger Kollege und guter Freund Ramón im Frühjahr verstorben war, hatte sie sich mit niemandem mehr über private Angelegenheiten ausgetauscht. Sie wusste, wie schnell Neuigkeiten die Runde machten, und sie hatte nicht das Bedürfnis danach, dass das halbe Polizeirevier über ihr Privatleben plauderte. Doch anscheinend hatte trotzdem irgendjemand Wind von ihrer neuen Beziehung bekommen. Denn wo sonst sollte Fernando diese Information aufgeschnappt haben?

Ihre Neugier war geweckt. »Wer sagt das?«

Fernando setzte sein ironisches Lächeln auf. »Ich verrate dir doch nicht meine geheimen Quellen, liebe Silvia. Aber ein bisschen enttäuscht bin ich schon, dass du es mir nicht selbst erzählt hast.«

Ganz unrecht hatte er in dieser Hinsicht nicht. Zwar waren Fernando und sie keine besten Freunde, aber sie hatte immer auf den Gerichtsmediziner zählen können, und er hatte ihr nach Ramóns Tod wirklich zur Seite gestanden.

»Ja, ich habe tatsächlich jemanden kennengelernt, mehr möchte ich dazu jedoch noch nicht sagen«, sagte sie. »Bitte tue mir den Gefallen und tratsch auf dem Revier nicht hinter meinem Rücken herum!«

Fernando riss mit gespielter Empörung die Augen auf. »So etwas würde ich niemals tun. Das ist vollkommen unter meinem Niveau.«

»Schon gut«, entgegnete Silvia. »Ruf mich an, sobald ich die Bilder abholen kann oder falls du auf irgendetwas Interessantes stößt.«

»Ganz zu Ihren Diensten, Frau Comisaria.«

Silvia verdrehte die Augen. Dann nahm sie ihre Handtasche und verließ den Kellerraum.

Kapitel neun

Das war vielleicht ein makabrer Anblick, sag ich Ihnen! Vollkommen nackt baumelte er da vom Wachturm. Nur die Turnschuhe hatte er noch an …«

Andreas hörte, wie Gerd Schneider lautstark einem Hotelgast von seinem morgendlichen Fund berichtete. Als die Schneiders vor ein paar Stunden im Hotel eingetroffen waren, hatten sie noch einen vollkommen anderen Eindruck gemacht. Sie zeigten sich ziemlich geschockt und mitgenommen, was ja auch mehr als verständlich war. Nun jedoch schien Gerd Schneider Gefallen an dem Interesse der anderen Gäste gefunden zu haben und prahlte regelrecht mit seiner Entdeckung. Besonders als erste deutsche Medien im Hotel angerufen hatten, war er zu Höchstform aufgelaufen und hatte den Presseleuten mit Enthusiasmus alle Details geschildert. Eine Zeitung hatte sogar gesagt, dass sie heute noch einen Reporter schicken würden, um Gerd Schneider persönlich zu interviewen. Andreas konnte sich die Titelstorys schon bildhaft vorstellen: »Deutsches Wanderpaar findet erhängten mallorquinischen Internetstar!«

Saskia Schneider hingegen teilte den überschwänglichen Redefluss ihres Mannes nicht und hatte sich nach einem kleinen Mittagessen rasch in ihr Zimmer zurückgezogen. Andreas nahm sich vor, später einmal nach ihr zu schauen. Vielleicht war sie vollkommen traumatisiert und benötigte psychologische oder medizinische Betreuung.

Die meisten Sorgen jedoch bereitete ihm die Tatsache, dass es sich bei dem Toten tatsächlich um ein Mordopfer handelte und Marie an den Ermittlungen teilnahm. Vor einer Stunde hatte sie ihn angerufen und knapp berichtet, dass sie auch in diesem Fall mit der Policía Nacional zusammenarbeiten würde. Andreas hatte das Bedürfnis, ihr davon abzuraten, erfolgreich unterdrücken können. Er wollte nicht riskieren, dass sie sich erneut von ihm zurückzog. Nun jedoch machten sich, wie schon so oft zuvor, die altbekannten Sorgen um Maries Sicherheit in ihm breit.

Daher war er ganz froh, dass er sich zunächst um ein logistisches Problem im Hotel kümmern musste, das ihn hoffentlich auf andere Gedanken brachte. In einem der Gästezimmer funktionierte die Klimaanlage nicht, und das amerikanische Ehepaar hatte sich am Morgen empört bei Catalina beschwert. Andreas hatte dreimal beim technischen Dienst des Anbieters seiner Klimaanlagen anrufen müssen, bis man ihm schließlich versicherte, dass ein Techniker zum Hotel käme. Nach weiteren zwei Stunden des Wartens war nun endlich ein Lieferwagen der Firma angekommen.

Andreas ging auf den jungen Mann zu, der soeben aus dem Fahrzeug gestiegen war. »*Bones tardes,* ich bin Andreas Lindner. Gut, dass Sie da sind!«

Der Mann nickte und streckte die Hand aus. »Diego Álvarez. Entschuldige Sie die Verspätung, aber Sie können sich nicht vorstellen, was ich schon für einen Morgen hinter mir habe. In einem Hotel in Deià ist die gesamte Klimaeinrichtung zusammengebrochen. Eine Heidenarbeit war das. Aber wir haben alles wieder zum Laufen bekommen.«

»Sehr gut«, erwiderte Andreas. »Dann hoffen wir, dass Sie unsere Anlage auch schnell reparieren können. Kommen Sie, ich begleite Sie zum Zimmer.«

Der Mann holte seinen Werkzeugkoffer und eine ausklappbare Leiter aus dem Lieferwagen und folgte Andreas zum

Haupthaus, in dem sich die Gästezimmer befanden. Sie stiegen die Steintreppe hinauf und gingen an der Tür der Schneiders vorbei, deren Zimmer direkt neben dem der Amerikaner lag. Andreas holte den Schlüssel hervor und öffnete. Diego Álvarez folgte ihm in das rustikal eingerichtete Gästezimmer und ging direkt auf die ausgeschaltete Klimaanlage zu.

»Hier ist die Fernbedienung.« Andreas nahm die Bedienung vom Nachttisch und überreichte sie Diego Álvarez.

»Alles klar«, erwiderte der Techniker und begann, auf verschiedene Knöpfe zu drücken.

»Wie Sie sehen, kommt nur heiße Luft aus dem Apparat«, sagte Andreas. »Den Mode-Status habe ich schon überprüft, der ist korrekt auf Air-Con eingestellt. Aber trotzdem tut sich nichts.«

»Hm … das sehe ich mir mal aus der Nähe an.«

Diego Álvarez klappte die Leiter aus und stellte sie unter die Klimaanlage. Gerade als er hinaufsteigen wollte, klopfte es an der Tür. Andreas drehte sich um, doch ehe er etwas sagen konnte, wurde die Tür aufgerissen, und Saskia Schneider stürzte ins Zimmer.

»Herr Lindner, ich muss mit Ihnen reden«, stieß sie hervor.

Andreas sah die aufgebrachte Frau verwundert an. »Was ist passiert?«

»Kann ich mit Ihnen unter vier Augen reden? Es ist wichtig!«

»Alles in Ordnung?« Diego Álvarez sah fragend zu den beiden hinüber. »Soll ich hier weiterarbeiten?«

»Ja, ja, machen Sie nur«, sagte Andreas auf Spanisch und wandte sich dann wieder Saskia Schneider zu. »Sagen Sie mir ruhig, was los ist. Der Techniker versteht kein Deutsch.«

Frau Schneider musterte misstrauisch den Handwerker, der bereits auf die Leiter gestiegen war und ihnen den Rücken zugewandt hatte. »Mein Mann bringt mich um.« Sie fuhr sich nervös mit der Zunge über die Lippen. »Aber wir müssen die Polizei benachrichtigen.«

Andreas berührte sie sanft an der Schulter. »Beruhigen Sie sich, Frau Schneider.«

»Also, ich wollte es ja sofort der Polizei überreichen, aber Gerd war dagegen. Es ist so schrecklich ... und jetzt will er es wirklich an den deutschen *Morgenspiegel* verkaufen.«

»Moment, Frau Schneider. Ich kann Ihnen nicht folgen«, sagte Andreas. »Was wollten Sie der Polizei überreichen?«

Die Frau schnappte nach Luft, und Andreas sah, dass sich Tränen in ihren Augen bildeten. »Am Tatort, nur wenige Meter vor dem Turm, haben wir ein Geschenk gefunden. So eine Schachtel mit rotem Papier. Sogar ein Schleifchen war darumgebunden!«

Andreas zog kurz in Erwägung, ob Frau Schneider vielleicht noch unter Schock stand und einfach wirres Zeug redete. »Wie bitte? Ein Geschenk?«

»Ja! An dem Deckel war dieses weiße Kärtchen angebracht«. Saskia Schneider griff in ihre Hosentasche und holte eine Art Visitenkarte hervor, die sie Andreas überreichte.

Andreas las den Text, der auf der Karte stand.

Para el descubridor – para venta a la prensa
For the finder – to sell to the press
Für den Finder – zum Verkauf an die Presse

Andreas sah Saskia Schneider fassungslos an. »Und Sie haben die Schachtel geöffnet und nicht gewartet, bis die Polizei eingetroffen ist?«

Nun konnte die verstörte Frau die Tränen nicht mehr zurückhalten und schluchzte laut auf. Andreas sah, dass Diego

Álvarez sich kurz zu ihnen umdrehte, sich dann jedoch wieder der Klimaanlage zuwandte.

»Was war in der Schachtel, Frau Schneider?«, fragte Andreas mit fester Stimme.

Sie wischte sich mit dem Handrücken über das verweinte Gesicht. »Ich habe Gerd ja gesagt, dass er es nicht anfassen soll. Aber er ließ sich von mir nicht abbringen.«

»Bitte sagen Sie mir, was sich in dem Paket befand.«

Saskia Schneider blickte zu Boden. »Ein USB-Stick.«

»Das war alles?« Andreas versuchte, sich einen Reim auf das Ganze zu machen. »Wo ist dieser Stick jetzt?«

Die verstörte Frau hob den Blick und sah Andreas an. »Gerd meinte, wir sollten den Inhalt prüfen, bevor wir ihn der Polizei aushändigen.«

Andreas rückte seine Brille gerade. Schweißperlen hatten sich auf seinem Nasenrücken gebildet. »Und dann haben Sie das Paket und den Stick einfach mitgenommen?« Er konnte seine Entrüstung nun nicht mehr herunterspielen. »Frau Schneider, ist Ihnen nicht bewusst, dass Sie am Tatort eines möglichen Gewaltverbrechens wichtige Beweisstücke mitgenommen haben? Ihnen musste doch klar sein, dass Sie sich dafür strafrechtlich verantworten müssen?«

»Ja, ja … aber was sollte ich denn machen? Gerd war fest entschlossen, die Schachtel mitzunehmen.«

Andreas seufzte. »Okay. Und dann haben Sie sich hier im Hotel den Inhalt des Sticks angeguckt?«

»Ja, auf meinem Laptop … ich werde diese furchtbaren Aufnahmen wohl nie vergessen.«

»Sagen Sie mir bitte, was auf dem Stick war.«

Saskia Schneider schluchzte ein weiteres Mal. »Es waren zusammengeschnittene Videoaufnahmen, die den Toten auf einem Laufband zeigten. Im Hintergrund war eine verzerrte

Stimme zu hören, die dem nackten Mann Befehle zu geben schien. Wir haben sie ja nicht verstanden, weil sie auf Spanisch gesprochen hat.«

Andreas versuchte, ihre Worte einzuordnen. Doch ehe er eine weitere Frage stellen konnte, sprach Saskia Schneider schon weiter.

»Das ganze Video dauert über zwanzig Minuten, und am Ende ist zu sehen, wie der Mann auf dem Laufband vor Erschöpfung zusammenbricht. Ich glaube, er war dann tot.«

»Das Video zeigt, wie Xavier Colomer gestorben ist«, sagte Andreas mehr zu sich selbst als zu Frau Schneider. Dann berührte er sie sanft an der Schulter. »Wo ist dieser Stick jetzt? Wir müssen ihn unbedingt der Polizei aushändigen!«

»Deshalb habe ich mich ja an Sie gewandt, Herr Lindner. Ich spreche ja kein Spanisch, und das Problem ist …« Sie holte tief Luft, bevor sie weitersprach. »Mein Mann hat den Stick, und er will ihn an die deutsche Presse verkaufen. Er trifft sich heute mit einem Reporter des *Morgenspiegels.*«

»Wann ist dieses Treffen?«, wollte Andreas wissen.

»Ich weiß nicht, er meinte nur, dass er einen Termin mit einem deutschen Reporter vereinbart hätte. Ich habe noch mal versucht, ihn zu überreden, den Stick zur Polizei zu bringen. Aber er hat nur gesagt, dass wir das viele Geld für das Video dringend brauchen können und ich meinen Mund halten soll. Wissen Sie, ich glaube, er hat sich bei einem seiner Investments verkalkuliert und Schulden angehäuft.« Sie schluckte. »Aber ich kann da nicht mitmachen … ich will das nicht.«

»Kommen Sie mit«, sagte Andreas, »wir müssen Ihren Mann suchen, bevor das Video in die Medien gelangt und für die Polizei alles nur noch schwieriger macht.« Er dachte daran, was Marie wohl zu alldem sagen würde. Am Telefon hatte sie ihm keine Einzelheiten über die Todesursache des Mannes genannt. Sie hatte nur gesagt, dass sie Beweise hätten, dass der mallorquinische Internetstar Opfer eines Gewaltverbrechens geworden sei.

»Nein, gehen Sie allein«, entgegnete Saskia Schneider. »Ich will von der ganzen Sache nichts mehr wissen. Es ist so schrecklich!« Sie weinte nun hemmungslos.

Andreas beschloss, keine weitere Zeit zu vergeuden.

»Herr Álvarez, ich muss mich kurz um etwas kümmern, ich bin gleich wieder da«, rief er dem Techniker zu, der noch immer mit der Klimaanlage beschäftigt war.

Ohne ein weiteres Wort ließ er die immer noch weinende Saskia Schneider neben der Tür stehen und eilte aus dem Zimmer.

Kapitel zehn

Marie schloss ihren alten Land Rover ab und ging auf das Viersternehotel zu, das nur wenige Hundert Meter neben dem berühmten Strand der Cala Agulla lag. Sie war erst wenige Male zuvor in Cala Rajada gewesen. Zum einen, weil der touristische Küstenort im Nordosten Mallorcas ziemlich weit weg von Sóller lag, zum anderen, weil sie wenig Interesse hatte, sich unter das junge deutsche Partyvolk zu mischen, für das das ehemalige Fischerdorf inzwischen bekannt war. Zwar besaß das Nachtleben hier einen nicht ganz so lächerlichen Ruf wie das am Ballermann in El Arenal, dennoch hatte man in Cala Rajadas Bars und Restaurants ebenfalls eher das Gefühl, in Deutschland als in Spanien zu sein.

Die Strände in dieser Umgebung jedoch zählten zu den schönsten, die die Insel zu bieten hatte. Ganz besonders die Buchten Cala Mesquida und Cala Torta, die noch etwas nördlicher lagen, hatten es Marie angetan. Letzten Sommer war sie einige Male mit Andreas zu diesen traumhaften, naturbelassenen Gegenden gefahren. Die Erinnerung an die schönen Tage mit Andreas versetzte ihr einen kleinen Stich, aber sie versuchte augenblicklich, den Gedanken beiseitezuschieben.

Durch eine große Glastür betrat sie das Foyer des Hotels. Einen Moment lang sah sie sich um und suchte nach dem Ausgang zur hoteleigenen Terrasse. Dort hatte sie sich für 15:00 Uhr mit Ruth und Julia Heinrich verabredet. Marie war spät dran, da sie wegen eines Staus auf Palmas Ringautobahn länger als geplant für die Fahrt in den Nordosten gebraucht hatte.

Als sie vor ein paar Stunden Caroline Sterns Mutter angerufen hatte und diese ihr mitteilte, dass sie bereits mit ihrer jüngeren Tochter auf Mallorca angekommen sei, hatte Marie beschlossen, den beiden deutschen Frauen direkt einen Besuch abzustatten. So konnte sie im Anschluss auch noch andere Bekannte von Caroline Stern befragen, die ebenfalls in Cala Rajada wohnten.

Marie entdeckte den Ausgang zu der weitläufigen Terrasse und ging hinaus. Nur wenige Gäste saßen an den schattigen Tischen des Hotelrestaurants. Um diese Uhrzeit befanden sich die meisten wahrscheinlich entweder am Strand oder am hoteleigenen Pool, der auf der anderen Seite des Gebäudes lag. Aus einigen Metern Entfernung sah Marie zwei blonde Frauen an einem der Tische, die angespannt ihre Blicke umherschweifen ließen und nicht den Eindruck machten, einen entspannten Urlaubstag zu verbringen. Das mussten sie sein. Marie ging entschlossen auf sie zu.

»Guten Tag, sind Sie Ruth und Julia Heinrich?«, fragte sie, als sie vor dem Tisch der beiden Frauen haltmachte.

Die Ältere, Marie schätzte die Dame auf Mitte fünfzig, sprang augenblicklich von ihrem Korbstuhl auf. »Sind Sie die Polizistin, die mich vorhin angerufen hat?«

»Ja, mein Name ist Marie Lindner. Ich arbeite für die spanische Policía Nacional.«

»Ich bin so froh, dass Sie Deutsch sprechen«, erwiderte Ruth Heinrich. »Die Polizistin, die uns vorgestern anrief, konnte ich ja leider kaum verstehen. Und mein Englisch ist gut, Frau Lindner. Aber diese Beamtin hatte so eine schlechte Aussprache.«

Marie nickte, ohne etwas zu erwidern, und wandte sich an die jüngere Frau. »Und Sie sind Julia Heinrich? Caroline Sterns Schwester?«

Das Mädchen stand ebenfalls auf und gab Marie die Hand. »Ja, wie Sie sicherlich wissen, heißt meine Schwester auch Heinrich mit Nachnamen. Aber sie meinte eben, mit diesem Namen könne man nicht berühmt werden, daher nannte sie sich Stern.«

Marie bemerkte, dass Julia den letzten Satz mit ein wenig Verachtung in der Stimme ausgesprochen hatte. Anscheinend hielt sie nicht viel von den Ambitionen ihrer älteren Schwester. Sie musterte das Mädchen einen Moment lang.

Obwohl Marie Caroline Stern nur von ein paar Aufnahmen kannte, die sie im Internet gesehen hatte, war es unverkennbar, dass Julia optisch kaum etwas mit ihr gemein hatte. Die junge Frau war zwar ebenfalls ausgesprochen hübsch, aber im Gegensatz zu Caroline war sie vollkommen ungeschminkt. Sie trug ihre dunkelblonden Haare zu einem einfachen Dutt hochgesteckt, und ihr Outfit bestand aus einer Kakishorts und einem schlichten weißen T-Shirt. Außerdem hatte Julia eine kurvenreiche Figur, die in keiner Weise mit der mager wirkenden Caroline zu vergleichen war. Auch Ruth Heinrich machte nicht den Eindruck, stundenlang vor dem Spiegel zu stehen. Sie war nur sehr dezent geschminkt.

»Lassen Sie uns setzen«, sagte Marie und nahm sich einen der freien Stühle.

Die beiden Frauen nahmen erneut Platz und sahen Marie erwartungsvoll an.

»Wie ich am Telefon schon sagte, hat mich die spanische Kollegin über das Gespräch mit Ihnen informiert«, begann Marie. »Aber wenn Sie einverstanden sind, würde ich gerne noch einmal von vorne anfangen.«

»Natürlich.« Ruth Heinrichs Mund zuckte leicht. »Julia und ich haben gehofft, die Untersuchungen voranzutreiben, wenn wir direkt hierherfliegen und uns persönlich umhören.«

»Frau Lindner«, sagte Julia. »Wir haben vorhin in den Nachrichten gelesen, dass heute Morgen die Leiche von diesem mallorquinischen Fitnessstar auf der anderen Seite der Insel gefunden wurde. Da er ja wie Caroline auch sehr erfolgreich im Social-Media-Zirkus war, stellt sich uns die Frage, ob Sie da eine Verbindung zu dem Verschwinden meiner Schwester sehen?«

Marie war erstaunt über die Ausdrucksweise des Mädchens. Sie schätzte Julia Heinrich auf höchstens 22 Jahre, aber sowohl ihr Auftreten als auch ihre Wortwahl ließen sie wesentlich älter wirken.

»Für diese Annahme haben wir zum jetzigen Zeitpunkt keinen konkreten Anhaltspunkt«, erwiderte Marie. Sie hatte mit Silvia vereinbart, Caroline Sterns Angehörigen vorerst nichts von den Videoaufzeichnungen zu sagen.

»Aber der Tod von diesem Xavier Colomer ist doch kein Selbstmord gewesen, oder?«, hakte die junge Frau nach. »Ich meine, warum sollte er sich denn vollkommen nackt erhängen und sich so zur Schau stellen. Das passt doch nicht zusammen.«

Marie musste schleunigst das Ruder herumreißen. Sie war hier, um die beiden Frauen zu befragen, nicht um sich von ihnen über interne polizeiliche Nachforschungen aushorchen zu lassen. »Auch diesbezüglich können wir vorerst keine Angaben machen, da wir erst die Ergebnisse von Herrn Colomers Autopsie abwarten müssen«, sagte sie knapp.

»Ja, aber wenn dieser Mallorquiner ermordet worden ist, schwebt womöglich meine Tochter auch in Lebensgefahr«, meldete sich Ruth Heinrich zu Wort.

»Ich kann Ihnen versichern, dass es unsere oberste Priorität ist, Caroline Sterns Aufenthaltsort ausfindig zu machen«, sagte Marie. »Weitere Spekulationen helfen uns im Moment nicht weiter. Daher würde ich Ihnen nun gerne ein paar Fragen stellen.«

Ruth Heinrich nickte stumm und starrte auf ihre zusammengefalteten Hände. Julia verzog ein wenig den Mund, sagte jedoch nichts, sondern nahm einen Schluck von der Cola, die vor ihr auf dem Tisch stand.

»Julia … darf ich Sie Julia nennen?«, fragte Marie.

Das Mädchen nickte. Doch bevor Marie ihre Frage formulieren konnte, kam ein Kellner an ihren Tisch. Marie bestellte rasch ein Tonic-Wasser und wartete, bis er sich entfernt hatte.

»Julia, aus den Notizen der Beamtin, die mit Ihnen telefoniert hat, geht hervor, dass Sie meinen, Ihre Schwester hätte eine heimliche Beziehung zu einem Mann?«

Die junge Frau sah Marie direkt an. »Also, Caroline und ich haben ja noch nie ein gutes Verhältnis gehabt. Wir sind einfach zu unterschiedlich und hatten schon immer ganz andere Interessen. Daher haben wir uns auch nie viel anvertraut. Aber vor ein paar Wochen hatten wir mal wieder telefoniert, und wie so oft endete unser Gespräch in einem Streit.«

»Was war der Grund des Streits?«, fragte Marie.

»Ach, wie immer ging es um das Thema Selbstdarstellung. Ich finde es einfach schrecklich, wie sich diese ganzen sogenannten Influencer zur Schau stellen. Die tun so, als wäre ihr Leben perfekt, obwohl alles nur aufgesetzter Fake ist. Und Caroline war ja Meisterin in diesem Theater. Ich habe ihr einfach direkt gesagt, wie lächerlich ich ihren letzten Post auf Instagram fand. Es ging um so ein dämliches Foto, wo sie tat, als wäre sie gerade aufgewacht, obwohl sie schon top geschminkt war. Das Bild zeigte sie, wie sie noch im Bett lag und mit Kussmundlippen irgendeinen grünen Smoothie mit Strohhalm nuckelte. *Frühstück im Bett. Das Erste am Morgen ist mein Power-Drink*, oder irgendein Spruch dieser Art, stand unter dem Foto.«

»Sie haben Caroline also für ihren Post kritisiert, und daraufhin ist ein Streit zwischen Ihnen ausgebrochen«, stellte Marie fest. »Aber was genau hat diese Auseinandersetzung mit einer heimlichen Beziehung zu tun?«

»Caroline hat sich über das, was ich ihr gesagt habe, tierisch aufgeregt und mir an den Kopf geworfen, dass ich nur eifersüchtig auf ihre mega Figur und ihren tollen Lifestyle wäre.« Julia lachte grimmig. »Sie meinte, ich würde ein völlig langweiliges Leben führen und es nicht mal schaffen, mir einen Typen an Land zu ziehen. Das habe ich natürlich nicht unkommentiert gelassen und sie darauf hingewiesen, dass sie in Sachen Liebesleben auch nicht gerade eine glückliche Beziehung vorweisen könne.«

Der Kellner brachte Maries Tonic und Julia unterbrach ihre Schilderung. Nachdem Marie sich eingeschenkt hatte, fragte sie: »Und daraufhin hat Ihre Schwester Ihnen von einer heimlichen Beziehung berichtet?«

»Ganz so direkt nicht, nein. Aber sie ist dann noch mehr in Rage geraten und meinte, dass ich ja keine Ahnung hätte und mich noch wundern würde. Ihre Worte waren so was in der Art von *›wenn du wüsstest, wen ich date, liebe Julia …‹*. Ganz genau kann ich mich nicht mehr erinnern, es liegt ja schon einige Wochen zurück, aber so ungefähr hat sie es gesagt.«

»Und mehr konnten Sie über diese *Beziehung*«, Marie formte mit ihren Fingern Anführungszeichen in die Luft, »nicht herausfinden?«

»Ehrlich gesagt habe ich gar nicht weiter nachgefragt«, erwiderte Julia. »Ich wollte ihr nicht die Genugtuung geben, mich für ihre dämlichen Andeutungen auch noch zu interessieren. Daher habe ich das Gespräch ziemlich rasch beendet. Erst seit sie vermisst wird, habe ich mich wieder an ihre Worte erinnert und gedacht, dass ihr Verschwinden vielleicht mit dieser Beziehung in Verbindung steht.«

»Ich verstehe«, sagte Marie. »Und danach hatten Sie keinen Kontakt mehr miteinander? Nicht einmal über eine Textnachricht?«

»Nein, wie gesagt, hatten wir ja kein inniges Verhältnis. Dass wir alle paar Wochen mal telefonieren, kommt eigentlich nur zustande, weil Mama uns dazu drängt.«

Ruth Heinrich schaute zu ihrer Tochter. »Ja, das ist doch wohl selbstverständlich! Ihr seid Schwestern, da könnt ihr euch doch wenigstens ab und zu mal füreinander interessieren.«

Marie sah, wie Julia ganz leicht die Augen verdrehte, aber nichts erwiderte.

»Frau Heinrich«, wandte sich Marie an die ziemlich mitgenommen aussehende Frau. »Wann haben Sie zum letzten Mal von Caroline gehört?«

»Das war am Dienstagabend. Wir haben uns ein paar Nachrichten über WhatsApp geschickt, bis Caroline meinte, dass sie zu einer Verabredung losmüsse.«

»Ist Ihnen irgendetwas Merkwürdiges während dieser Unterhaltung mit Ihrer Tochter aufgefallen?«

»Nein, überhaupt nicht. Sie wirkte richtig fröhlich.«

»Worüber haben Sie mit ihr gesprochen?«

»Ach, wir haben über meine bevorstehende Reise geredet. Ich wollte sie ja eigentlich im Oktober für zwei Wochen besuchen kommen.«

»Wissen Sie, mit wem sie verabredet war?«, fragte Marie.

»Nein, das hat sie nicht erwähnt, und ich habe auch nicht nachgefragt. Aber meine Tochter hat ja ein sehr aufregendes Leben. Sie ist selten zu Hause und meist auf irgendwelchen Veranstaltungen.«

Marie bemerkte, wie Julia erneut die Augen verdrehte. »Frau Heinrich, wie haben Sie von Carolines Verschwinden erfahren?«

»Sie hatte mir von einem Zahnarzttermin am Mittwochnachmittag erzählt. Ich glaube, es ging nur um eine Routineuntersuchung. Am Mittwochabend habe ich ihr dann geschrieben, um mich zu erkundigen, wie die Untersuchung gelaufen sei. Aber als ich die Nachricht abschickte, sah ich nur ein Häkchen – also, dass sie sie noch nicht erhalten hatte. Das fand ich schon ein wenig eigenartig, da Caroline ihr Handy für gewöhnlich nicht ausschaltet. Ich habe eine Stunde gewartet und dann versucht, sie anzurufen. Aber ihr Telefon war wirklich ausgeschaltet.«

Julia räusperte sich. »Ja, da hat meine Mutter recht. Das ist für Caroline wirklich komisch. Ihr Handy ist immer an. Selbst nachts schaltet sie es nicht aus.«

»Na ja, es hätte ja auch einfach kaputt sein können«, bemerkte Marie.

»Das kann ich mir kaum vorstellen«, sagte Julia. »Erstens hat meine Schwester immer das allerneueste Modell. Und zweitens hat sie stets ein Reservegerät zur Hand. Sie müssen verstehen, Frau Lindner, dass Caroline vollkommen abhängig von ihren Social-Media-Kanälen ist. Da vergehen tagsüber nicht mal einfach ein paar Stunden, während derer sie ihre Accounts nicht checkt.«

»Also, ich weiß ja auch nicht«, meldete sich Ruth Heinrich zu Wort. »Aber ich hatte schon ein ungutes Gefühl, was sich ja leider auch bewahrheitet hat …« Ihre Stimme wurde leiser, und sie senkte den Kopf.

»Haben Sie denn dann direkt am Mittwochabend etwas unternommen?«, fragte Marie.

»Ich habe eine weitere Stunde verstreichen lassen. Ich fand jedoch keine Ruhe, also rief ich Carolines Mitbewohnerin Natascha an.«

Marie schaute auf ihre Notizen. Natascha Schüle hätte heute von den Kollegen der Vermisstenabteilung zusammen mit einer Dolmetscherin befragt werden sollen. Da nun Marie den Fall übernommen hatte, war es ihre Aufgabe, die Deutsche später aufzusuchen.

»Wie reagierte Natascha auf Ihren Anruf?«, fragte Marie.

Ruth Heinrich griff nach der Zigarettenschachtel, die vor ihr auf dem Tisch lag. Marie bemerkte, dass ihre Finger leicht zitterten. »Stört es Sie, wenn ich rauche, Frau Lindner?«

»Nein, überhaupt nicht«, sagte Marie. Sie verschwieg jedoch, dass sie selbst auch nicht von diesem Laster lassen konnte.

Die Frau zündete sich eine Fortuna an und nahm einen tiefen Zug, bevor sie auf Maries Frage antwortete. »Also, ich kenne Natascha ja persönlich gar nicht. Sie wohnt noch nicht lange mit Caroline zusammen. Aber meine Tochter hatte mir trotzdem einmal ihre Nummer gegeben, für Notfälle.« Sie nahm einen weiteren Zug, und Marie verspürte das Bedürfnis, sich ebenfalls eine Zigarette anzustecken. »Na ja, jedenfalls war Natascha überrascht, als ich sie anrief. Sie hatte Caroline seit dem Vortag nicht gesehen, denn meine Tochter hatte die Nacht nicht zu Hause verbracht. Aber das schien Natascha nicht zu beunruhigen. Sie meinte, dass dies häufiger vorkäme. Erst als ich ihr mitteilte, dass Carolines Handy ausgeschaltet sei, schien sie sich ein wenig zu wundern.«

Julia wedelte mit der Hand den Rauch der Zigarette ihrer Mutter weg. »Ich hatte Mama gesagt, sie solle diese Natascha fragen, ob sie den Zahnarzt kennen würde, zu dem Caroline gegangen sei. Um herauszufinden, ob meine Schwester den Termin wahrgenommen hatte.«

Sehr gut, dachte Marie. »Und, kannte sie ihn?«

»Ja«, antwortete Ruth Heinrich. »Sie war es sogar, die Caroline den Zahnarzt empfohlen hatte. Ich habe sie dann gebeten, in der Praxis anzurufen und zu fragen, ob Caroline am Nachmittag dort gewesen war.«

»Und das war sie nicht!«, sagte Julia.

»Nein, das war sie nicht«, sagte auch Ruth Heinrich und senkte erneut den Kopf.

»War Natascha Schüle denn daraufhin auch beunruhigt?«, fragte Marie.

»Nein, nicht wirklich«, sagte Ruth Heinrich. »Sie meinte, dass wir uns vorerst keine Sorgen machen sollten. Caroline übernachte öfters auswärts, und vielleicht sei ihr einfach irgendetwas dazwischengekommen. Aber ich war inzwischen richtig beunruhigt, denn ich kenne meine Tochter. Sie würde nicht so einfach einen Arzttermin ausfallen lassen. Nicht, ohne wenigstens vorher abzusagen. Caroline ist sehr verantwortungsbewusst und zuverlässig, wissen Sie?«

Marie nickte. »Was haben Sie dann gemacht?«

»Wir machten uns beide Sorgen«, sagte Julia. »Aber ich konnte Mama überreden, noch einen Tag abzuwarten, bevor wir die spanische Polizei benachrichtigten.«

»Ich verbrachte eine schlaflose Nacht und habe immer wieder überprüft, ob Caroline ihr Handy einschalten würde, aber das geschah nicht.« Ruth Heinrich nahm einen letzten Zug, dann drückte sie die Zigarette im Aschenbecher aus. »Am nächsten Morgen habe ich dann erneut Natascha angerufen. Sie hatte jedoch weiterhin nichts von Caroline gehört.«

»Mama und ich haben alle sozialen Medien überprüft, auf denen Caroline sonst täglich etwas veröffentlicht. Und auf keinem hatte sie am Mittwoch oder Donnerstag etwas gepostet. Dann haben wir beschlossen, die Polizei auf Mallorca zu verständigen.«

»Den Rest kennen Sie ja, Frau Lindner«, sagte Ruth Heinrich. »Wir haben dann ewig lange gewartet, bis wir diese Beamtin, die

Englisch sprach, in der Leitung hatten. Und da wir nach dem Telefonat das Gefühl hatten, dass hier seitens der Polizei kaum etwas unternommen wurde, sind wir selber hergeflogen.«

»Ich verstehe«, sagte Marie. »Wissen Sie, ob es Aspekte in Carolines Leben gab, die ihr zunehmend Sorgen bereiteten?«

»Meine Schwester hat keinen Selbstmord begangen«, antwortete Julia harsch. »Zwar haben wir nicht das beste Verhältnis zueinander, aber trotzdem weiß ich, dass sie das nicht tun würde.«

»Das wollte ich mit meiner Frage auch nicht andeuten«, sagte Marie. »Es geht mir mehr darum, ob Sie von Problemen im Leben Ihrer Schwester beziehungsweise Tochter wissen, oder von Personen, mit denen sie sich nicht versteht.«

»Nein, davon ist uns nichts bekannt«, gab Julia zurück. »Aber Frau Lindner, Sie können sich bestimmt denken, dass die virtuelle Scheinwelt, in der meine Schwester sich herumtreibt, voller Neider steckt. Es ist ein knallhartes Business. Bestimmt gibt es einige, die sich darüber freuen, wenn meine Schwester von der Bildfläche verschwindet und sie selbst zu mehr Ruhm gelangen. Ich würde Ihnen raten, in diese Richtung zu ermitteln.«

So langsam ging Marie der Ton des Mädchens auf die Nerven. Sie wandte sich an Frau Heinrich. »Kennen Sie Freunde von Caroline?«

»Als ich sie letztes Jahr besucht habe, hat sie mir ein paar Mädels vorgestellt. Eine gute Freundin von ihr ist Anna Robert. Wir haben schon mit ihr telefoniert. Aber sie konnte uns leider auch nicht weiterhelfen, da sie gerade mit ihrem Freund im Urlaub auf Formentera ist und Caroline seit über einer Woche nicht mehr gesehen hat.«

Marie nickte. »Können Sie mir bitte alle Kontaktdaten von Carolines Bekannten geben, über die Sie verfügen?«

»Ja, natürlich.« Ruth Heinrich griff nach ihrem Handy, und Marie notierte sich die Telefonnummern von drei weiteren deutschen Mädchen, die ebenfalls in Cala Rajada wohnten.

»Eine letzte Frage noch«, sagte Marie und öffnete die Fotodatei ihres Handys. Sie drückte auf eines der Bilder, die Silvia ihr geschickt hatte. Marie glaubte zwar nicht, dass Ruth und Julia Heinrich etwas mit den Malereien, die Fernando in Xavier Colomers Turnschuhen gefunden hatte, anfangen konnten. Aber einen Versuch war es trotzdem wert. Sie hielt den Bildschirm ihres Handys so, dass die beiden Frauen einen Blick darauf werfen konnten. »Sagt Ihnen eines dieser Bilder irgendetwas?«

Ruth und Julia Heinrich schauten mit gerunzelter Stirn auf das Display.

»Was soll das sein?«, fragte Julia.

»Bitte antworten Sie einfach auf meine Frage«, erwiderte Marie.

»Nein«, sagte Ruth Heinrich, »die habe ich noch nie gesehen.«

»Warum wollen Sie das wissen, Frau Lindner? Was haben diese Bilder mit Carolines Verschwinden zu tun?«, fragte Julia und sah sie eindringlich an.

»Wahrscheinlich gar nichts. Es war nur eine Routinefrage, die ich abhaken muss.«

»Eine Routinefrage?« Julia Heinrich ließ nicht locker. »Wo haben Sie diese Bilder her?«

Marie verstaute das Handy und die Notizen in ihrer Handtasche. Dann legte Sie einen Fünfeuroschein auf den Tisch und stand auf. »Vielen Dank für Ihre Hilfe. Sie hören von mir. Falls Ihnen noch etwas einfällt, was uns weiterbringen könnte, rufen Sie mich bitte an. Meine Telefonnummer haben Sie ja.«

»Warum antworten Sie nicht auf meine Frage? Was hat es mit diesen Bildern auf sich?« Julia funkelte sie an.

»Sie sind ein Teil der Ermittlungen der Policía Nacional, über die wir Ihnen zum jetzigen Zeitpunkt leider keine Informationen geben können«, sagte Marie bestimmt.

»Wie bitte? Meine Schwester ist seit Tagen verschwunden, Ihre spanischen Kollegen haben noch so gut wie gar nichts unternommen, und Sie verheimlichen uns jetzt auch noch Informationen?«

Ruth Heinrich griff nach der Hand ihrer Tochter. »Beruhige dich, Julia. Die Kommissarin will uns doch nur helfen.« Sie blickte zu Marie. »Vielen Dank, Frau Lindner. Bitte finden Sie Caroline.«

Marie nickte. »Wir werden unser Bestes geben. Sie hören von mir.«

Mit diesen Worten wandte sie sich ab und verließ das Hotelrestaurant.

Als sie draußen auf der Straße stand, atmete sie tief durch. Sie brauchte unbedingt eine Zigarette. Während sie zu ihrem Wagen lief und den Rauch ihrer Marlboro einsog, griff sie mit der freien Hand nach dem Handy in ihrer Handtasche. Als Nächste stand Natascha Schüle auf ihrer Liste.

Kapitel elf

Silvia nutzte den kurzen Fußweg vom Polizeipräsidium zur Wohnung von Xavier Colomers Vater, um David anzurufen. Sie hatte bisher keine Zeit gefunden, auf seine Liebeserklärung zu antworten, und so ganz wusste sie noch immer nicht, was sie sagen sollte. Vorerst wollte sie ihm nur rasch mitteilen, dass sie unerwartet mit einem wichtigen Fall konfrontiert worden war und heute schon ihren Urlaub hatte beenden müssen.

Sie ließ es fünf- oder sechsmal klingeln, aber David ging nicht ans Telefon. Wahrscheinlich war er bereits bei der Probe, denn am Abend gab das Orchester ein seit Langem ausverkauftes Konzert in der Hauptstadt. Zwar war Silvia nie ein großer Fan von klassischer Musik gewesen, aber nun wünschte sie sich, bei seinem Auftritt erneut in der ersten Reihe zu sitzen. Sie musste schmunzeln bei dem Gedanken, denn als sie David das erste Mal spielen gehört hatte, war sie in der ersten Reihe sitzend eingeschlafen.

Es war an einem Freitagabend im vergangenen Juni gewesen. Silvias Vater, der seit jeher ein großer Anhänger klassischer Musik war, hatte schon Monate im Voraus Eintrittskarten für das Auditorium von Palma für Silvia und sich erstanden. Silvia hatte nur eingewilligt, ihn zu begleiten, weil sie wusste, wie viel es ihm bedeutete. Weder ihre Mutter noch ihre Schwester hatten das geringste Interesse, Jaume Fiol zu so einer Veranstaltung zu begleiten. Und Silvia, die sich mehr als jedes andere Mitglied ihrer Familie mit ihrem Vater verbunden fühlte, sah es als ihre Pflicht an, ihm eine Freude zu bereiten.

Doch an jenem Freitagabend hatte sie eine stressige Arbeitswoche hinter sich gehabt und war vollkommen erschöpft gewesen. Nur wenige Minuten nach Konzertbeginn hatte sie eine immense Müdigkeit verspürt und war mehr als einmal in dem bequemen Sitz für ein paar Minuten weggenickt. Ihr Vater hatte Gott sei Dank der Musik mit solchem Interesse gelauscht, dass er es gar nicht bemerkt hatte. Doch es war ebendieser Peinlichkeit zu verdanken, dass David auf sie aufmerksam geworden war.

Nach dem Konzert war Silvia noch auf einen Absacker mit ihrem Vater in die Bar des Auditoriums gegangen. Als Jaume Fiol kurz auf der Toilette verschwand, hatte auf einmal ein lächelnder Mann mit gut sitzendem Anzug vor Silvia gestanden. Sie dachte an seine krausen dunklen Locken und sein jungenhaftes Gesicht und erinnerte sich, dass sie ihn damals viel jünger als sich selbst eingeschätzt hatte.

»Haben wir so schlecht gespielt, dass du vor Langeweile eingeschlafen bist?«, hatte er sie ganz direkt gefragt.

Silvia hatte sich ertappt gefühlt und im ersten Moment nicht gewusst, was sie antworten sollte. Aber rasch hatte sie zu ihrer gewohnten Schlagfertigkeit gefunden und eine angeregte Unterhaltung mit dem hübschen Festlandspanier begonnen. Ihr Vater, der nach ein paar Minuten zurückkehrte und sofort die Lage erfasste, hatte David zu dem hervorragenden Konzert gratuliert und sich dann schnell verabschiedet.

Als die Bar des Auditoriums schloss, waren sie noch in eine andere Kneipe an der Hafenpromenade von Palma gegangen und hatten bis in die frühen Morgenstunden geredet. In jener Nacht war nichts weiter zwischen ihnen passiert, und am nächsten Tag war David wieder zurück nach Madrid geflogen. Aber von da an hatten sie täglich telefoniert, und schon zwei Wochen später war Silvia bei ihm zu Hause in der Hauptstadt zu Besuch gewesen, und sie hatten ein wunderschönes gemeinsames Wochenende verbracht.

Silvia erreichte den Carrer de la Fàbrica und ging die Fußgängerstraße hinauf. Das ehemalige Fischerviertel Santa Catalina hatte in den letzten zehn Jahren einen unglaublichen Wandel hingelegt. Zahlreiche der hundert Jahre alten heruntergekommenen Häuser waren in den vergangenen Jahren besonders von Skandinaviern aufgekauft und in schicke Apartments und trendige Lofts umgebaut worden. Dutzende Restaurants, Bars und modern eingerichtete Cafés waren in dem Modeviertel sowohl von Einheimischen als auch von Ausländern eröffnet worden. Besonders am Wochenende traf man hier auf feiernde Mallorquiner und Touristen zugleich.

Silvia bog rechts in den Carrer Soler ab und machte kurz vor dem bekannten Markt von Santa Catalina halt. Sie schaute an dem alten zweistöckigen Gebäude empor und erkannte die Nummer 12. Ihren Notizen nach wohnte Xavier Colomers Vater im ersten Stock dieses Gebäudes. Bevor sie auf die Klingel drückte, überprüfte sie erneut ihr Handy und beschloss, David eine kurze Nachricht zu schicken.

Hi, David, ich rufe dich heute Abend an, ja? Hab unverhofft heute schon einen wichtigen Fall reinbekommen und viel um die Ohren. Bis später und einen ganz dicken Kuss!

Sie drückte auf Senden und legte das Telefon zurück in ihre Handtasche. Dann tätigte sie die Türklingel.

»Hola?«, meldete sich eine verwundert klingende Stimme.

»Herr Colomer? Ich bin Comisaria Fiol, ich hatte Sie vorhin angerufen und Ihnen gesagt, dass ich vorbeikomme.«

»Comisaria Fiol? Moment, ich muss überlegen«, erwiderte er.

Silvia wartete einen Augenblick. Mateu Fuster hatte ihr bereits mitgeteilt, dass Xavier Colomers Vater allem Anschein nach unter Demenz litt. Obwohl er noch keine siebzig Jahre alt war, hatte er sich während der Befragung mit Silvias Kollegen vergangene Woche leicht verwirrt gezeigt. Und auch am Morgen, als ein Beamter zusammen mit einer Polizeipsychologin ihm die Nachricht vom Tod seines Sohnes überbrachte hatte, war ihm wohl nicht ganz klar gewesen, was vorgefallen war.

Der arme Mann. Aus ihren Unterlagen wusste sie, dass Antonio Colomer allein lebte. Seine Ex-Frau war nach der Scheidung vor über zehn Jahren zurück zu ihrer Familie nach Valencia gezogen. Xavier Colomer war das einzige Kind der beiden gewesen. Gott sei Dank hatte der ältere Mann eine Schwester, die nur ein paar Häuser entfernt wohnte und täglich nach ihm sah.

»Ah ja!«, erklang es nun aus der Sprechanlage. »Ich erinnere mich … Ich mache Ihnen auf, Frau Comisaria!«

Der Türsummer ertönte, und Silvia öffnete die Glastür. Im Hausflur stieß sie fast mit einem groß gewachsenen blonden Mann zusammen, der eilig die Treppen heruntergelaufen kam.

»Oh sorry, sorry«, stammelte er, und schon rannte er zur Tür hinaus.

»Diese Schweden …«, murmelte Silvia und ging die steile Treppe hinauf.

»Hallo, Frau Comisaria!« Antonio Colomer wartete in der offenen Wohnungstür auf sie.

»*Bones tardes,* Herr Colomer, ich bin Silvia Fiol«, sagte sie und streckte ihm die Hand entgegen. »Vielen Dank, dass Sie sich Zeit für mich nehmen.«

»Ja … ich bekomme leider nicht so oft Besuch. Aber heute Morgen waren auch schon Polizisten hier.«

Silvia presste die Lippen zusammen. »Herr Colomer, es tut mir aufrichtig leid, was Ihrem Sohn zugestoßen ist.«

Er sah sie einen Moment gedankenverloren an, dann senkte er den Blick. »Ja, Xavi ist ein guter Junge gewesen, er hat mich sonntags immer besucht und mir Essen mitgebracht.«

»Das ist schön.« Silvia versuchte, aufmunternd zu lächeln. »Herr Colomer, ist es okay für Sie, wenn wir reingehen?«

»Oh … natürlich. Entschuldigen Sie«, sagte er und trat einen Schritt zurück.

Silvia ging in den Eingangsbereich und schloss die Haustür hinter sich.

»Ich sitze immer im Wohnzimmer, kommen Sie mit«, sagte er. »Meine Schwester Francina ist gerade zum Einkaufen, aber sie kommt sicherlich bald zurück. Sie kümmert sich gut um mich.«

Silvia folgte ihm durch den schmalen Flur in das Wohnzimmer, das zur Straße hinausging. Die Wohnung war alt, machte jedoch einen sauberen und ordentlichen Eindruck. Im Wohnzimmer war es dunkel. Wie die meisten Mallorquiner hatte auch Antonio Colomer die Blendläden vor den Fenstern geschlossen, damit die Sonne den Raum nicht unnötig erhitzte. Die größte Lichtquelle stellte der überdimensionale Flachbildschirmfernseher dar, der lautstark eine Quizshow zeigte.

Er setzte sich in einen abgenutzten grünen Sessel. »Bitte nehmen Sie Platz, Frau Comisaria«, sagte er und zeigte auf ein braunes Sofa.

»Vielen Dank, Herr Colomer. Könnten wir den Fernseher vielleicht ausschalten und eine Lampe anmachen?«, fragte Silvia, wobei sie sich gleichzeitig nach dem Schalter für das Deckenlicht umsah.

»O ja, entschuldigen Sie!«, sagte er und schob ein paar Tageszeitungen auf dem Sofatisch zur Seite, um nach der Fernbedienung zu suchen.

Silvia tätigte den Lichtschalter neben der Tür. Der Kronleuchter ging an und tauchte sogleich das Zimmer in ein bläuliches Neonlicht. Auf jeden Fall besser, als hier im Dunkeln zu hocken, dachte Silvia und ging zum Sofa, um sich zu setzen.

Antonio Colomer hatte die Fernbedienung gefunden und drückte den Off-Knopf. Silvia atmete innerlich auf, als die laute Stimme des Talkshowmasters verstummte.

Sie beugte sich ein wenig vor. »Herr Colomer, ich will Sie an diesem traurigen Tag wirklich nicht lange belästigen. Aber es ist wichtig, dass ich Ihnen ein paar Fragen stelle.«

Silvia hatte aus den Unterlagen ihrer Kollegen von der Personenfahndung nicht viel in Erfahrung gebracht. Xavier Colomers Vater hatte keine Ahnung gehabt, wo sein Sohn sich aufgehalten hatte oder was ihm zugestoßen sein konnte. Silvia ahnte jedoch, dass die Beamten vor zwei Wochen wahrscheinlich nur eine rasche Routinebefragung vorgenommen hatten. Zumal damals nichts darauf hindeutete, dass der Internetstar Opfer eines Gewaltverbrechens geworden war.

Antonio Colomer blickte sie nun direkt an, und Silvia sah Tränen in seinen Augen. Sie schluckte, bevor sie ihre erste Frage formulierte. »Herr Colomer, Sie haben vorhin gesagt, dass Xavier sonntags immer zu Besuch gekommen ist. Hat er während dieser Besuche viel von sich und seinem Leben erzählt?«

»Ja, er ist ein lieber Junge gewesen. Er hat immer viel geredet. Als kleines Kind auch schon.«

»Freunde Ihres Sohnes haben Kollegen von mir berichtet, dass Xavier alleinstehend war. Hat er Ihnen vielleicht etwas über eine Freundin erzählt?«

»Paula!«, sagte Antonio Colomer plötzlich. »So ein hübsches Mädchen.«

Aus Mateu Fusters Notizen wusste Silvia, dass Paula Ferrer die Ex-Partnerin des Verstorbenen war. Nach Aussage seiner Freunde lag diese Beziehung jedoch schon zwei Jahre zurück. Xavier Colomer war seither Single gewesen und hatte sich vollkommen auf sein Fitnesstraining und seine Internetkarriere konzentriert.

Silvia beschloss trotzdem, diesbezüglich noch einmal nachzuhaken. »Hat Xavier Ihnen bei einem seiner letzten Besuche von Paula erzählt?«

Antonio Colomer schien einen Moment vollkommen in Erinnerungen zu schwelgen. Dann sah er sie erneut an. »Nein, es ist schon lange her, dass Paula zum Mittagessen hier war.«

Silvia hakte damit das Thema Ex-Freundin ab. »Hat Xavier denn einmal über ein anderes Mädchen gesprochen?«

»Nein, ich glaube nicht.« Xavier Colomers Vater machte plötzlich einen wacheren Eindruck. »Ich habe ihn manchmal gefragt, aber er sagte dann immer, er hätte keine Zeit für eine Beziehung.«

»Hat er Ihnen von Problemen oder Sorgen berichtet? Wissen Sie, ob er Streit mit jemandem hatte? Hat er auf Sie einen beunruhigten Eindruck gemacht?«, fragte Silvia und hätte sich im selben Moment ohrfeigen können. Gerade jetzt, da Herr Colomer einen klaren Eindruck machte, war es wohl nicht das Klügste, ihn direkt mit verschiedenen Fragen zu bombardieren.

Aber den alten Mann verwirrten die Fragen offenbar gar nicht. »Nein, nein, nein, ganz im Gegenteil. Das letzte Mal als er zu Besuch kam, war er sehr erfreut. Er erzählte mir von einem wichtigen Termin mit einem berühmten ausländischen Magazin. Moment, aus welchem Land war es noch?« Er überlegte angestrengt. »Ah ja, Amerika! Genau, Xavi meinte, dass er eigentlich noch nicht darüber reden dürfe, aber dass er bald wohl auch in Amerika groß rauskommen würde.«

Silvia stutzte. In Mateu Fusters Unterlagen stand nichts von einem amerikanischen Magazin. Auch auf seinem beschlagnahmten Laptop und auf seinen sozialen Kanälen war nirgends die Rede von einem »wichtigen Termin« gewesen. »Wissen Sie, wann dieser Termin stattfinden sollte?«

»Ich kann mich nicht mehr erinnern, ob Xavi den genauen Tag genannt hat, aber ich glaube, das Treffen sollte an einem der Tage stattfinden, nachdem er das letzte Mal hier gewesen war.«

Silvia schaute auf ihre Unterlagen. Die offizielle Vermisstenanzeige war am Donnerstag, dem 22. August eingegangen. Doch den Nachforschungen zufolge hatte ihn seit Montag, dem 19. August, niemand mehr gesehen oder gesprochen. Am Mittwoch, dem 21. August, war er nicht zu einer Verabredung mit seinem Kumpel Sergio Llabrés erschienen. Daraufhin hatte Herr Llabrés sich bei anderen Freunden umgehört und vergebens versucht, Xavier über die verschiedenen sozialen Netzwerke zu kontaktieren. Am Donnerstag war er zu Xaviers Wohnung in Palmas Stadtteil Bons Aires gefahren. Aber auch dort hatte er ihn nicht angetroffen, und Xaviers Nachbarn konnten ihm ebenfalls nicht weiterhelfen. Am Donnerstagabend war Sergio Llabrés dann zur Polizei gegangen, um die Vermisstenanzeige aufzugeben.

»Was hat Ihr Sohn über diesen Termin gesagt? Hat er Ihnen den Namen des Magazins genannt?«

»Den Namen … ich weiß nicht«, erwiderte Antonio Colomer. »Auf jeden Fall war er sehr erfreut, aber wir haben nicht viel mehr darüber gesprochen. Er erzählte dann wieder von seinem Training und wollte mich animieren, wenigstens ein paar Übungen täglich zu machen.« Der alte Mann schaute auf den hellen Fliesenboden des Wohnzimmers. »Ach ja, mein lieber Xavi war immer sehr bemüht um mich. Aber wissen Sie, Frau Comisaria, meine Knochen sind genauso alt wie meine Gehirnzellen, und ich kann vieles leider nicht mehr.«

Silvia hörte, wie die Wohnungstür aufgeschlossen und dann mit einem lauten Knall zugeschlagen wurde.

»Toni, ich bin wieder da«, ertönte eine weibliche Stimme aus dem Flur.

»Wir sind hier im Wohnzimmer«, rief der alte Mann zurück.

Eine kleine, leicht pummelige Frau mit einer Mercadona-Tüte in jeder Hand erschien in der Tür. Sie schaute verwundert in Silvias Richtung.

Silvia stand auf. »Guten Tag, ich bin Comisaria Fiol. Ich habe Ihrem Bruder nur eben ein paar Fragen gestellt. Aber wir sind sowieso gerade fertig geworden.«

Die dunkelhaarige ältere Dame sah sie finster an. »Aber die Polizei war doch schon heute Vormittag hier. Toni braucht jetzt wirklich seine Ruhe, sein einziger Sohn ist heute gestorben!« Dann wandte Sie sich an ihren Bruder. »Ich bin in der Küche und räume die Einkäufe ein.«

Silvia bedankte sich bei Antonio Colomer und bat ihn, sich bei ihr zu melden, falls ihm doch noch etwas in Bezug auf dieses amerikanische Magazin einfiele. Dann ging sie in die Küche, wo Frau Colomer gerade das Gemüse in den Kühlschrank räumte.

»Was wollen Sie denn noch, Frau Comisaria? Können Ihre Fragen nicht ein paar Tage warten, bis wir uns von dieser schrecklichen Nachricht ein wenig erholt haben?«

»Frau Colomer, wie Sie wissen, ist Ihr Neffe eines gewaltsamen Todes gestorben. Daher ist es wichtig, dass wir rasch handeln, um den Mörder schnellstmöglich ausfindig zu machen.«

Die ältere Frau drehte sich zu ihr um. »Aber wir können Ihnen doch nicht helfen. Wir wussten auch nicht viel über Xavis Leben. Er war ja immer im Internet aktiv, und damit kennen wir uns ohnehin nicht aus.«

»Wann haben Sie Ihren Neffen zuletzt gesehen?«, fragte Silvia.

»Das ist schon eine Weile her. Ich würde sagen, das war an Tonis Geburtstag, Ende Juli. Da haben wir alle zusammen zu Mittag gegessen.«

»Frau Colomer, Sie haben zwei Töchter, richtig?«

»Ja, Pilar und Sabrina, warum?«

»Wie war das Verhältnis zwischen Ihren Töchtern und Xavier?«

»Ach.« Sie machte eine wegwerfende Handbewegung. »Die haben sich kaum gesehen und hatten auch ganz andere Interessen. Meine Töchter haben anständige Berufe, wissen Sie. Pilar ist Tierärztin und Sabrina arbeitet bei der Banco Santander. Die haben nicht viel mit dieser Internetwelt am Hut. Ihren Cousin haben sie nur ab und zu mal auf einer Familienfeier gesehen.«

Silvia beschloss es gut sein zu lassen. Sie glaubte kaum, hier weiterzukommen. Ihre Intuition sagte ihr, dass sie besser versuchen sollte, sich in Xavier Colomers engem Freundeskreis umzuhören. Vielleicht gab es dort jemanden, dem der Influencer mehr über diesen Termin erzählt hatte.

»Okay, vielen Dank für Ihre Hilfe, Frau Colomer. Bitte rufen Sie uns an, falls Ihnen doch noch etwas im Zusammenhang mit Ihrem Neffen einfällt.«

Sie nickte. »Ich weiß zwar nicht, was das sein sollte, aber ja, ist gut.«

Silvia verabschiedete sich und verließ die alte Wohnung.

Als sie wieder auf der Straße in der Nachmittagssonne stand, klingelte ihr Handy. Es war die Policía Local aus Sóller. Gutes Timing, dachte Silvia und nahm ab.

»Ja?«

»Comisaria Fiol? Hier spricht Salvador Rubí, wir sind auf etwas gestoßen, das Ihnen vielleicht weiterhilft.«

Kapitel zwölf

Die untergehende Sonne blendet mich. Schon wieder habe ich meine Sonnenbrille zu Hause auf dem Küchentisch vergessen. Ich lasse das Beifahrerfenster etwas herunter und genieße die leichte Brise, die jetzt durchs Auto strömt. Ein wenig spürt man schon, dass der Sommer sich langsam dem Ende zuneigt. Aber noch sind die Tage lang, und die alljährlichen Regenschauer lassen weiterhin auf sich warten.

Ich schalte einen Gang herunter und nehme die rechte Abzweigung. Die schmale Landstraße wurde vor ein paar Jahren asphaltiert, nachdem einige Ausländer sich in der Gegend Immobilien zulegten und diese kostspielig sanierten. Doch bis zum Haus meines verstorbenen Großvaters reicht die neue Straße nicht. Die letzten zweihundert Meter muss ich weiterhin die alte Schotterpiste entlangfahren. Das stört mich jedoch nicht im Geringsten, ganz im Gegenteil. Sie verleiht dem alten Steinhaus eine Abgeschiedenheit, die ich zu meinen Gunsten nutze. Als ich mich vor zwei Monaten dazu entschloss, meinen minutiösen Plan endlich in die Tat umzusetzen, war mir sofort klar gewesen, dass die abgelegene Immobilie von Opa Ricardo den perfekten Ort für mein Vorhaben darstellte. Seit mein Bruder Carlos mit seiner Frau arbeitsbedingt nach Deutschland gezogen ist, finden in dem Landhaus nicht einmal mehr Mittagessen zu besonderen Anlässen statt.

Ich komme an der Finca der Familie Noguera vorbei, einem der wenigen Grundstücke, die sich hier noch in mallorquinischem Besitz befinden. Dutzende weidende Schafe grasen unter den noch grün blühenden Mandelbäumen. Einige heben gelangweilt den Blick, als sie das Motorengeräusch meines Wagens hören. Auf Menschen trifft man hier nur am Wochenende, wenn die Anwaltsfamilie aus Palma Ruhe auf ihrem weitläufigen Anwesen sucht.

Ich fahre weiter an der niedrigen Steinmauer entlang, bis ich vor dem rostigen Eisentor meines Grundstücks haltmache. Weder Carlos noch ich haben je in Betracht gezogen, ein automatisches Tor anbringen zu lassen. Zum einen, weil unsere schlecht bezahlten Jobs am Monatsende kaum etwas übrig lassen. Zum anderen, weil das Anwesen von keinem von uns in den vergangenen Jahren wirklich regelmäßig genutzt wurde.

Nachdem ich das Tor geöffnet und hinter meinem Wagen wieder verschlossen habe, parke ich den Seat auf der Hinterseite des kleinen Steinhauses. Zwar ist es unwahrscheinlich, dass irgendjemand an einem Montagabend hier vorbeikommt, aber es kostet mich nichts, besonders vorsichtig zu handeln. Ich steige aus dem Auto und gehe zum Hintereingang des Hauses.

Dunkelheit empfängt mich, als ich die alte Küche betrete. Sowohl die Blendläden als auch die zugezogenen Gardinen lassen kaum einen Schimmer Tageslicht ins Innere. Neben der Küche gibt es ein kleines Bad, einen schlichten Wohn- und Essbereich sowie zwei Schlafzimmer, die ich für meine Zwecke vollkommen entrümpelt habe. Ich gehe in den schmalen Flur und suche in meinem Rucksack nach dem Schlüssel für das Schloss des rechten Schlafzimmers. Nachdem ich es geöffnet habe, trete ich in den hell erleuchteten Raum.

Da liegt sie, zusammengerollt wie ein Embryo auf der fleckigen Tagesdecke in einer Ecke des Zimmers. Ihre Hände sind mit Handschellen und einer langen Kette an der Verankerung in der Wand befestigt. In ihrem Mund steckt ein zusammengeknülltes Küchentuch, das mit schwarzem Klebeband fixiert ist. Bis auf den knappen grünen Bikini trägt sie nichts am Leib.

»Na, meine hübsche Caroline, wie geht es dir heute?«

Ich muss selbst über meine Worte lachen. Denn was an diesem Häufchen Elend noch hübsch sein soll, kann ich nicht erkennen. Schon nach den wenigen Tagen ohne Nahrung ist ihr sowieso schon viel zu dünner Körper noch knochiger geworden. Ihr verheultes Gesicht wirkt aufgedunsen, und die verlaufene Schminke gibt ihm einen außerordentlich grotesken Touch. Die langen blonden Haare kleben ihr strähnig am verschwitzten Hinterkopf, und von ihrem hochnäsigen, arroganten Blick ist nichts mehr übrig. Nur noch Angst blitzt in ihren geröteten Augen auf. Sie setzt sich auf, und ich sehe, wie sie versucht, zu schreien. Doch durch den Knebel bringt sie nur ein dumpfes Würgen hervor.

Ich gehe näher an sie heran und hocke mich vor sie. »Heute machen wir etwas, das dir bestimmt gefallen wird, liebe kleine Caroline!«

In ihren Augen bilden sich Tränen und ihre Hände ziehen an der Eisenverankerung. Ich hole das große Küchenmesser aus dem Rucksack, den ich neben mir auf den Boden gestellt habe. Carolines Augen weiten sich bei dem Anblick der Klinge. Erneut versucht sie zu schreien.

»Hör mir gut zu, Süße«, sage ich mit sanfter Stimme. »In dem Rucksack hier habe ich eine Wasserflasche. Ich nehme dir jetzt das Tuch aus dem Mund und gebe dir etwas zu trinken. Wenn du schreist, schneide ich dir die Kehle durch. Hast du mich verstanden?«

Sie schaut angsterfüllt auf das Messer, und ihre Augen weiten sich noch ein wenig mehr.

»Ob du mich verstanden hast?«

Sie nickt kaum merklich. Weitere Tränen laufen über ihre Wangen.

»Also gut«, sage ich und reiße ihr mit einem Ruck das Klebeband vom Mund. Sie stöhnt vor Schmerz und kneift die Augen zusammen. Dann ziehe ich ihr das von ihrem Speichel durchnässte Küchentuch aus dem Mund und werfe es auf den Fußboden. Caroline ringt nach Atem und hustet krampfhaft.

»Wasser«, sagt sie mit heiserer Stimme.

Ich hole die kleine Plastikwasserflasche aus dem Rucksack und drücke sie ihr in die Hände. Sie umklammert sie und setzt sie gierig an ihre trockenen Lippen. Mit hastigen Schlucken leert sie den ganzen Inhalt der Flasche.

Dann sieht sie mich verzweifelt an. »Mehr, bitte. Ich habe solchen Durst.«

Ich lache. »Mehr? Nein, meine Liebe, das reicht vorerst. Was glaubst du denn, dass du hier in einem Hotel mit Vollverpflegung bist, oder was?«

»Und Essen?«, fragt sie.

Ich lache noch lauter. »Essen? Das ist doch wohl nicht dein Ernst. Bist du nicht die Beste im Verteilen von Diättipps? Und schau mal, hier bekommst du ganz umsonst den besten Diättipp überhaupt: Hungern!«

Sie schluckt. »Warum tun Sie mir das an?«

Ich nähere mich ihrem Gesicht. Die Messerklinge ist nur noch wenige Zentimeter von ihrem Hals entfernt. »Wir spielen hier kein Ratespiel, liebe Caroline. Wir machen uns jetzt an die Arbeit. Ich habe nicht den ganzen Abend Zeit!«

Ihr Gesichtsausdruck wird noch panischer. »Was haben Sie vor?«

»Hörst du schlecht? Habe ich dir nicht gerade gesagt, dass du deinen süßen Mund halten sollst?« Ich hole mein Handy aus der Hosentasche meiner Jeans. »Aber keine Sorge, liebe Caroline. Das, was wir jetzt gemeinsam machen, liegt dir sehr. Du bist ein wahres Naturtalent auf dem Gebiet.«

Kapitel dreizehn

Es war zu spät gewesen. Andreas hatte Gerd Schneider nicht mehr abfangen können. Als er die Treppe ins Foyer hinuntergeeilt war, hatte die Rezeptionistin Catalina ihm mitgeteilt, dass Herr Schneider bereits vor einer Viertelstunde das Hotelgelände mit dem Mietwagen verlassen hatte. Andreas hatte es dreimal auf dem Handy des Deutschen versucht. Doch dieser hatte nicht abgenommen. Weder Catalina noch Frau Schneider wussten, wo sich Gerd Schneider mit dem deutschen Reporter verabredet hatte.

»Ich muss Marie anrufen und sie warnen, dass das Video womöglich bald auf der Website des *Morgenspiegels* erscheint«, sagte Andreas mehr zu sich selbst als an eine der beiden Frauen gewandt.

»Wer ist Marie?«, wollte Frau Schneider wissen.

»Marie ist meine Frau. Sie ist Polizistin und arbeitet mit der spanischen Policía Nacional zusammen.«

»Ihre Frau? Ich wusste gar nicht, dass Sie verheiratet sind.« Saskia Schneider, die bis jetzt nervös in der Eingangshalle auf und ab gegangen war, hielt inne und sah Andreas an. »Wohnt Ihre Frau nicht mit Ihnen zusammen?«

Andreas sah, wie Catalina verdrossen den Blick abwandte. Sie schämte sich sichtlich für die direkte Frage der Deutschen. Mallorquiner konnten kaum verstehen, warum Deutsche ihre Mitmenschen mit neugierigen Fragen bombardierten. Für die zurückhaltenden Insulaner glich die Neugier der Deutschen eher einer Indiskretion als einem gesunden Interesse.

Andreas befürwortete weder das eine noch das andere. Es stimmte, dass viele seiner Landsleute manchmal etwas zu genau nachfragten. Auf der anderen Seite konnte er mit der Passivität der Mallorquiner in Konversationen aber auch oft nichts anfangen. In diesem Fall musste er Catalina jedoch recht geben. Saskia Schneiders Frage war in ihrer jetzigen Situation wirklich indiskret und tat absolut nichts zur Sache. Er beschloss, ihr einfach nicht zu antworten. Sie hatten Wichtigeres zu tun.

»Können Sie es bitte noch einmal auf dem Handy Ihres Mannes versuchen, Frau Schneider?«, fragte er.

Saskia Schneider begann auf dem Smartphone, das sie die ganze Zeit fest in den Händen hielt, herumzudrücken. Derweil versuchte Andreas, Marie zu erreichen. Aber seine Frau ging nicht ans Telefon, und da sie die Mailbox nicht eingeschaltet hatte, konnte er ihr auch keine Nachricht hinterlassen. Er öffnete seine WhatsApp und hinterließ ihr eine Sprachnachricht.

»Mein Mann geht weiterhin nicht ans Telefon«, sagte Frau Schneider.

Andreas rückte seine Brille gerade. Auf seinem Nasenrücken bildeten sich immer mehr Schweißperlen und ließen seine Brille permanent einen Zentimeter herunterrutschen. »Dann versuche ich es jetzt bei Comisaria Fiol.«

Saskia Schneider sah plötzlich erschrocken zu ihm herüber. »Polizei … Kommissarin … glauben Sie etwa, mein Gerd kann für das, was er gerade macht, ins Gefängnis kommen?«

»Ich kenn mich mit dem spanischen Strafrecht nicht aus. Aber es ist gewiss auch hier auf Mallorca kein Kavaliersdelikt, am Tatort eines Gewaltverbrechens wichtige Beweise mitgehen zu lassen, anstatt sie direkt der Polizei zu übergeben, wenn man sie findet.« Andreas schüttelte den Kopf.

»Und falls Ihr Mann dieses Video wirklich an die Presse verkauft, wird er sich strafrechtlich dafür verantworten müssen.«

»O mein Gott. Ich weiß wirklich nicht, was in ihn gefahren ist.« Saskia Schneider lehnte sich erschöpft an den Tresen der Rezeption. »Ich meine, er war immer schon jemand, der gerne Aufmerksamkeit auf sich zieht und im Mittelpunkt steht, aber dass er so weit geht ...«

Andreas drückte auf »Silvia Fiol« in seiner Kontaktliste und hielt sich dann das Telefon ans Ohr. Aber sofort ertönte ein Besetztzeichen.

»Chef«, meldete sich plötzlich Catalina zu Wort, »es geht gerade durch alle nationalen Nachrichten, dass auf der Website einer deutschen Zeitung ein Video hochgeladen wurde. Die Schlagzeile heißt: *Exklusives Video vom Tod des mallorquinischen Influencers.*« Sie zeigte auf den Bildschirm. »Hier ist es.«

»Verdammt, wie haben die das so schnell online stellen können?«, stieß Andreas hervor. Er trat zu Catalina hinter den Rezeptionstresen.

Catalina drückte auf *Play,* und das Video startete.

Kapitel vierzehn

Ich habe nicht auf das Kennzeichen geachtet. Wieso auch?«, sagte der Mann am anderen Ende der Leitung. »Aber auf jeden Fall war es ein grauer Nissan X-Trail, und hundertprozentig war er von der Autovermietung *Ok Cars.* Ich kann mich an den Aufkleber erinnern und daran, dass ich mich kurz gewundert hab, was Touris mitten in der Nacht bei uns auf dem schmalen Weg zu suchen haben. Aber wie Sie sich sicherlich vorstellen können, war ich so nervös wegen meiner Frau, dass ich auch nicht weiter drüber nachgedacht habe.«

Der Kollege aus Sóller hatte Silvia diese Informationen zwar schon übermittelt, aber die Comisaria hatte selbst noch einmal mit dem Zeugen telefonieren wollen. Fabián Rullán wohnte zusammen mit seiner Frau auf einem der wenigen bewohnten Grundstücke am Rande des Weges, der zum Torre Picada hinaufführte. In der vergangenen Nacht war er gegen drei Uhr morgens mit seiner hochschwangeren Frau Richtung Krankenhaus aufgebrochen, da bei ihr die Wehen eingesetzt hatten. Als sie schon fast die Straße, die zum Hafen von Sóller hinunterführte, erreicht hatten, war vor ihnen das Mietauto aufgetaucht.

»Es könnte natürlich sein, dass irgendeiner unserer Nachbarn sein Haus an Touris vermietet, aber eigentlich hat das noch nie jemand in unserer Gegend gemacht«, sprach Fabián Rullán weiter. »Wir kennen uns hier ja alle. Ich denke, das hätten wir mitbekommen.«

»Und Sie konnten den Fahrer definitiv nicht erkennen?«, fragte Silvia.

»Nein, wie denn?«, erwiderte der Solleric. »Es war stockdunkel, und auf unserem schmalen Weg gibt es keine Laternen. Außerdem sind wir ja erst auf den letzten fünfzig Metern auf den Wagen gestoßen, und direkt als wir an der breiteren Straße Richtung Port de Sóller angekommen sind, hab ich das Auto überholt.«

»Und in dem Moment, als Sie ihn überholten, haben Sie keinen Blick auf den Fahrer geworfen?«

»Nein, tut mir leid, Frau Comisaria.« Silvia vernahm nun leichte Gereiztheit in der Stimme des Mannes. »Meine Frau schrie vor Schmerzen, und meine einzige Sorge in diesem Moment war, so schnell wie möglich nach Palma ins Krankenhaus zu kommen.«

»Ja, verstehe«, erwiderte Silvia. »Bitte melden Sie sich trotzdem bei mir, falls Ihnen oder Ihrer Frau doch noch etwas in den Sinn kommt. Und herzlichen Glückwunsch zur Geburt Ihres Kindes, Herr Rullán.«

Silvia beendete das Gespräch und starrte einen Moment lang auf das Chaos an Notizen, das sich vor ihr auf dem überfüllten Schreibtisch türmte. Dann schaltete sie ihren Computer ein und sah nach, wie viele Filialen die Autovermietung *Ok Rent a Car* auf der Insel besaß. Die Website zeigte ihr an, dass die Firma über drei Büros verfügte. Eins am Flughafen, eins am Paseo Marítimo und eins in Alcúdia. Sie musste umgehend einen Kollegen damit beauftragen, bei jedem der drei Büros eine Liste aller vermieteten grauen Nissan X-Trails der vergangenen Tage beziehungsweise Wochen einzuholen. Ihr war bewusst, dass dies bei der Anzahl der Touristen, die tagtäglich Hunderte von Autos auf der Insel mieteten, keine einfache Angelegenheit darstellte. Aber bis jetzt war es einer der wenigen brauchbaren Anhaltspunkte, die sie in diesem Fall hatten. Silvias Handy piepte und meldete ihr einen Anruf in Abwesenheit von Andreas Lindner. Sie hatte keine Zeit, sich zu wundern, warum Maries Mann sie erneut kontaktierte, denn im selben Moment klopfte es an ihrer Tür.

Silvia seufzte. »Ja?«

Maria Antonia erschien in der Tür. Ihre Sekretärin war sichtlich erregt. »Hast du schon das Video gesehen, das gerade in den deutschen Nachrichten läuft?«

»Welches Video?«

»Ein Video, das zeigt, wie Xavier Colomer auf einem Laufband in den Tod getrieben wird.«

Silvia brauchte einen Augenblick, um die Worte ihrer Sekretärin einzuordnen. Dann sprang sie auf. »Was sagst du da? Auf welcher Website?«

Doch ehe Maria Antonia ihr antwortete, klingelte Silvias Handy. Sie warf einen raschen Blick auf das Display. Es war Andreu Cifre, der Polizeichef.

»Ach du Scheiße«, sagte Silvia.

Kapitel fünfzehn

Marie war entsetzt. Ausgerechnet Gäste aus dem Landhotel, das Andreas und sie betrieben, hatten dieses absolute Chaos zu verantworten. Sie hatte die Wohnung von Caroline Stern und Natascha Schüle in Cala Rajada verlassen und Andreas zurückgerufen. Aufgeregt berichtete er ihr, was vorgefallen war. Er hatte Silvia nicht erreichen können, aber Marie war sich sicher, dass die Comisaria schon von der Katastrophe erfahren hatte. Trotzdem musste Marie sie umgehend informieren, denn von den Umständen, wie das Video an die Presse gelangt war, wusste Silvia wahrscheinlich noch nichts.

Mit schnellen Schritten ging sie zu ihrem alten Land Rover, den sie nur hundert Meter entfernt von der Wohnung der deutschen Mädchen im Dorfkern von Cala Rajada geparkt hatte. Es war dunkel geworden. Auf den Straßen und in den Kneipen des Dorfes tummelten sich bereits trinkfreudige Touristengrüppchen, die gut gelaunt die bevorstehende Partynacht einläuteten. Als sie an einer Gruppe aufgestylter Mädchen vorbeikam, fing Marie einige Wortfetzen auf.

»Was für ein Albtraum! Meint ihr, Caroline Stern wird auch so ermordet werden?«

»Mein Gott, wie gruselig, das ist ja wie in einem Horrorfilm!«

Marie seufzte. Also hatte sich das Video bereits mit Lichtgeschwindigkeit verbreitet. Es war nur noch eine Frage der Zeit, bis die ganze Insel und wahrscheinlich auch ganz Deutschland über nichts anderes mehr sprach.

Sie erreichte ihren Wagen und öffnete die Tür. Ein Schwall heißer Luft kam ihr entgegen. Aber sie beschloss, das Telefonat mit Silvia trotzdem in ihrem Wagen zu führen. Hier auf offener Straße war es zu riskant, dass jemand etwas von ihrem Gespräch mitbekam. Sie setzte sich auf den Fahrersitz und atmete tief durch. Die Übelkeit, die sie am Morgen verspürt hatte, war Gott sei Dank im Laufe des Tages völlig verschwunden, und sie fühlte sich trotz des anstrengenden Tages relativ frisch. Gerade als sie die Comisaria anrufen wollte, klingelte ihr Handy. Es war Silvia.

»Silvia, ich wollte dich soeben anrufen. Was für ein Mist!«

»Das kannst du aber laut sagen!«, erwiderte die Comisaria aufgebracht. »Der Polizeichef hat mir gerade die Hölle heißgemacht. Er ist vollkommen außer sich und kann nicht verstehen, wie das Video an die deutsche Presse gelangen konnte. Ich kann das auch nicht! Wo verdammt kommt diese Videoaufnahme her? Ich habe schon mit Lucas Carrasco gesprochen, und der hat mir versichert, dass sein Kollege aus Valencia ganz bestimmt nichts an die Presse weitergeleitet hat. Aber ich weiß wirklich nicht mehr, was ich glauben soll, denn …«

»Nein, nein«, unterbrach Marie ihren Redeschwall. »Es handelt sich um einen anderen USB-Stick!«

»Was? Was meinst du damit? Und woher weißt du das?«

»Andreas hat es mir vor ein paar Minuten erzählt. Die Schneiders, das Ehepaar, das Xavier Colomer gefunden hat …«

»Ja, ich weiß, wer die Schneiders sind«, erwiderte Silvia barsch.

Marie war versucht, ihr ebenfalls eine patzige Antwort zu geben. Die Ungeduld der Comisaria war manchmal wirklich unerträglich. Aber sie riss sich zusammen. Es nützte niemandem etwas, wenn sie sich jetzt auch noch stritten. »Also, die Schneiders haben am Tatort einen weiteren USB-Stick gefunden, und Gerd Schneider hat ihn anscheinend an die deutsche Presse verkauft.«

»Wie bitte?« Silvia klang außer sich vor Wut. »*Eure* Gäste haben diese Katastrophe verursacht?«

Marie ignorierte die Betonung, die Silvia auf das Wort »Eure« gelegt hatte. »Ja, es sieht ganz danach aus«, sagte sie bemüht ruhig.

»Ich hatte Andreas heute Morgen doch ausdrücklich gesagt, dass die Schneiders am Tatort nichts anfassen sollten.«

Nun platzte Marie der Kragen. »Was kann Andreas denn dafür, dass diese Leute sich nicht an seine Anweisungen halten? Er ist doch nicht deren Kindermädchen! Er war ja nicht einmal am Tatort!«

Einen Moment lang herrschte Stille in der Leitung. Dann hörte Marie, wie Silvia durchatmete. »Und er konnte sie nicht davon abhalten, den Stick an die Presse weiterzugeben? Woher wusste er überhaupt von ihrem Fund? Haben sie es ihm etwa erzählt und er hat es uns nicht mitgeteilt?«

Marie sah es nun als ihre Aufgabe an, ihren Mann zu verteidigen. »Silvia, Andreas kann für diesen ganzen Mist überhaupt nichts! Saskia Schneider hat es ihm erst erzählt, als es schon zu spät war. Gerd Schneider hatte sich schon auf den Weg zu einem Treffen mit dem deutschen Reporter gemacht.«

»Ich verstehe.« Silvias Stimme klang nun etwas ruhiger. »Aber ist dieser Gerd Schneider komplett verrückt? Was hat er sich denn dabei gedacht? Ich werde umgehend die Kollegen aus Sóller verständigen, damit sie ihn festnehmen. Und was ist mit seiner Frau? Nach dem, was du sagst, war sie gegen die Aktion?«

»Ja, so wie Andreas es mir geschildert …«

Marie hörte, wie ihr Handy piepte. Sie nahm das Telefon kurz vom Ohr und schaute auf das Display. Jemand mit einer deutschen Handynummer versuchte, sie zu erreichen.

»Marie, hallo? Bist du noch dran?«, fragte Silvia.

»Äh, ja sorry, ich muss kurz auflegen, jemand ruft mich an. Ich melde mich gleich wieder.«

Marie beendete das Gespräch und nahm den anderen Anruf entgegen.

»Ja, hallo, Lindner hier.«

»Frau Lindner, mein Name ist Herbert Kirchner«, hörte sie eine tiefe Männerstimme sagen. »Die Policía Nacional von Palma hat mir Ihre Telefonnummer gegeben, damit ich mich auf Deutsch an jemanden wenden kann.«

Sofort dachte Marie an die deutsche Presse. »Um was geht es denn?«, fragte sie und war gewappnet, das Gespräch direkt zu beenden, falls die Zentrale wirklich den Fehler begangen hatte, einem deutschen Reporter ihre Handynummer zu geben.

»Es geht um Caroline Stern.« Er räusperte sich. »Aber es ist eine … sagen wir, ein wenig delikate Angelegenheit.«

Marie horchte auf. »Inwiefern? Woher kennen Sie Caroline Stern?«

»Ich habe hier in Cala Rajada einige Klubs. Als Caroline damals auf die Insel kam, habe ich sie als Eventmanagerin eingestellt.«

Marie dachte kurz nach und schaute auf ihre Armbanduhr. 20:33 Uhr. »Herr Kirchner, ich bin gerade in Cala Rajada. Ich kann bei Ihnen vorbeikommen. Dann unterhalten wir uns persönlich. Sind Sie gerade in einem Ihrer Klubs?«

»Äh, nein«, sagte der Mann. »Ich meine ja, Sie können vorbeikommen. Aber ich bin nicht bei der Arbeit, sondern zu Hause. Ich wohne in der Calle Pinos. Hausnummer 14.«

»Alles klar«, erwiderte Marie. »Ich bin gleich bei Ihnen.«

Kapitel sechzehn

Keine zehn Minuten später stand Marie vor einem modernen Einfamilienhaus. Die Fassade war weiß und mit bodentiefen Fenstern ausgestattet, die bei Tageslicht einen atemberaubenden Meerblick freigeben mussten. Marie schaute nach links und rechts. Nirgendwo war eine Menschenseele zu sehen. In einigen Anwesen dieses ein wenig abseits gelegenen Luxusviertels brannte Licht, und von Weitem hörte sie Stimmengewirr und Musik. Wahrscheinlich irgendein Nachbar, der eine exklusive Party in seinem Nobelgarten schmiss, dachte Marie.

Auf dem Weg hierher hatte sie Silvia angerufen und sie über ihren Abstecher zu Herrn Kirchner informiert. Außerdem hatte sie nach dem Herrn gegoogelt und war schnell fündig geworden. Auf der Website einer seiner Klubs hatte sie rasch seine Biografie überflogen. Jahrgang 1963. Münchener Geschäftsmann. Verheiratet und zwei Söhne. Das Foto hatte einen ernst dreinschauenden, aber recht attraktiven Mann Ende fünfzig gezeigt.

Marie klingelte am Eingangstor. Nur zwei Sekunden später öffnete es sich automatisch. Sie ging über den Kiesweg durch einen gepflegten Vorgarten auf das einstöckige Haus zu. Als sie die drei Stufen hinaufstieg, öffnete sich die Eingangstür, und ein groß gewachsener blonder Mann kam zum Vorschein. Es handelte sich eindeutig um dieselbe Person, die Marie vor ein paar Minuten auf dem Foto im Internet gesehen hatte.

Er streckte ihr die Hand entgegen. »Herbert Kirchner. Gut, dass Sie so schnell kommen konnten.«

»Marie Lindner«, sagte sie und hielt ihm den Polizeiausweis hin, der ihre externe Mitarbeit bei der spanischen Policía Nacional bescheinigte.

Er warf einen flüchtigen Blick auf das Dokument und bat sie dann herein.

Marie trat in eine weitläufige, hell erleuchtete Eingangshalle mit extrem hohen Decken.

»Lassen Sie uns ins Wohnzimmer gehen«, sagte er und ging vor.

»Sind Sie alleine?«, fragte Marie.

»Ja«, sagte er, drehte sich jedoch dabei nicht zu ihr um. »Meine Frau und meine Söhne sind in München. Die Jungs gehen ja noch zur Schule. Aber am Wochenende fliegen sie meistens hierher. Und ich bin ja auch oft geschäftlich in Deutschland unterwegs.«

Sie gelangten in einen komplett in Weiß gehaltenen Ess- und Wohnbereich mit ebenfalls sehr hohen Decken und großen Glastüren, die zu einer Terrasse hinausführten.

»Bitte nehmen Sie Platz.« Herbert Kirchner deutete auf eines der hellen Ledersofas und setzte sich selbst auf das gegenüberstehende. »Möchten Sie ein Glas Wasser, oder kann ich Ihnen etwas anderes anbieten?«

»Ein Glas Wasser wäre nett«, sagte Marie und nahm Platz.

Herr Kirchner schenkte ihr aus einer Metallkaraffe, die vor ihnen auf dem Wohnzimmertisch stand, ein und überreichte ihr das Glas.

»Danke«, sagte Marie und sah ihn erwartungsvoll an.

Er fing ihren Blick sogleich auf und begann, zu erzählen. »Also, Frau Lindner. Ich will gar nicht lange um den heißen Brei herumreden. Aber Sie müssen mir garantieren, dass nichts von dem, was ich Ihnen erzähle, an die Öffentlichkeit gelangt. Ich möchte meine Familie schützen.«

Marie vermied es, eine direkte Antwort auf diese Bitte zu geben, und nickte nur leicht.

Herrn Kirchner schien dies zu genügen, denn er sprach weiter. »Als Erstes möchte ich Ihnen erklären, warum ich nicht sofort, als Carolines Verschwinden bekannt wurde, die Polizei verständigt habe.«

Marie erwiderte nichts, sondern ließ den Mann berichten.

»Ich glaube, ich war die letzte Person, die Caroline vergangene Woche gesehen hat. Wir hatten am Dienstag die Nacht zusammen verbracht. Am nächsten Morgen haben wir gestritten, und Caroline ist dann wütend abgerauscht. Daher habe ich mir am Anfang gar keine wirklichen Sorgen gemacht. Ich dachte einfach, dass sie sich wegen unserer Diskussion für ein paar Tage zurückgezogen hätte. Als vorhin jedoch dieses scheußliche Todesvideo von dem mallorquinischen Influencer aufgetaucht ist …« Er befeuchtete mit der Zunge seine trockenen Lippen. »Ich meine, die Botschaft am Ende des Videos, die könnte sich doch auf Caroline beziehen, oder? Glauben Sie nicht, dass sie sich in Lebensgefahr befinden könnte?«

Marie war über die Information, dass Herr Kirchner und Caroline Stern ein Verhältnis führten, nicht besonders überrascht. Nach Herrn Kirchners Anruf und mit der Aussage von Carolines Schwester über einen möglichen Liebhaber hatte sie sich ein Verhältnis zwischen den beiden zusammenreimen können. Sie vermied es, auch auf diese Frage des Mannes zu antworten, und stellte ihm stattdessen selbst eine Frage. »Seit wann hatten Sie und Frau Stern ein Verhältnis?«

Herbert Kirchner sah sie einen Augenblick schweigend an, bevor er antwortete. »Seit Anfang des Sommers. Es ist keine große Sache, wir haben uns schon immer gut verstanden, und dann ist es halt irgendwann passiert.«

»Weiß Ihre Frau von dieser Beziehung?«

»Nein! Natürlich nicht! Deshalb sagte ich ja auch eben, dass unser Verhältnis auf keinen Fall an die Öffentlichkeit gelangen darf.«

»Kennt Ihre Frau Caroline Stern persönlich?«

Herr Kirchner zuckte mit den Achseln. »Wahrscheinlich habe ich sie ihr irgendwann einmal auf einer Party vorgestellt. Ich meine, Caroline arbeitet ja seit ein paar Jahren als Eventmanagerin für meine Firma. Aber persönlichen Kontakt haben die beiden auf keinen Fall gehabt. Meine Frau interessiert sich überhaupt nicht für meine Geschäfte.« Er beugte sich ein wenig vor. »Aber hören Sie, Frau Lindner, ich habe Sie nicht angerufen, weil ich mit Ihnen über meine Ehe oder mein Verhältnis mit Caroline plaudern wollte. Ich denke, dass Carolines Verschwinden mit diesem ominösen Termin, den sie am Mittwochmorgen hatte, in Verbindung stehen könnte.«

»Ich höre, Herr Kirchner«, sagte Marie bestimmt. »Um welchen Termin handelte es sich?«

Der Mann rieb die Handflächen an seiner hellen Leinenhose ab. Er wirkte nun nervöser als noch vor ein paar Minuten. »In der Nacht vorher haben Caroline und ich ein wenig Champagner getrunken. Wir haben das immer während unserer Treffen gemacht. Caroline liebt guten Champagner. Aber an jenem Abend hat sie nur ein einziges Glas getrunken. Sie meinte, sie hätte am nächsten Morgen einen sehr wichtigen Termin und dürfte auf keinen Fall verkatert sein. Als ich dann nachgebohrt habe, was es mit diesem Termin auf sich hätte, sagte sie, dass es noch *topsecret* sei und sie niemandem davon berichtet habe. Ihre Vorfreude war aber so groß, dass sie mir dann doch ein paar Informationen gab.«

»Ja?«, sagte Marie.

»Es ging um ein Fotoshooting mit einem amerikanischen Modemagazin. Ich kenne mich auf diesem Gebiet ja nicht sonderlich aus, und der Name *First People* sagte mir auch nichts. Caroline jedoch war ziemlich aus dem Häuschen und meinte, dass dies nun ihr Sprungbrett sei, um endlich ganz groß rauszukommen.«

Marie horchte auf. Silvia hatte ihr nachmittags am Telefon über den Besuch bei Xavier Colomers Vater berichtet. Auch der mallorquinische Influencer hatte von einem amerikanischen Modemagazin gesprochen und betont, dass alles noch ganz geheim gehalten werden müsse. Damit hatten sie eine Verbindung zwischen den beiden Internetstars. Und sie hatten den Namen des Magazins! Marie sagte *First People* zwar ebenfalls nichts, aber nun konnten sie in diese Richtung ermitteln.

»Wissen Sie, wo dieses Fotoshooting stattfinden sollte? Oder hat Frau Stern Ihnen vielleicht den Namen des Fotografen genannt?«

Herbert Kirchner nahm einen Schluck von seinem Wasser. »Nein, weder das eine noch das andere. Caroline wollte nicht viel davon preisgeben. Sie meinte, dass sie mir eigentlich nicht einmal den Namen des Magazins hätte verraten dürfen. Man hätte sie gebeten, mit niemandem darüber zur sprechen, bis die Foto-Story erschienen sei, denn man wolle sicherstellen, dass es eine exklusive Kampagne bleiben würde.«

Marie runzelte kaum merklich die Stirn, aber Herr Kirchner schien ihre Reaktion sofort aufgefangen zu haben. »Ja«, sagte er. »Mir kam das ehrlich gesagt auch alles ein wenig merkwürdig vor. Diese Heimlichtuerei … Aber da ich mich wie gesagt in Modekreisen nicht auskenne, habe ich es einfach so hingenommen. Wir haben dann auch nicht weiter drüber geredet.«

»Okay, ich verstehe.« Marie verspürte das Bedürfnis, schnellstmöglich Silvia über die neuen Erkenntnisse zu informieren und jemanden bei diesem *First People*-Magazin zu kontaktieren. Aber eine Frage brannte ihr noch auf der Zunge. »Können Sie mir bitte noch erklären, worüber Sie mit Frau Stern an dem Morgen gestritten haben, bevor sie aufbrach?«

Herbert Kirchner seufzte. »Ach, wissen Sie, Frau Lindner, ich glaube, Caroline war wirklich in mich verliebt. Ich meine, verstehen Sie mich nicht falsch. Ich mochte … äh, entschuldigen Sie, ich spreche ja schon in der Vergangenheitsform von ihr … ich mag Caroline auch sehr, aber ich würde mich niemals von meiner Frau und meinen Söhnen trennen. Wenn Sie verstehen, was ich meine.«

»Frau Stern hat Ihnen also an jenem Morgen eine Art Ultimatum gestellt?«, fragte Marie.

»Was? Nein, nein, so extrem war das nicht. Sie war nur verärgert, weil ich ihr erklärte, dass ich Mitte des Monats für einige Wochen nach München fliegen müsse und dass …«

Das Klingeln von Maries Handy ließ ihn innehalten.

»Entschuldigen Sie«, sagte Marie und erinnerte sich, dass sie vergessen hatte, ihr Telefon auf lautlos zu stellen, bevor sie das Anwesen von Herrn Kirchner betreten hatte. Sie griff in ihre Handtasche, die neben ihr auf dem Sofa lag. Als sie sah, dass es sich bei dem Anrufer um Carolines Mutter handelte, beschloss sie, zu antworten.

»Einen Moment, bitte«, sagte sie zu Herrn Kirchner und nahm den Anruf entgegen.

»Frau Heinrich?«, sagte sie ins Telefon, während sie in den Flur ging.

»Frau Lindner, haben Sie die Bilder schon gesehen?«

Marie erkannte sofort an der Stimme, dass die aufgeregte Frau Carolines Schwester war.

»Julia? Nein ...«

Aber das Mädchen unterbrach sie augenblicklich. »Auf Carolines Instagram-Account sind gerade entsetzliche Fotos gepostet worden. Sie sieht schrecklich aus! Frau Lindner, meine Schwester schwebt eindeutig in Lebensgefahr. Sie müssen sofort etwas unternehmen.«

Kapitel siebzehn

Silvia nahm kraftlos eine Stufe nach der anderen. Selten hatte es sie so viel Anstrengung gekostet, in ihre Dachgeschosswohnung im vierten Stock zu gelangen. Noch immer hallten ihr Andreu Cifres wuterfüllte Worte in den Ohren. Es war das erste Mal in all den Jahren, dass sie den Polizeichef so erregt erlebt hatte. Als nur wenige Stunden nach der Veröffentlichung des Todesvideos von Xavier Colomer Fotos einer verwahrlosten und gequält lächelnden Caroline Stern auf deren Instagram-Account erschienen, hatte das Andreu so aufgebracht, dass Silvia befürchtet hatte, er bekäme auf der Stelle einen Herzinfarkt. Und das Schlimme war, dass er mit all seinen Schimpfereien recht hatte. Zwar konnten weder Silvia, Marie, Mateu Fuster noch sonst jemand von der Policía Nacional etwas für diese Veröffentlichungen. Aber es stimmte, dass die Presse und damit die gesamte Bevölkerung auf die denkbar schlechteste Weise erfahren hatte, dass auf der Insel ein Psychopath seine kranke Fantasie an entführten Internetstars ausließ. Was Öffentlichkeitsarbeit betraf, war die Angelegenheit eine einzige Katastrophe.

Nun war jedermann bewusst, dass auch Caroline Stern sich in Lebensgefahr befand, und der Druck auf den Schultern der Ermittelnden war kaum auszuhalten. Die Telefonleitungen auf dem Revier hatten keine Sekunde lang stillgestanden. Silvia hatte alle Hände voll damit zu tun gehabt, nach den neuen Erkenntnissen die Aufgaben zwischen ihren Kollegen zu verteilen.

Lucas Carrasco und ein weiterer Informatiker hatten die Bilder von Caroline Stern analysiert und waren zu dem Schluss gekommen, dass die Deutsche in einem Raum desselben Gebäudes gefangen gehalten wurde, in dem auch Xavier Colomer umgekommen war.

Marie war aus Cala Rajada zurück aufs Präsidium gekehrt und hatte trotz der späten Uhrzeit versucht, jemanden bei dem US-Magazin *First People* zu erreichen. In den Büros in Spanien war wie erwartet niemand mehr ans Telefon gegangen, aber in Chicago, wo sich der Hauptsitz der Zeitschrift befand, hatte sie mit einer leitenden Mitarbeiterin sprechen können. Die Dame hatte den Namen Caroline Stern noch nie gehört und wusste nichts von einem Interview oder Fotoshooting, das ihre Kolleginnen in Spanien veranlasst hätten.

Mateu Fuster seinerseits hatte damit begonnen, die verschiedenen Büros der Autovermietung *Ok Cars* zu kontaktieren. Aber auch in dieser Hinsicht mussten sie sich mindestens bis morgen gedulden, um die Listen von Personen zu erhalten, die in den vergangenen Tagen und Wochen einen grauen Nissan X-Trail gemietet hatten.

Sie schaute auf ihre Armbanduhr. 0:45 Uhr. Sie war hundemüde und musste unbedingt ein paar Stunden schlafen, damit ihr Gehirn wieder richtig arbeiten konnte. Aber bevor sie sich hinlegte, wollte sie sich noch kurz bei David melden. Im Laufe des Abends hatte sie zwei verpasste Anrufe von ihm erhalten, war jedoch nicht dazugekommen, ihn zurückzurufen. Und etwas essen musste sie auch noch. Seit dem Sandwich am Mittag hatte sie nichts mehr zu sich genommen, und ihr Magen rumorte schon seit einer ganzen Weile.

Endlich hatte sie den vierten Stock erreicht und begann im Chaos ihrer Handtasche nach dem Wohnungsschlüssel zu suchen. Als sie ihn fand und ins Türschloss steckte, stellten sich schlagartig ihre Nackenhaare auf. Die Tür war nicht verschlossen. Sie ließ sich direkt, ohne eine Umdrehung des Schlosses, öffnen. Zwar war Silvia ziemlich zerstreut, und es kam nicht selten vor, dass sie Dinge, die nicht direkt mit ihrem Beruf zusammenhingen, einfach vergaß. Aber sie hatte noch nie vergessen, ihre Haustür abzuschließen. Daher konnte dies nur eins bedeuten: Jemand war in ihre Wohnung eingedrungen. Rasch überprüfte sie das Türschloss, konnte jedoch keine Spuren erkennen, die auf einen gewaltsamen Einbruch hindeuteten. Sie überlegte einen Moment lang, ihre Kollegen zu verständigen, verwarf dann jedoch den Gedanken und holte stattdessen ihre Pistole aus dem Schulterholster.

Mit gezückter Waffe trat sie in den erleuchteten Flur. Das eingeschaltete Licht war nicht weiter merkwürdig. Sie vergaß des Öfteren, es auszumachen, bevor sie morgens die Wohnung verließ. Beunruhigend war jedoch, dass auch im Wohnzimmer Licht brannte. Rasch sah sie sich im Flur um, konnte aber nichts Merkwürdiges feststellen. An der Garderobe neben der Tür hingen ihre Taschen und mehrere dünne Jacken. Direkt darunter stand der Schuhschrank, aus dem ein Paar hochhackige Sandalen hervorlugten. An der gegenüberliegenden Wand stapelte sich wie gewöhnlich ein Berg ungeöffneter Post auf der alten Holzkommode. Die drei Schubladen der Kommode waren zu. Wenn ein Dieb in ihre Wohnung eingedrungen wäre, hätte er dann nicht in den Schubladen nach Wertsachen gesucht und diese einfach offen stehen lassen? Leise öffnete Silvia die oberste Schublade und warf einen flüchtigen Blick hinein. Ein Chaos von Papieren, Modeaccessoires und weiterer Korrespondenz. Alles wie gewohnt. Die Pistole fest in den Händen, ging sie mit fast lautlosen Schritten ins Wohnzimmer.

»Überraschung! Da bist du ja endlich!«

Silvia traute ihren Augen nicht und brauchte ein paar Sekunden, bis sie die gezückte Waffe senkte. David saß strahlend auf ihrem abgenutzten Ledersofa mit einem Glas Champagner in der Hand.

»Bist du verrückt geworden? Was machst du hier? Warum hast du nichts gesagt?«

David hörte auf zu lächeln. »Ich habe dich einige Male angerufen, aber wenn du nie ans Telefon gehst …«

Silvia sah ihn ungläubig an. »Ich meine, warum du nichts gesagt hast, als du gerade gehört hast, wie ich zur Tür reingekommen bin. Ist dir eigentlich klar, dass ich auf dich hätte schießen können?«

»Äh, ja … ich wollte dich überraschen!« Er stellte das Champagnerglas auf den Sofatisch und stand auf. »Woher soll ich denn ahnen, dass du mit gezückter Pistole in deine eigene Wohnung kommst?«

Silvia merkte, wie die Anspannung der vergangenen Minuten von ihr wich und stattdessen Wut in ihr hochstieg. »David, meine Wohnungstür war nicht verschlossen! Und ich verschließe sie immer. Mein Gott, ich dachte, jemand wäre hier eingebrochen!«

»Okay, beruhige dich«, sagte er sanft und kam mit ausgebreiteten Armen auf sie zu. »Gib mir erst mal einen Kuss, ich warte seit einer halben Ewigkeit auf dich.«

Silvia ließ sich von ihm umarmen und auf den Mund küssen. Aber sie fühlte sich weiterhin vollkommen überrumpelt. »Was machst du eigentlich hier? Hattest du nicht ein ausverkauftes Konzert heute Abend in Madrid? Und wie bist du überhaupt in meine Wohnung gekommen?«

David löste sich von ihr und lächelte. »Unser Dirigent hat einen Magen-Darm-Infekt bekommen. Als ich heute Morgen in Madrid gelandet bin und mein Handy eingeschaltet hab, hatte er gerade mitgeteilt, dass er unmöglich arbeiten könne. Die Veranstalter und Manager haben dann stundenlang versucht, Ersatz zu finden. Aber so kurzfristig war das natürlich nicht möglich. Mittags wurde uns dann mitgeteilt, dass das Konzert definitiv abgesagt und den Gästen ein anderer Termin angeboten wird.«

»Aha«, sagte Silvia. »Und dann hast du dich direkt wieder in einen Flieger nach Mallorca gesetzt?«

»Da wir ja morgen und übermorgen sowieso keine Konzerttermine haben und ich dich schon so sehr vermisste, dachte ich mir einfach, dass ich dich überrasche!« Er sah sie nun ein wenig zerknirscht an. »Aber anscheinend war das wohl keine so gute Idee, denn du siehst nicht gerade begeistert aus.«

Silvia seufzte. »Sorry, David. Natürlich freue ich mich, dich zu sehen! Es ist nur so schrecklich viel passiert heute bei der Arbeit, und ich habe mich wirklich erschrocken, als mir auffiel, dass die Tür nicht verschlossen war.«

»Ja, verstehe. Es war dumm von mir.«

Nun tat er Silvia leid. »Entschuldige, dass ich dich angeschrien habe. Ich bin vollkommen übermüdet.« Sie streifte sich die Schuhe ab und ließ sich auf das Sofa fallen. »Aber wie bist du denn nun in meine Wohnung gekommen?«

David setzte sich neben sie und lächelte erneut. »Es ist echt erstaunlich, dass du eine so gute Ermittlerin bist und dann die banalsten Dinge einfach vergisst. Du hast mir doch letzte Woche selbst deinen Reserveschlüssel gegeben, als ich runter zum Bäcker gegangen bin.«

Silvia erinnerte sich. Sie hatten den ganzen Morgen im Bett verbracht, und irgendwann hatte David vorgeschlagen, Croissants zu holen und im Bett zu frühstücken. Da hatte sie ihm gesagt, er solle den Ersatzschlüssel vom Schlüsselbrett im

Flur nehmen. Und anscheinend hatte er ihn nicht wieder an seinen Platz gehängt. Sie dachte kurz nach, ob sie deswegen verärgert sein sollte. Aber sie fühlte sich momentan zu erschöpft für eine Grundsatzdiskussion. Sicher hatte David einfach vergessen, den Schlüssel wieder zurückzuhängen.

»Stimmt, jetzt erinnere ich mich«, sagte sie nur.

»Magst du ein Glas Schampus?«, fragte David und deutete auf das leere Champagnerglas, das neben einer Flasche Veuve Clicquot auf dem Sofatisch stand.

»Nein danke. Ich muss unbedingt irgendetwas essen und dann schleunigst ein paar Stunden schlafen.«

»Ah.« David schien ein wenig enttäuscht. »Ich habe guten Serrano-Schinken und Baguette gekauft. Soll ich dir schnell ein Brot machen?«

»Ja, das wäre lieb.«

Er stand auf und ging zu ihrer kleinen, in das Wohnzimmer integrierten Einbauküche. »Warum bist du eigentlich erst so spät nach Hause gekommen? Du hast gar nicht auf meine Anrufe reagiert.«

Silvia hörte, dass ein leichter Vorwurf in seiner Stimme mitschwang. »Du hast wohl heute noch keine Nachrichten geguckt, oder?«, fragte sie ihn.

Er schnitt das Baguette auf und öffnete dann den Kühlschrank. »Nein, du weißt doch, dass ich kaum Nachrichten lese, und Fernsehen gucke ich ja grundsätzlich nicht. Was ist denn passiert?«

Silvia verspürte keine Lust, nun in allen Details über die furchtbaren Ereignisse zu sprechen. »Um es kurz zu machen: Wir haben es anscheinend mit einem Serienkiller zu tun, der Internetstars erst entführt und dann tötet. Eine junge Frau schwebt in Lebensgefahr, und wir müssen sie so schnell wie möglich finden.«

David hatte sich zu ihr umgedreht. »Ein Serienmörder? Aber mit so extremen Fällen hast du doch normalerweise nichts zu tun, oder?«

Silvia lächelte müde. »Na ja, Gott sei Dank kommt es nicht häufig vor, dass hier auf der Insel Serienkiller ihr Unwesen treiben. Aber wenn sie es doch tun, ist es eben mein Job als Kriminalkommissarin, sie aufzuspüren.«

»Ja, verstehe«, sagte David und reichte ihr den Teller mit dem Schinkenbrot. »Aber da begibst du dich auch selbst in Lebensgefahr.«

Silvia wurde zum ersten Mal bewusst, dass sie mit David während ihrer gemeinsamen Zeit kaum über ihren Beruf gesprochen hatte. Sie hatten mehr über ihre Familien, Freunde, Hobbys und politische Ansichten geredet als über ihre beruflichen Tätigkeiten. Doch gerade jetzt empfand es Silvia nicht als den besten Zeitpunkt, um über die Aufgabengebiete ihres Jobs zu berichten.

»Lebensgefahr ist wohl ein bisschen übertrieben«, sagte sie daher nur knapp und biss in das Baguette.

Aber nun schien sie Davids Interesse geweckt zu haben, denn er sah sie erwartungsvoll an. »Erzähl mir mehr über den Fall und diesen Mörder.«

Silvia kaute und schluckte den Bissen hinunter, bevor sie antwortete. »David, ich darf mit niemandem über die Ermittlungsarbeiten an einem laufenden Fall sprechen. Das ist Teil meines Berufs. Ich kann dir nur sagen, dass sich eine deutsche Influencerin offenbar in Lebensgefahr befindet und wir auf Hochtouren nach dem Täter fahnden. Aber du kannst ja mal im Internet nachschauen, um dir eine grobe Vorstellung von der Dimension zu machen, die der Fall gerade annimmt.« Sie bemerkte Davids enttäuschten Gesichtsausdruck und vermutete, dass sie ihre Worte wohl wieder einmal nicht einfühlsam genug formuliert hatte.

»Sorry, David, das ist wirklich nicht böse gemeint«, fügte sie daher rasch hinzu. »Aber ich hoffe, du kannst verstehen, warum ich nicht über meine Ermittlungsarbeiten sprechen darf.«

»Ach, ist schon gut«, sagte er. Seine Miene hellte sich auf. »Lass uns das Thema wechseln.« Er griff nach ihrer freien Hand. »Du hast noch gar nicht auf meine Liebeserklärung von heute Morgen reagiert.«

O verdammt, dachte Silvia. Sie hatte im Laufe dieses stressigen Tages kaum mehr an Davids Worte gedacht. Oder vielleicht hatte sie unbewusst auch einfach jeden Gedanken daran erfolgreich verdrängt. Schon immer war es ihr schwergefallen, romantische Gefühle auszusprechen. Auch jetzt spürte sie, dass sich ein gewisses Unbehagen in ihr breitmachte. Selbstverständlich empfand sie etwas für David, aber um von Liebe zu sprechen, war es ihrer Meinung nach einfach noch zu früh. Sie überlegte fieberhaft, was sie sagen sollte, um seine Gefühle nicht zu verletzen. »Ich habe mich sehr über deine Worte gefreut«, begann sie.

»Und?« David sah sie erwartungsvoll an.

Sie beschloss, ihm einfach die Wahrheit zu sagen. Alles andere fühlte sich nicht gut an. »Ich empfinde auch viel für dich, und ich habe unsere gemeinsame Woche wirklich genossen …«

»Aber?«, wollte David wissen.

»Nichts aber«, entgegnete Silvia. »Für mich ist Liebe nur ein sehr großes Wort. Bei mir dauert es ein wenig länger …« Sie stellte ihren Teller ab und neigte sich zu ihm.

Er erwiderte ihre Geste und sie küssten sich. Davids Hand glitt unter ihre Bluse. Doch Silvia löste sich sanft von ihm. »Sorry, David, aber es ist super spät und ich muss sehr früh wieder raus. Ich bin total erschöpft und sollte schleunigst ein paar Stunden schlafen. Sei mir nicht böse, aber ich geh ins Bett, ja?«

David sah sie ein wenig enttäuscht an. »Ja, ist gut. Aber was ist mit morgen? Werden wir uns dann gar nicht sehen?«

Silvia stand auf und streckte ihre müden Muskeln. »Es tut mir leid, aber ich glaube kaum, dass ich morgen auch nur eine Minute Ruhe haben werde. Wir müssen den Täter schnellstmöglich schnappen, bevor es ein weiteres Mordopfer gibt. Du kannst gerne hier in der Wohnung bleiben, aber ich …«

David seufzte unmerklich. »Nein, nein, ist schon gut. Ich werde mir dann direkt morgen früh einen Rückflug buchen.«

Silvia umarmte ihn. »Danke für dein Verständnis.«

Dann ging sie ins Bad, putzte sich die Zähne und zog ihr ausgebleichtes Schlafhemd an. Zwei Minuten später lag sie im Bett und schlief auf der Stelle ein.

DIENSTAG,
10. SEPTEMBER 2019

Kapitel achtzehn

Bilder von Julia und Ruth Heinrich, die sie wüst beschimpften, wechselten sich mit Fotos einer verwahrlost aussehenden Caroline Stern ab. Die fluchenden Stimmen wurden immer lauter, und ihre Gesichter kamen näher und näher an sie heran.

Schlagartig riss Marie die Augen auf. Eine Sekunde lang war sie erleichtert, dass sie nur geträumt hatte. Doch dann drangen die Erinnerungen an den vergangenen Abend in ihr Bewusstsein, und sie begriff, dass der Albtraum leider gar nicht so weit von der Realität entfernt war. Sie schlug die Bettdecke zurück und setzte sich auf. Ihr war übel, und sie verspürte Brechreiz.

Was zum Teufel ist mit mir? Warum ist mir so schlecht und …? Doch ehe sie die Frage zu Ende formuliert hatte, fiel es ihr wie Schuppen von den Augen. Aber konnte das wirklich sein? Bestand tatsächlich die Möglichkeit, dass sie schwanger war? Sie versuchte, sich zu erinnern, wann sie zuletzt ihre Periode gehabt hatte. Es war auf jeden Fall über einen Monat her gewesen. Aber das Ausbleiben ihrer Menstruation beunruhigte sie schon seit Langem nicht mehr.

Nach ihrer Vergewaltigung vor drei Jahren waren ihre monatlichen Blutungen nur sehr selten regelmäßig gekommen. Des Öfteren war ihre Periode sogar bis zu drei Monate am Stück ausgeblieben. Sowohl ihr Frauenarzt als auch die Psychiaterin, bei der sie damals in Behandlung gewesen war, hatten ihr versichert, dass dieser Umstand bei posttraumatischem Stress keine Seltenheit darstellte. Auch ihre Entführung ein Jahr später und Sandras Messerangriff auf sie im vergangenen Frühling hatten dazu beigetragen, dass sie sich nicht mehr wunderte, wenn sie wieder einmal monatelang keine Regelblutungen bekam. Doch diese Übelkeit hatte sie noch nie zuvor verspürt, und der Gedanke, dass sie schwanger sein könnte, ließ sie jetzt nicht mehr los.

Sie schaute auf den Digitalwecker des Nachttisches. 6:24 Uhr. Soweit sie wusste, öffneten die meisten Apotheken in der Altstadt erst um 9:00 Uhr. Doch dann fiel ihr ein, dass es im Carrer d'Aragó eine Apotheke gab, die durchgehend geöffnet hatte. Wenn sie mit dem Fahrrad fuhr, konnte sie in zehn Minuten dort sein. Marie unterdrückte ihre Übelkeit und stand auf, um sich rasch fertig zu machen.

Keine Viertelstunde später stand sie mit ihrem ausgeklappten Fahrrad auf der Straße. Sie fuhr durch die um diese Uhrzeit noch fast leere Einkaufsstraße Carrer del Sindicat. Nur ein Fahrzeug der Stadtreinigung und zwei Männer in Anzügen kamen ihr entgegen. Die Mehrzahl der Geschäfte in Palma öffneten ihre Pforten nicht vor 9:30 Uhr. Selbst auf den verkehrsreichen Avingudes war noch nicht viel los.

Sie bog in den Carrer d'Aragó und dachte an Andreas. Seit der Nacht Ende Juli hatten sie noch zwei weitere Male miteinander geschlafen. Ein wohltuender Schauer überkam sie, wenn sie an diese Abende dachte. Insgeheim hatte sie sich schon vor Wochen dafür entschieden, ihrer Ehe nach allem, was vorgefallen war, noch eine Chance zu geben. Sie wusste, dass Andreas sie über alles liebte, und war bereit, ihm seinen Fehltritt zu verzeihen. Nur hatte sie nichts überstürzen wollen und beschlossen, noch eine Zeit lang in Lillys Stadtwohnung zu bleiben.

Sie stellte sich vor, was passieren würde, wenn der Test tatsächlich positiv ausfiel. Als Andreas und sie Anfang dreißig gewesen waren, hatten sie sich dafür entschieden, Eltern zu werden. Marie hatte damals die Pille abgesetzt. Aber ein Jahr später war sie immer noch nicht schwanger gewesen. Eine Hormonuntersuchung hatte ihnen dann Gewissheit gegeben. Es war sehr unwahrscheinlich, dass Marie auf normalem Weg ein Kind bekommen konnte. Andreas und sie hatten daraufhin eine Hormonbehandlung sowie künstliche Befruchtung in Betracht gezogen.

Aber letztendlich hatte Marie sich dagegen entschieden. Sie hatte viele Erfahrungsberichte von Frauen, denen es wie ihr erging, gelesen und erkannt, dass diese Maßnahmen häufig zu jahrelangen Enttäuschungen führten. Mit ein wenig Wehmut beschlossen sie daher, den Dingen ihren Lauf zu lassen, und fanden sich mit der Vorstellung ab, keine Kinder bekommen zu können. Und nun? War sie mit 39 Jahren womöglich doch noch schwanger geworden? Marie versuchte, ihre Grübeleien sein zu lassen und erst einmal das Testergebnis abzuwarten, bevor sie sich in weitere Hirngespinste verrann.

Sie hatte die Apotheke erreicht. Sie überlegte, ihr Fahrrad für den kurzen Aufenthalt nicht anzuketten, entschied sich aber dann doch dafür. Palmas Innenstadt war leider bekannt für seine zahlreichen Fahrraddiebstähle.

Marie betrat die leere Apotheke und ging auf den jungen Mann zu, der hinter einem der Tresen stand. Sie wusste nicht warum, aber irgendwie kam sie sich wie eine unbeholfene Jugendliche vor, die gerade zum ersten Mal Kondome kaufte. In Gedanken schalt sie sich selbst. *Du bist eine mehr als erwachsene Frau, obendrein besteht dein Job darin, Schwerverbrecher zu jagen. Da wirst du doch nicht wegen eines simplen Schwangerschaftstests weiche Knie bekommen.*

»*Hola, bon dia,* was kann ich für Sie tun?«, fragte der müde ausschauende Mann.

»Guten Tag«, sagte Marie und versuchte, Unbekümmertheit in ihre Stimme zu legen. »Ich bräuchte einen Schwangerschaftstest.«

Der Mann nickte nur und verschwand im Hinterzimmer. Nach ein paar Sekunden kam er mit einer länglichen weißblauen Packung zurück. »Tut es dieser hier?«

Marie warf einen flüchtigen Blick auf die Packung. Sie hatte keine Ahnung, welche Marken es gab. Daher sagte sie nur. »*Sí, claro,* wie viel macht das?«

Der junge Mann schaute auf den Test. »Acht Euro zwanzig, bitte.«

Marie zahlte, bedankte sich und verließ dann mit schnellen Schritten die Apotheke.

Draußen atmete sie tief durch. Ihre Nerven waren nun zum Zerreißen gespannt, und sie spürte, wie die Nervosität durch ihren ganzen Körper floss. Trotz der Übelkeit verspürte sie einen unbändigen Drang, sich eine Zigarette anzuzünden. Aber sie unterdrückte das Verlangen, schloss das Fahrrad auf und machte sich eilig auf den Rückweg.

Zehn Minuten später war sie wieder in ihrer Wohnung. Schnurstracks ging sie ins Bad, holte den Test aus der Packung und las sich die Gebrauchsanweisung durch. Dann schloss sie einen Moment lang die Augen, atmete erneut ein paarmal tief durch und setzte sich auf die Toilette.

Ein Schwall an Gedanken raste durch ihren Kopf, während sie den Applikator unter ihren Urinstrahl hielt. Als sie fertig war, legte sie den Applikator neben das Waschbecken. Nun musste sie sich nur noch ein paar Minuten gedulden. Sie betrachtete sich im Spiegel. Alles schien in diesem Moment sehr weit entfernt. Der aktuelle Fall, die Opfer, Andreas – alles war plötzlich in den Hintergrund gerutscht. Ohne den Blick von ihrem Spiegelbild abzuwenden, griff sie mit zitternden Fingern nach dem Applikator. Für ein paar Sekunden schloss sie die Augen. Dann öffnete sie sie und senkte den Blick. Ihr Herz pochte laut, als sie sah, wie sich langsam ein zweiter Streifen auf dem Applikator bildete.

Kapitel neunzehn

Ich hatte schon befürchtet, dass Victoria in letzter Minute absagen würde. Nach allem, was seit gestern Nachmittag in den Medien los ist, wäre es verständlich gewesen, wenn das junge Ding sich gegen ein Fotoshooting mit einem Unbekannten entschieden hätte. Aber meine Sorgen waren unbegründet. Denn da steht sie und wartet auf mich, genau an der Ecke, die ich ihr genannt hatte. Braves, dummes Mädchen.

Es ist schon erschreckend, wie sehr sich diese Generation von Möchtegernsuperstars anbiedert. Du erzählst ihnen irgendetwas von einem amerikanischen Modemagazin, von *topsecret* und dem ganz großen Durchbruch, und schon fressen sie dir aus der Hand. Für Ruhm und Anerkennung werfen sie anscheinend jegliche Bedenken über Bord. Wobei ich fairerweise sagen muss, dass Xavier und Caroline wahrscheinlich nicht so blöd gewesen wären, am Tag nach der Veröffentlichung meines Videos zu einer fremden Person ins Auto zu steigen. Mir war schon im Voraus bewusst, dass mein drittes Opfer das naivste ist. Das kann natürlich auch an Victorias zartem Alter liegen. Die mallorquinische Influencerin, die sich seit zwei Jahren mit ihren Abnehmtricks auf YouTube einen Namen gemacht hat, ist gerade einmal 19 Jahre alt.

Ich bringe meinen Wagen neben ihr zum Stehen und lasse das Beifahrerfenster hinunter. »Hey, Victoria«, sage ich und versuche dabei, meiner Stimme einen leicht amerikanischen

Akzent zu geben. »Schön, dass du da bist. Steig ein, dann fahren wir direkt zur Location.«

Sie mustert mich für den Bruchteil einer Sekunde. Ich setze mein charismatisches Lächeln auf und bin mir dabei vollkommen bewusst, dass mein äußeres Erscheinungsbild exakt dem Gegenteil von dem entspricht, was sich die meisten Menschen unter einem Serienkiller vorstellen.

Sie lächelt nun und öffnet die Beifahrertür. *»Good morning«*, sagt sie, während sie Platz nimmt und die Tür schließt. »Ich muss gestehen, dass ich wirklich ein wenig aufgeregt bin.« Sie kichert. »So ein richtig professionelles Fotoshooting hab ich noch nie gemacht.«

Ich lege den ersten Gang ein und fahre los. *»No problem, darling«*, sage ich. »Unsere Fotografen sind wahre Profis. Ich bin mir sicher, du wirst dich mit unserem Team sofort wohlfühlen.« Ich schaue kurz zu ihr hinüber. »Apropos Team. Die Jungs haben mich gerade angerufen, dass sie sich ein klein wenig verspäten. Aber wir fahren schon mal zur Finca. Es ist ein uriges, typisch mallorquinisches Anwesen, das wir für das Shooting ausgewählt haben.«

»Können Sie mir denn schon sagen, wann die Story in *First People* erscheinen wird?«, fragt sie nun, und ich höre die Aufregung in ihrer Stimme.

»Also, das ist ja eigentlich auch noch ein Geheimnis.« Ich setze mir lässig die Sonnenbrille auf. »Aber ich glaube, ich kann es dir schon mal anvertrauen. Die Story erscheint bereits nächste Woche. Und das Beste, Victoria, habe ich dir noch gar nicht erzählt. Die richtige Überraschung …« Ich blicke erneut zu ihr hinüber und sehe, dass ich nun erst recht ihr Interesse geweckt habe.

Ihre Augen sind geweitet, und sie rutscht auf dem Beifahrersitz hin und her.

»Ja? Was ist das für eine Überraschung?«

»Hm, mein Chef wird bestimmt böse auf mich sein, wenn ich es schon jetzt ausplaudere«, sage ich.

»Ah, ich verstehe …«, erwidert sie.

»Aber weißt du was, ich bin mir sicher, dass du das Geheimnis für dich behalten kannst, oder irre ich mich?«

»Ja, ich habe ja auch wirklich niemandem von unserem Treffen erzählt, obwohl es mir echt schwergefallen ist. Sie können sich auf meine Verschwiegenheit verlassen!«

Perfekt, denke ich, das läuft ja alles wie am Schnürchen. »Also gut.« Ich warte demonstrativ ein paar Sekunden, bevor ich weiterspreche. »Victoria, du kommst auf die Titelseite unserer nächsten Ausgabe!«

»*What?*«, schreit sie euphorisch. »Wirklich? Meinen Sie das ernst?«

»Ja, Darling, du wirst ganz groß rauskommen, alle werden über dich sprechen.« *Aber wohl wegen etwas anderem, als du dir gerade vorstellst,* füge ich in Gedanken hinzu und kann ein Schmunzeln nicht unterdrücken. Es ist unglaublich, wie dumm sie alle sind. Aber gut, mir kann diese Naivität nur recht sein. Sie erleichtert mir meine Arbeit um einiges.

»Wow, das ist so toll! Ich kann es noch gar nicht glauben!«

Ich werfe ihr einen Blick zu und lächle erneut. »Ich bitte dich nur, noch ein wenig zu warten, bevor du es deinen Freunden und Fans erzählst. Erst wollen wir das Fotoshooting hinter uns bringen.«

»Ja, ja, natürlich! Das kann ich verstehen! Machen Sie sich keine Sorgen, ich bin verschwiegen wie ein Grab.«

»Super, ich bin mir sicher, dass das Shooting ein voller Erfolg wird!«, erwidere ich. »Aber erzähl mir doch schon mal, wie du darauf gekommen bist, deinen Fans Schilddrüsenhormone als Abnehmmittel zu empfehlen.«

Sie lacht, und ich verspüre das Bedürfnis, ihr hier und jetzt eine reinzuhauen. Aber ich beherrsche mich. In etwa einer halben Stunde wird ihr das dämliche Lachen schon noch vergehen.

»Ich war ja bis vor ein paar Jahren selbst ein pummeliger Teenager«, sagt sie energisch. »Aber dann hat eine Freundin von mir, die ebenfalls dicklich war, von ihrer Hausärztin L-Thyroxin verschrieben bekommen. Daraufhin sind bei ihr die Kilos gepurzelt, und ich habe angefangen, die Hormone in den Tabletten zu recherchieren. Da habe ich schnell herausgefunden, dass sie den Stoffwechsel ankurbeln.«

»Aber sind solche Hormone nicht eigentlich nur für Menschen mit einer Schilddrüsenunterfunktion gedacht?«, frage ich und versuche dabei, so viel Ahnungslosigkeit wie möglich in meine Stimme zu legen.

»Ja, also bei meiner Freundin wurde diese Unterfunktion ja festgestellt. Deshalb hat sie die Euthyrox-Tabletten verschrieben bekommen«, sagt sie. »Ich bin dann auch zum Arzt und hab meine Schilddrüsenwerte prüfen lassen. Bei mir war allerdings alles in Ordnung.«

»Und du hast trotzdem beschlossen, die Tabletten auszuprobieren?«

»Ja, genau!« Aus den Augenwinkeln sehe ich, wie sie sich eifrig eine braune Haarsträhne aus dem Gesicht streicht. »Man bekommt Euthyrox ja auch ohne Rezept in der Apotheke. Ich habe es einfach ausprobiert. Und was soll ich sagen, in wenigen Wochen sind bei mir auch endlich die Pfunde gepurzelt!«

»Und daraufhin hast du beschlossen, deine Entdeckung auf YouTube zu veröffentlichen?«

»Ja, ich habe ja selbst jahrelang unter meiner Pummeligkeit gelitten, und da wollte ich mein Erfolgsrezept natürlich mit all meinen Followern teilen.«

»Und dir ist nicht in den Sinn gekommen, dass dies deinen Fans, die gar keine Unterfunktion haben, schaden könnte?«

Sie schweigt einen Moment. Ich denke schon, dass ich zu weit gegangen bin und sie wegen meiner Fragerei misstrauisch geworden ist. Doch dann redet sie Gott sei Dank weiter. »Ich sage ja ausdrücklich in meinen Videos, dass man mit einer sehr niedrigen Dosis beginnen soll und dann darauf achten muss, dass man keine Symptome wie Herzrasen oder so was kriegt.«

Ich beschließe, es gut sein zu lassen und nicht zu riskieren, dass sie doch noch Zweifel an mir oder unserem geplanten *Fotoshooting* bekommt. »So, gleich sind wir da«, sage ich und setze den Blinker.

»Ah, schön hier«, sagt sie. Wahrscheinlich fällt ihr nichts Besseres ein, aber wenigstens scheint sie sich nicht an meinen Fragen gestört zu haben.

»Ja«, erwidere ich, »unser Fotograf wollte unbedingt ein altes mallorquinisches Anwesen für das Shooting – wo wir doch mit dir einen mallorquinischen Superstar präsentieren.«

Ich überlege, ob ich mit dieser Bemerkung etwas zu sehr übertrieben habe. Denn Victoria einen Superstar zu nennen, ist wirklich weit hergeholt. Zwar hat sie einige Tausend Follower auf Instagram, aber den Bekanntheitsgrad von Caroline oder Xavier hat die kleine Schlampe nicht. Und echte Superstars kann man meine zwei ersten Opfer auch nicht unbedingt nennen.

Aber mein Kommentar scheint das dumme Blag nur noch euphorischer zu machen. »Ich freu mich so!«, sagt sie und kichert dabei albern.

Zehn Minuten später parke ich den Nissan hinter dem alten Haus. »So, hier sind wir!«, sage ich und steige aus.

Victoria öffnet die Tür und torkelt auf ihren Keilabsätzen über den Kiesweg. An ihrem Gesichtsausdruck kann ich erkennen, dass sie auch beim Anblick des heruntergekommenen Anwesens noch immer nicht misstrauisch wird. Aber gut, Xavier war in dieser Hinsicht genauso dämlich gewesen. Nur Caroline hatte einen leicht skeptischen Kommentar abgegeben, als sie das alte Haus und den ungepflegten Garten erblickte.

»Lass uns kurz in die Küche gehen. Ich muss unbedingt etwas Kühles trinken«, sage ich, während ich die Hintertür aufschließe.

Mit einer Handbewegung bitte ich sie in das Haus hinein. Sie geht einen halben Meter vor mir. Ich greife nach dem Baseballschläger, der hinter der Tür parat steht, und bevor sie sich umdrehen kann, habe ich ihr schon auf den Hinterkopf geschlagen. Sie stößt einen kurzen Schrei aus Schmerz und Überraschung aus, dann geben ihre Beine nach, und sie fällt zu Boden.

Kapitel zwanzig

Andreas warf eine Aspirin in das halb volle Wasserglas und wartete, dass die Tablette sich auflöste. Er hatte eine viel zu kurze Nacht verbracht, und in seinem Kopf machten sich die ersten Anzeichen intensiver Schmerzen bemerkbar. Der gestrige Abend war das pure Grauen gewesen. Uniformierte der örtlichen Policía Local waren ins Hotel gekommen und hatten Gerd Schneider bei seiner Rückkehr schon erwartet. Der große Deutsche war vollkommen entrüstet gewesen. Als ihm klar wurde, dass es seine Frau gewesen war, die sich an Andreas gewandt hatte, war er vollkommen außer sich geraten und hatte sie im Beisein einer Vielzahl von Hotelgästen wüst beschimpft.

Nachdem die Beamten dem aufgebrachten Deutschen endlich Handschellen angelegt und ihn abgeführt hatten, war Andreas zusammen mit Catalina beschäftigt gewesen, den restlichen Gästen den Sachverhalt zu schildern und sie gleichzeitig zu beruhigen. Aber die größte Herausforderung hatte darin bestanden, Saskia Schneider zu trösten, die unter Schock stand und gar nicht mehr aufhören konnte zu weinen. Catalina hatte literweise Kamillentee gekocht. Gerade als es schien, dass Gerd Schneiders Frau sich ein wenig beruhigte, war ein beunruhigter Hotelgast in die Küche geeilt und hatte von einer schlimm zugerichteten Caroline Stern auf Instagram berichtet.

Aufgeregte Gespräche und wilde Spekulationen zwischen den Gästen hatten sich bis in die späten Abendstunden gezogen, und Saskia Schneider hatte kurz vor einer Panikattacke gestanden. Irgendwann hatte Andreas beschlossen, dass Kamillentee der traumatisierten Frau an diesem Abend nicht mehr weiterhelfen würde. Er hatte ihr aus seinem Arzneimittelschrank eine Lorazepam gegeben und sie in ihr Zimmer begleitet. Gott sei Dank hatte die Tablette rasch ihre Wirkung entfaltet. Frau Schneider war ruhiger geworden und dann endlich zu Bett gegangen.

Er nahm das Glas mit der aufgelösten Aspirin und leerte den Inhalt in einem Zug. Seine Gedanken kreisten weiter um die Schneiders, um die abscheuliche Videoaufnahme von Xavier Colomer und die Fotos von Caroline Stern. Seine größte Sorge jedoch galt Marie. Nach allem, was ihr in den vergangenen Jahren zugestoßen war, konnte er es einfach nicht gutheißen, dass sie weiterhin an Ermittlungsarbeiten der Policía Nacional teilnahm. Besonders nicht an einem Fall wie diesem, bei dem es sich eindeutig um einen geisteskranken und skrupellosen Killer handelte, der seine Taten auch noch stolz zur Schau stellte.

Bob kam zu ihm an den Küchentisch getrabt und begann, mit dem Schwanz zu wedeln.

»Ja, komm, wir gehen eine Runde spazieren. Ein bisschen frische Luft tut uns bestimmt gut«, sagte er und stand auf.

Er nahm das Handy vom Tisch und wollte es gerade einstecken, als es zu klingeln begann. Es war Marie.

Er nahm direkt ab. »Hallo, Liebes, wie geht es dir?«

»Andreas …«

Sofort hörte er an ihrer Stimme, dass irgendetwas vorgefallen war. »Marie, Schatz, was ist los?«

Einen Moment lang war es still in der Leitung.

»Ich bin schwanger!«

»Was?« Andreas traute seinen Ohren nicht. »Was sagst du da?«

»Ja, ich hab vorhin einen Test gemacht. Das Ergebnis ist positiv.«

»O mein Gott, Marie! Das ist wundervoll. Ich kann es nicht glauben … Wie geht es dir? Ich meine, wie bist du darauf gekommen, plötzlich einen Test zu machen?« Seine Gedanken überschlugen sich.

Er hörte sie tief durchatmen.

»Seit ein paar Tagen war mir nach dem Aufstehen immer übel, aber ich hab mir erst nichts dabei gedacht. Heute früh bin ich dann aber doch in eine Apotheke gegangen. Und ja … für Freitag habe ich einen Frauenarzttermin bekommen.«

»Erst für Freitag? Warum nicht für heute? Marie, wie fühlst du dich?«

»Andreas, bitte beruhige dich. Ich weiß, dass wir viel zu bereden haben.«

»Sei ehrlich zu mir. Spielst du mit dem Gedanken, abzutreiben? Ich meine, wir haben ja noch gar nicht richtig über die Zukunft unserer Ehe gesprochen. Ich wollte dich zu nichts drängen, ich verstehe ja, dass du deine Zeit brauchst, aber jetzt …«

»Nein, Andreas. Ich habe nicht vor, abzutreiben. Aber das Timing ist gerade etwas ungünstig. Ich hoffe, wir können den Fall schnell lösen, und dann setzen wir uns zusammen und besprechen alles, ja?«

»Den Fall?« Andreas konnte seine Entrüstung nicht verbergen. »Du wirst doch jetzt nicht einfach knallhart weiterarbeiten? Wir haben so lange versucht, ein Baby zu bekommen, und jetzt, wo wir jahrelang gar nicht mehr darüber gesprochen haben, weil es ausweglos schien … ich meine, du musst dich jetzt schonen, und wir sollten sofort zum Frauenarzt!«

Ein paar Sekunden lang herrschte Stille in der Leitung.

»Hör zu, Andreas«, sagte Marie dann mit fester Stimme. »Ich bin selbst total überrumpelt von dieser unerwarteten Neuigkeit. Aber ich kann trotzdem deshalb nicht von einem Moment auf den anderen alles stehen und liegen lassen. Wir müssen Caroline Stern finden. Sie schwebt in Lebensgefahr, wie du dir sicherlich vorstellen kannst. Und ich bin nun einmal gerade hier die Einzige, die sich einwandfrei auf Deutsch mit ihrem Umfeld verständigen kann.«

»Ja, aber …«

»Nichts aber, bitte respektiere meine Entscheidung«, unterbrach sie ihn. »Ich verspreche dir, dass ich kein unnötiges Risiko eingehen und aufpassen werde.«

Andreas dachte fieberhaft nach, wie er sie doch noch von der Idee, einfach weiterzuarbeiten, abbringen konnte. Doch er wusste nur zu gut, dass es nichts bringen würde. Wenn Marie einen Entschluss gefasst hatte, war sie davon nicht mehr abzubringen.

»Wie geht es dir?«, fragte er daher resigniert.

»Bis auf die leichte Übelkeit geht es mir gut. Bitte mach dir keine Sorgen. Ich melde mich später.«

»Marie?«, fragte er. Doch sie hatte schon aufgelegt. Entgeistert starrte er auf das Display seines Handys. Dann trat er ans Fenster und betrachtete ihren kleinen Garten.

Er wusste nicht, wie lange er einfach so dagestanden und hinausgestarrt hatte, doch irgendwann bemerkte er, dass sein Gesicht vollkommen nass war.

Kapitel einundzwanzig

Dreiundzwanzig«, sagte Mateu Fuster und überreichte Silvia einen Packen DIN-A4-Blätter, auf denen vereinzelte Namen mit einem orangen Marker unterstrichen waren. »Ich habe alle grauen Nissan X-Trails rausgesucht.«

Silvia nickte und legte die Papiere vor sich auf den Schreibtisch. »Welchen Zeitrahmen hast du markiert?«

»Alle Autos dieser Marke, die zwischen dem fünfzehnten August und dem siebten September gemietet wurden und entweder noch nicht zurückgebracht worden sind oder gestern zurückgebracht wurden.«

»Ja, das ist gut. Hast du schon die dreiundzwanzig Personen in Insel-Residenten und Touristen unterteilt? Sind auch Mallorquiner dabei?«

Mateu beugte sich über Silvias Schreibtisch und deutete auf einen Namen. »Ja, guck. Alle Personen, die ein Sternchen haben, leben auf der Insel. Ich glaube, es sind sechs insgesamt.«

Silvia ging rasch die markierten Namen durch, neben denen auch die Nationalangehörigkeit stand. Von denen, die auf Mallorca lebten, waren drei Spanier, zwei Deutsche und einer Brite.

Ihr Handy klingelte. Es war Lucas Carrasco, der Informatiker.

»Ja, Lucas, habt ihr was gefunden?«, fragte Silvia direkt, nachdem sie abgenommen hatte.

»Bis jetzt leider nein, Silvia. Der Kollege aus Valencia hat sich die halbe Nacht um die Ohren geschlagen, aber die verzerrte Stimme kann auch er nicht entschlüsseln.«

Silvia seufzte. »Was ist mit den Fotos von Caroline Stern?«

Am Vorabend hatten die Informatiker erfolglos versucht zu orten, von welchem Gerät aus man die Bilder der deutschen Influencerin auf ihrem Instagram-Account gepostet hatte.

»Auch hier muss ich dich leider enttäuschen«, antwortete Lucas. »Das Einzige, was wir beim Vergrößern und Verschärfen der Fotos erkennen konnten, ist, dass es sich um einen ähnlichen, aber nicht denselben Raum handelt, in dem Xavier Colomer zu Tode gefoltert wurde.«

»Ja, toll«, sagte Silvia genervt. »Das haben wir uns gestern schon gedacht. Wahrscheinlich handelt es sich einfach um einen weiteren Raum im Haus des Täters.«

»Das ist anzunehmen, ja«, erwiderte der Informatiker.

»Was ist mit dem Laufband? Seid ihr da weitergekommen?«

»Ja, aber ob uns das weiterhilft, ist fraglich«, sagte Lucas Carrasco. »Es handelt sich um ein Modell, das von Amazon vertrieben wird. Es ist ein Bestsellerprodukt, also wird es dementsprechend verbreitet sein. Außerdem haben wir keinen konkreten Zeitrahmen. Auf den Videoaufnahmen scheint es, als sei das Modell ziemlich neu. Aber das heißt ja nicht unbedingt, dass es erst vor Kurzem gekauft wurde. Es gibt genug Menschen, die sich so ein Teil zulegen, es ein paarmal benutzen und dann jahrelang in der Abstellkammer rumstehen haben.«

»Lass dir trotzdem von Amazon eine Liste von Kunden auf der Insel erstellen, die das Gerät in den vergangenen zwei Monaten bestellt haben«, sagte Silvia.

»Nur zwei Monate?«, fragte der Informatiker.

»Ja, lass uns mit dieser Zeitbegrenzung anfangen und sie dann gegebenenfalls ausweiten.«

»Okay, dann kümmere ich mich sofort darum.«

»Gut, danke Lucas. Gib mir Bescheid«, sagte sie und legte auf.

Mateu Fuster sah sie fragend an. »Nichts?«

Silvia schüttelte den Kopf. Dann stand sie energisch auf. »Egal, lass uns hier mit der Liste weitermachen. Ich schlage vor, dass wir uns erst mal um die Insel-Residenten kümmern und die Touris außen vor lassen. Ehrlich gesagt kann ich mir nicht vorstellen, dass es sich bei dem Täter um einen Touristen handelt. Auch wenn die Stimme auf der Videoaufnahme verzerrt war, sprach die Person doch ein ausgezeichnetes Spanisch. Außerdem erscheint es mir unwahrscheinlich, dass jemand, der gar nicht auf Mallorca wohnt, hier in einem Versteck Influencer gefangen hält.«

Mateu schürzte die Lippen. »Was die Sprache angeht, gebe ich dir recht. Aber dass ein Urlauber nicht imstande ist, hier Menschen gefangen zu halten, würde ich nicht komplett ausschließen. Es gibt ja genug Touristen, die die Insel seit Jahren besuchen und sich hier besser auskennen als manch ein Mallorquiner.«

»Das kann schon sein«, erwiderte Silvia. »Aber warum sollte jemand, der gar nicht auf Mallorca lebt, all dies ausgerechnet hier anrichten?«

»Na ja, wenn es jemand, warum auch immer, genau auf diese Influencer abgesehen hat, bleibt ihm ja kaum etwas anderes übrig, als dorthin zu fahren, wo sie leben.« Er erhob sich vom Stuhl gegenüber Silvias Schreibtisch. »Wobei ich auf das Thema Motiv kommen möchte. Hast du dich nicht auch schon gefragt, ob es sich bei dem Täter um einen anderen Influencer handeln könnte, der eifersüchtig auf den Erfolg von Xavier Colomer und Caroline Stern ist?«

»Ja, klar, Neid im Netz ist ja bekanntlich sehr verbreitet. Daher habe ich gestern auch noch veranlasst, dass weitere

Kollegen sich intensiv im Bekanntenkreis von Xavier und Caroline umhören. Wir müssen herausfinden, was die beiden Internetstars verband. Ob es nicht doch jemanden gibt, der mit den beiden in Kontakt stand. Marie sitzt bereits im Nebenbüro an Carolines Laptop und durchforstet alle Dateien. Heute Nachmittag fährt sie erneut nach Cala Rajada und nimmt sich dort Carolines Arbeitskollegen vor.« Silvia legte die Handflächen auf ihren Schreibtisch und beugte sich erneut über die Liste mit den Namen der Autovermietung. »Aber nichtsdestotrotz denke ich, dass dies hier gerade unsere oberste Priorität ist. Ich bin mir sicher, dass es sich bei dem Fahrer des Mietwagens um unseren Täter handelt.«

Mateu verzog leicht den Mund. »Ich hoffe, du hast recht und wir verrennen uns da nicht in irgendetwas. Ich meine, es ist immer noch Hochsaison. Mietautos sind in jeder Ecke der Insel anzutreffen.«

Silvia hob den Blick von den Unterlagen und sah ihren Kollegen an. »Ich bitte dich, Mateu. Mitten in der Nacht auf dem Weg zum Torre Picada. Es gibt dort nichts, und die Kollegen aus Sóller haben uns ja bestätigt, dass keiner der wenigen Nachbarn, die dort wohnen, Ferienvermietung betreibt. Was sollen Touris denn da? Nach Sternschnuppen Ausschau halten?«

Mateu zuckte die Achseln. »Warum nicht?«

»Okay, natürlich besteht eine klitzekleine Möglichkeit, dass dem so ist«, sagte Silvia und setzte sich erneut an den Schreibtisch. »Aber egal, es nützt nichts, uns in zeitraubenden Spekulationen zu verlieren. Lass uns einfach schnellstmöglich die Liste durchgehen und fertig.«

Sie sah an Mateus Gesichtsausdruck, dass er nicht überzeugt von ihrer Herangehensweise war. Aber darauf konnte sie jetzt keine Rücksicht nehmen. Sie mussten vorankommen.

»Ich schlage vor, du überprüfst die ausländischen Residenten, und ich kümmere mich um die Spanier. Hast du eine Kopie von der Liste?«

»Ja, du kannst die hierbehalten, in meinem Büro ist eine weitere.«

»Alles klar, dann lass uns mit der Arbeit beginnen. Sag mir bitte sofort Bescheid, wenn du auf irgendetwas Verdächtiges stößt.«

Er nickte. »Ist gut, bis später«, sagte er und verließ ihr Büro.

Silvia starrte auf das Chaos ihres Schreibtisches. Sie hatte Maria Antonia ausdrücklich gebeten, keine Ordnung zu machen. Ihre Sekretärin bekam regelmäßig die Krise, wenn sie das Durcheinander in Silvias Büro sah. Aber Silvia war es gewohnt, an einem überfüllten Schreibtisch mit zig Notizen zu arbeiten. Irgendwie verlieh ihr das Durcheinander mehr Konzentration, als wenn sie ihren Arbeitsplatz so penibel aufgeräumt gehalten hätte wie Maria Antonia.

Sie nahm einen Schluck aus ihrer Tasse. Der Kaffee war mittlerweile kalt geworden, aber sie trank ihn trotzdem, denn es war der erste an diesem Morgen und sie brauchte das Koffein. Zu Hause hatte sie nach dem Aufstehen nur rasch geduscht und war direkt ins Büro aufgebrochen.

Der Gedanke an den Morgen zu Hause versetzte ihr einen kleinen Stich. David war nicht im Bett gewesen, als ihr Wecker geklingelt hatte. Im Wohnzimmer hatte sie eine handgeschriebene Nachricht auf dem Sofatisch vorgefunden.

Ich habe den ersten Flug zurück nach Madrid gebucht. Werde in aller Frühe ein Taxi nehmen. Hoffe, ich wecke dich nicht. Lass uns telefonieren, wenn du Zeit hast.
In Liebe, David.

Einerseits war sie traurig gewesen, aber irgendwie hatte sie auch Erleichterung verspürt. Sie hatte im Moment einfach keine Zeit. Auch wenn sie wirklich viel für David empfand, ging in der jetzigen Situation ihre Arbeit einfach vor. Sie hoffte, dass er das verstand und sie nach Abschluss dieses Mordfalls in Ruhe über alles reden konnten.

Sie trank den letzten Schluck Kaffee und nahm sich dann die Liste mit den markierten Namen vor.

Kapitel zweiundzwanzig

Marie verließ die Damentoilette und stieß im Flur fast mit Mateu Fuster zusammen, der gerade aus Silvias Büro gekommen war.

»Oh, *perdón*«, entschuldigte sie sich.

»Schon gut«, erwiderte der groß gewachsene Mallorquiner. Marie erkannte einen Hauch von Missmut in seinem Blick. Schon seit gestern hatte sie irgendwie das Gefühl, dass er sie nicht mochte. »Na, haben Sie schon etwas auf Caroline Sterns Laptop gefunden, das wir übersehen haben?«

Aha, daher weht also der Wind, dachte Marie. Mateu Fuster war bewusst, dass er und seine Kollegen von der Personenfahndung dem Verschwinden von Caroline Stern bis zum Tod von Xavier Colomer nicht genug Aufmerksamkeit geschenkt hatten, und nun ging er in die Defensive. Aber sie konnte es ihm kaum verübeln. Als ehemalige Kriminalbeamtin in Hamburg wusste Marie nur zu gut, dass auch in Deutschland tagtäglich Menschen verschwanden und die Polizei nicht jede Vermisstenanzeige als ein mögliches Gewaltverbrechen einstufen konnte. Dazu fehlte es in Deutschland genau wie in Spanien einfach an Personal.

Trotzdem beschloss sie, ihm vorerst nichts von der Datei zu berichten, die sie eben auf Carolines Laptop entdeckt hatte. Zuerst wollte sie diese selbst überprüfen und dann gegebenenfalls erst mit Silvia reden. »Bisher leider nicht«, sagte sie daher. »Aber ich bin noch nicht alle Ordner auf ihrem Desktop durchgegangen.«

Mateu Fuster nickte knapp. »Alles klar, dann viel Glück«, sagte er und ging mit schnellen Schritten den Flur entlang.

Marie sah ihm einen Moment lang hinterher und ging dann zurück in das kleine Büro, das Silvia ihr am Morgen zugewiesen hatte, um ungestört zu arbeiten. Sie setzte sich hinter den Schreibtisch und nahm einen Schluck aus der Mineralwasserflasche mit Kohlensäure, die sie sich unten in einem kleinen Supermarkt gekauft hatte. Da kaum ein Mallorquiner Sprudelwasser mochte, gab es auch in der Polizeikantine keines zu kaufen.

Sie musste leicht aufstoßen, aber ihre morgendliche Übelkeit war glücklicherweise fast vollkommen verflogen.

Auch die Gedanken an die Schwangerschaft und das aufwühlende Telefonat mit Andreas hatte sie während der vergangenen Stunden einigermaßen erfolgreich aus ihrem Kopf verbannen können. Am Morgen, nachdem das Ergebnis des Schwangerschaftstests in ihr Bewusstsein vorgedrungen war, hatte ein ungekanntes Glücksgefühl sie überwältigt. Nach all den Jahren des Probierens, des Wartens und der immer wiederkehrenden Frustration hatten Andreas und sie in den vergangenen Jahren das Thema Kinderwunsch erfolgreich aus ihrem Leben und ihren Gesprächen verbannt. Und nun sollte es tatsächlich doch noch klappen? Marie wollte sich keine allzu großen Hoffnungen machen. Nur zu gut wusste sie, dass gerade bei Frauen in ihrem Alter in den ersten Monaten die Wahrscheinlichkeit einer Fehlgeburt relativ hoch war. Außerdem hatten sich auch leichte Angstgefühle zu dem Glücksempfinden gesellt. Die Schwangerschaft würde dazu führen, dass sie schneller zu Andreas zurückkehrte, als sie vorgehabt hatte. Dieser Umstand bereitete ihr weitere Bedenken, da sie sich gerade mit der Idee angefreundet hatte, sich mit dem Wiederaufbau ihrer Beziehung Zeit zu lassen.

Aber all diese Entscheidungen konnten noch ein paar Tage warten. Nun musste ihre oberste Priorität heißen, Caroline Stern zu finden. Und die Datei, die sie eben auf ihrem Computer entdeckt hatte, würde ihnen vielleicht dabei helfen. Die deutsche Influencerin hatte in einem Ordner auf ihrem Desktop regelmäßige Sicherheitskopien ihres Handyinhalts gespeichert. Marie hatte mit der Durchsicht der letzten Kopie begonnen, die nur zwei Tage vor Carolines Verschwinden angefertigt worden war. Dutzende Fotos des Internetstars hatte sie bereits durchforstet, ohne auf irgendetwas Verdächtiges zu stoßen. Es handelte sich fast ausschließlich um Selfies, die Caroline in unterschiedlichen Posen und mit immer wechselnden Outfits vor einem Spiegel oder einer tollen Landschaft zeigten.

Marie beschloss, die Fotos vorerst ruhen zu lassen und sich den anderen Dateien des Ordners zu widmen. Mit dem Cursor öffnete sie eine Datei namens *Notizen*. Etwa zwanzig Unterdateien erschienen auf dem Bildschirm. Marie überflog die Titel. Es handelte sich fast ausschließlich um Einkaufs- und To-do-Listen. Doch dann stach ihr ein Wort in die Augen. *Terminkalender*. Rasch drückte sie mit der Maus auf die Datei. Sogleich öffnete sich ein Fenster, das die 31 Tage des Augusts anzeigte. Unter fast jedem Tag stand ein Eintrag geschrieben. Marie ignorierte den Monat und klickte rechts oben auf einen kleinen Pfeil. Der Monat September erschien. Ihr Blick fiel auf Mittwoch, den vierten September, den Tag, an dem Caroline verschwunden war. Sie drückte auf das Datum, und die Notizen wurden größer.

»Bingo«, sagte Marie. Sie spürte, wie sich ihr Herzschlag beschleunigte.

9:30 Uhr an der Ecke neben dem Coffeeshop Baristas Café, Rebecca Biker von First-People holt mich ab!!!!!!

Schnell las Marie weiter. Doch der nächste Eintrag galt nur dem nicht wahrgenommenen Zahnarzttermin, von dem Carolines Mutter berichtet hatte. Maries Blick glitt wieder auf die Zeile davor. *Rebecca Biker*. Sie hatten einen Namen.

Sie wandte sich von Carolines Laptop ab und gab Rebecca Biker in die Suchmaschine auf ihrem PC ein. Nichts. In der spanischen Polizei-Datenbank war die Frau auf jeden Fall nicht vermerkt. Marie drückte auf den Internetbrowser und gab den Namen bei Google ein. Links, die zu Ledertaschen, Bikerjacken und Mountainbikes führten, erschienen auf dem Bildschirm. Sie fügte *First People* hinter dem Namen hinzu. Doch auch das brachte sie zu keiner Person mit dem Namen Rebecca Biker. Zwar hatte Marie nicht damit gerechnet, dass sich der Täter oder in diesem Fall die Täterin mit ihrem richtigen Namen bei den Influencern vorgestellt hatte. Aber es hätte sein können, dass eine Person mit diesem Namen tatsächlich bei dem amerikanischen Modemagazin arbeitete und sich jemand als diese Person ausgegeben hatte, um gegenüber ihrem Opfer glaubhafter zu wirken. Dem schien jedoch nicht so.

Als Erstes an diesem Morgen hatte Marie in dem spanischen Redaktionsbüro von *First People* in Madrid angerufen. Dort hatte man ihr versichert, dass die Zeitschrift zu keinem Zeitpunkt einen Artikel über einen auf Mallorca lebenden Influencer geplant habe. Dennoch griff sie erneut zum Hörer, um sicherzugehen, dass es keine Person mit diesem Namen in dem Unternehmen gab.

»*First People,* Eva Morales am Apparat«, meldete sich dieselbe melodische Stimme wie schon einige Stunden zuvor.

»Hallo, Frau Morales, hier spricht erneut Marie Lindner von der Policía Nacional. Ich habe noch eine kurze Frage.«

»Ja? Wie können wir Ihnen helfen?«

»Sagt Ihnen der Name Rebecca Biker etwas? Hat jemand mit diesem Namen schon einmal für Ihre Zeitschrift gearbeitet?«

»Rebecca Biker«, sagte die Frau nachdenklich. »Tut mir leid, aber den Namen habe ich noch nie gehört.«

»Was ist mit Ihren Hauptbüros in Chicago? Wissen Sie, ob dort jemand mit diesem Namen angestellt ist?«

»Nicht, dass ich wüsste.« Sie zögerte einen Moment, bevor sie weitersprach. »Aber um diese Uhrzeit sind die Büros in den USA noch geschlossen. Da können Sie jetzt noch nicht anrufen und nachfragen.«

Marie schaute auf ihre Armbanduhr. Es war 11:45 Uhr. In den USA war es demnach erst sehr früher Morgen. »Ja, verstehe«, sagte sie. »Können Sie sich vielleicht trotzdem bei Ihren Kollegen in Madrid umhören, ob irgendjemand den Namen schon einmal gehört hat?«

»Ja, natürlich, das mache ich.«

»Gut, vielen Dank. Bitte melden Sie sich, falls Sie etwas in Erfahrung bringen.«

Marie beendete das Telefonat und dachte einen Augenblick nach. Konnten sie nun anhand des Namens davon ausgehen, dass es sich bei dem Täter um eine Frau handelte? Wenn er oder sie die Opfer schriftlich, über die sozialen Netzwerke oder per E-Mail kontaktiert hatte, konnte es natürlich sein, dass ein Mann sich als Frau ausgab. Vielleicht, um vertrauenswürdiger zu erscheinen. Es war eine Tatsache, dass die Mehrzahl der Menschen eher an einen Mann als an eine Frau dachten, wenn sie sich einen Gewalttäter vorstellten. Falls der Mörder oder die Mörderin Xavier oder Caroline jedoch telefonisch kontaktiert hatte, wäre es schwerer gewesen, sich als Frau auszugeben. Außerdem hätte es wohl Misstrauen bei den Opfern geweckt, wenn zu dem vereinbarten Treffpunkt ein Mann anstelle dieser Rebecca Biker erschienen wäre. Es sei denn, dass sie es mit zwei Tätern – einem Mann und einer Frau – zu tun hatten. Marie dachte an die verzerrte Stimme auf der Videoaufnahme von Xavier Colomer. Es war unmöglich gewesen, auszumachen, ob die Stimme zu einer Frau oder einem Mann gehörte.

Erneut griff sie nach dem Telefonhörer und gab nun die Nummer von Herbert Kirchner ein.

Er meldete sich nach dem ersten Klingeln. »Kirchner«

»Guten Tag, Herr Kirchner, Marie Lindner hier. Ich wollte …«

»Frau Lindner, haben Sie Caroline gefunden?«, unterbrach er sie.

»Nein, leider noch nicht«, sagte sie. »Aber ich habe eine wichtige Frage an Sie. Bitte versuchen Sie, sich genau zu erinnern.«

»Um was geht es?«, fragte er, und Marie vernahm nun einen Hauch von Argwohn in seiner Stimme.

»Als Caroline Stern Ihnen von dem Termin mit *First People* berichtete, hat sie da erwähnt, wie die Zeitschrift sie kontaktierte? Telefonisch, per E-Mail?«

»Hm, lassen Sie mich nachdenken«, sagte er. »Ich meine, sie hätte gesagt, *First People* hätte sie angerufen. Aber warum wollen Sie das wissen?«

Marie ignorierte seine Frage. »Aber ganz genau erinnern Sie sich nicht?«

»Meine Hand würde ich jetzt nicht dafür ins Feuer legen, aber ich glaube schon, dass sie was von *angerufen* gesagt hat«, erwiderte er.

»Alles klar, vielen Dank für Ihre Hilfe«, sagte Marie. »Ich melde mich wieder bei Ihnen.«

»Aber, wie sieht es denn jetzt aus? Haben Sie eine Spur?«

»Es tut mir leid, Herr Kirchner. Ich kann Ihnen im Moment nichts Weiteres sagen. Ich melde mich. Auf Wiedersehen«, sagte sie und legte auf.

Wenn Herbert Kirchner sich richtig erinnerte, konnten sie nun also davon ausgehen, dass eine Frau an Caroline Sterns Entführung zumindest beteiligt war. Sie stand auf und verließ das kleine Büro.

Kapitel dreiundzwanzig

Silvia biss in die *Empanada* und dachte über die Worte der Frau nach, mit der sie gerade telefoniert hatte. Sie würde der Mallorquinerin umgehend einen Besuch abstatten, denn irgendetwas konnte an ihrer Geschichte absolut nicht stimmen. Ein Klopfen an der Tür ließ sie leicht aufschrecken. Sie wischte sich mit dem Handrücken über den Mund und legte die mit Fleisch und Erbsen gefüllte Teigtasche zurück auf den Schreibtisch.

»Ja, herein«, rief sie.

Marie trat in ihr Büro. Am Gesichtsausdruck der Deutschen erkannte Silvia sofort, dass sie auf etwas gestoßen war. »Schieß los, was hast du herausbekommen?«

Marie setzte sich ihr gegenüber auf einen Besucherstuhl und berichtete knapp, was sie auf Carolines Laptop entdeckt hatte.

»Oha, das könnte ja wirklich bedeuten, dass wir es mit einer Frau als Täter beziehungsweise Täterin zu tun haben«, sagte Silvia, nachdem Marie auch von dem Telefonat mit Carolines Liebhaber erzählt hatte.

»Ja, sieht ganz danach aus«, sagte Marie. »Oder glaubst du, dass es sich um zwei Täter handeln könnte?«

»Hm.« Silvia strich sich mit den Fingerspitzen über ihre Stirnnarbe. »Ganz ausschließen kann man das nicht. Aber irgendwie bezweifle ich es.«

»Warum?«, wollte Marie wissen.

Doch Silvia kam nicht dazu, ihr zu antworten, denn es klopfte erneut an ihrer Tür.

»Ja?«, rief sie.

Mateu Fuster stürzte aufgeregt herein. Silvia bemerkte, dass er Marie einen kurzen, aber misstrauischen Blick zuwarf. Dann schaute er direkt zu Silvia.

»Was ist, Mateu?«, fragte sie.

»Ich bin da auf etwas gestoßen.«

»Dann setz dich und schieß los«, sagte Silvia und deutete auf den Stuhl neben Marie. »Wir sind auch gerade an etwas dran. Aber erzähl du erst mal.«

Mateu nickte knapp und setzte sich. »Ich habe eben mit dem englischen Residenten telefoniert, der auf der Liste der Autovermietung steht. Er hat einen Sohn, der anscheinend auch eine Art Internetsternchen ist. Der Engländer hat mir bestätigt, dass sein Sohn in den vergangenen Tagen den gemieteten Nissan einige Male benutzt hat.« Mateu fuhr sich mit der Hand über die Halbglatze. »Ich schlage vor, dass ich den Herrschaften mal einen Besuch abstatte und mir den jungen Influencer genauer ansehe. Wir haben ja vorhin schon darüber gesprochen, dass Neid unter all diesen Internetstars recht verbreitet ist. Er könnte ein mögliches Tatmotiv haben.«

»Hm, das klingt nicht uninteressant«, sagte Silvia. »Marie hat jedoch vorhin in Erfahrung gebracht, dass wir es allem Anschein nach wohl mit einer Täterin zu tun haben, und …«

»Einer Frau?«, unterbrach Mateu sie.

»Ja«, sagte Marie, die sich noch gar nicht zu Wort gemeldet hatte. Dann berichtete sie ihm rasch von Carolines Kalendereintrag.

»Aber wie soll eine Frau denn den leblosen Körper von Xavier Colomer die Torre Picada hinaufgeschleppt haben?«, fragte er.

Silvia hatte bereits mit dieser Frage gerechnet. »Daran habe ich auch schon gedacht. Aber so unmöglich erscheint es mir nicht. Zum einen kann es sich ja um eine starke Frau handeln. Und zum anderen war der abgemagerte Xavier kein Schwergewicht mehr.«

»Tja, ich weiß nicht.« Mateu Fuster verzog den Mund. »Es könnte ja auch sein, dass es sich um zwei Täter handelt und sie ihn zusammen hochgetragen haben. Ich finde, wir sollten nichts außer Acht lassen. Oder meinst du, es lohnt sich nicht, dass ich den Engländern einen Besuch abstatte?«

»Doch, doch, natürlich«, sagte Silvia. »Momentan müssen wir jeder Spur folgen. Ich wollte gleich selber zu einer Mallorquinerin fahren, die auf der Liste der Mietwagenfirma steht. Die Dame meinte am Telefon, dass sie noch nie in ihrem Leben ein Auto gemietet hätte.«

Marie und Mateu Fuster sahen sie mit fragenden Blicken an.

»Tja, keine Ahnung.« Silvia zuckte mit den Achseln. »Deshalb will ich ja direkt nach Esporles fahren und persönlich mit ihr sprechen. Ihr Name steht eindeutig auf der Liste, und irgendwie muss er ja dort hingekommen sein.«

Silvias Handy klingelte. Es war Fernando.

»Entschuldigt, einen Augenblick. Da muss ich dran«, sagte sie und nahm den Anruf entgegen. »Ja, Fernando?«

»Hi, Silvia, ich habe es über die Zentrale versucht, aber da gibt es ja kein Durchkommen. Jetzt, wo die halbe Welt die Aufnahmen gesehen hat, stehen eure Leitungen nicht mehr still, oder?«

»Ja, so ist es«, erwiderte Silvia. »Aber sag, was ist passiert?«

»Die Spurensicherung ist mit den Malereien fertig. Wie erwartet haben sie keine Fingerabdrücke auf den Bildern gefunden. Du kannst sie also abholen, oder ich kann sie dir bringen lassen.« Er machte eine kurze Pause, bevor er weitersprach. »Aber die Kollegen sind am Tatort doch noch auf etwas gestoßen.«

Silvia horchte auf. »Ja? Auf was? Sag schon.«

»Im Inneren des Wachturms haben sie ein braunes, gelocktes Haar gefunden. Die Ergebnisse der DNA-Auswertung liegen uns noch nicht vor. Aber ich dachte, es könnte dich trotzdem interessieren.«

»Natürlich interessiert mich das!«, erwiderte sie. »Ist das Haar lang oder kurz?«

»Mittellang. Ich würde es eher einer Frau zuordnen. Aber Silvia, dir ist schon klar, dass dieses Haar auch auf anderem Weg dort hingekommen sein kann. Ich meine, es muss nicht unbedingt vom Täter stammen. Das Innere des Turms ist zwar für Besucher verschlossen, aber bestimmt sieht dort Wartungspersonal ab und zu nach dem Rechten.«

Silvia atmete leicht genervt aus. »Ja, so weit kann ich auch selbst noch denken, danke dir. Und bitte schick jemanden, der uns die Malereien vorbeibringt. Ich habe leider keine Zeit, dich heute zu besuchen.«

»Ja, ja, liebe Comisaria. Ich gebe Elena gleich Bescheid, dass sie die Bilder zu euch bringen soll.«

»Ist gut«, erwiderte Silvia nur und legte auf. »Sie haben ein mittellanges braunes Haar im Wachturm gefunden«, sagte sie an Marie und Mateu gerichtet.

»Also ein Haar, das auch eher zu einer Frau passt«, bemerkte Marie.

Silvia dachte kurz an Davids braune Locken. »Ja, sieht so aus«, sagte sie dann. »Aber ausschließen können wir deshalb trotzdem nichts. Immerhin gibt es auch einige Männer, die ihre Haare länger tragen.«

»Dann guck ich mir die Haare des englischen Influencers mal näher an«, sagte Mateu mit spöttischer Miene. »Sonst noch irgendwas, oder kann ich los?«

Silvia nickte. »Ja, fahr ruhig. Ich mach mich auch direkt auf den Weg.«

Nachdem Mateu Fuster das Büro verlassen hatte, beugte sich Marie über Silvias Schreibtisch. »Wegen dieser Mallorquinerin, von der du berichtet hast: Sie sagt also, dass sie kein Auto gemietet hat?«

»So ist es. Sie war ziemlich aufgebracht und meinte, dass sie mit ihrem kaputten Knie sowieso kein Auto fahren könne.«

»Hm, interessant. Was hältst du davon?«

»Das weiß ich auch noch nicht so genau, deshalb will ich ja hinfahren«, erwiderte Silvia. Im selben Moment merkte sie an Maries überraschtem Gesichtsausdruck, dass sie etwas zu harsch geantwortet hatte. »Sorry, so war das nicht gemeint«, fügte sie rasch hinzu. »Vielleicht hat ja irgendjemand ihren Personalausweis gestohlen und in ihrem Namen ein Auto gemietet.«

»Ja, verstehe«, sagte Marie knapp und stand auf. »Ich fahre dann mal nach Cala Rajada. Eigentlich wollte ich mich in Caroline Sterns Arbeitsumfeld umhören. Aber ich denke, dass wir vielleicht erst einmal überprüfen sollten, ob es an der Ecke des Coffeeshops, wo sich Caroline mit dieser Rebecca Biker getroffen hat, eine Überwachungskamera gibt.«

»Ja, das ist eine gute Idee. Wende dich direkt an die Kollegen in Cala Rajada, die werden das sicherlich wissen.« Silvia räusperte sich. »Und eine Sache noch.«

Marie hatte schon gehen wollen, hielt dann jedoch inne. »Ja?«

»Entschuldige, dass ich manchmal genervt reagiere. Ich meine es nicht böse, ich bin nur wirklich beunruhigt. Wir müssen Caroline Stern finden.«

Marie lächelte jetzt. »Ist schon gut, Silvia, mittlerweile habe ich mich ja an dein Temperament gewöhnt. Wenn ich es persönlich nehmen würde, wäre ich wohl schon nicht mehr hier.« Sie zwinkerte ihr zu und verließ dann das Büro.

Silvia blieb einen Moment lang regungslos sitzen und dachte über die Worte der Deutschen nach. Sie musste versuchen, einfühlsamer zu reagieren, sonst vergraulte sie bald noch alle um sich herum. Das galt insbesondere auch für David.

Sie atmete ein paarmal tief durch. Dann stand auch sie auf und machte sich auf den Weg.

Kapitel vierundzwanzig

Ich ziehe die bewusstlose Victoria an den Füßen in den Flur. Wahrscheinlich würde es mir auch kaum Probleme bereiten, sie zu tragen. Mein intensives Krafttraining der vergangenen Monate hat wirklich Früchte gezeigt. Aber wozu mich körperlich anstrengen, wenn ich sie auch so in ihre Zelle verfrachten kann. Ich ziehe sie durch die geöffnete Tür in Xaviers ehemalige Zelle und lasse ihre Beine vor der in der Wand angebrachten Verankerung fallen. Dann mache ich mich daran, die Eisenketten erneut zu überprüfen. Sicher ist sicher. Nachdem ich mich vergewissert habe, dass alles an seinem Platz ist, greife ich nach Victorias Handgelenken und lege ihr die mit der Kette verbundenen Handschellen an. Gerade als ich sie knebeln will, höre ich, dass sie leise stöhnt. Ah, wunderbar! Wenn sie jetzt schon zu Bewusstsein kommt, können wir ja gleich mit ihrer Behandlung beginnen.

Ich schaue auf sie hinab. Sie stöhnt erneut, und ihre Füße zucken leicht. Dann öffnet sie schlagartig die Augen. Ich ziehe sofort das Küchenmesser aus meinem Rucksack und beuge mich zu ihr hinunter.

»Nur, dass du mir nicht auf die Idee kommst, hier rumzuschreien.« Ich fahre mit der Klinge ein paar Zentimeter vor ihrer Nase herum. »Sonst schlitze ich dir hiermit deine schöne Kehle auf. Also sei mucksmäuschenstill!«

Sie sieht mich verstört an. Langsam scheint zu ihr vorzudringen, dass hier kein Fotoshooting auf sie wartet.

»Was … was ist passiert?«, bringt sie mit krächzender Stimme hervor.

»Süße, du stellst hier keine Fragen«, erwidere ich scharf und halte das Messer weiterhin auf sie gerichtet. »Los, setz dich auf!«

»Mein Kopf tut weh.« Sie will sich mit der Hand an den Hinterkopf greifen, bemerkt dann jedoch, dass sie Handschellen trägt.

Ich sehe, wie sich ihre Augen vor Angst weiten. Sie starrt mich entsetzt an. »Wer sind Sie? Was haben Sie mit mir vor?«

Ich drücke ihr nun die Klinge direkt an den Hals. Sie will schreien, bringt aber nur ein Würgen hervor. Dann bilden sich Tränen in ihren Augen.

»Liebe Victoria, weißt du, ich wiederhole mich nicht so gern. Also, ich erklär es dir ein letztes Mal. Du stellst hier keine Fragen. Ist das klar?«

Ihre Augen sind nun so weit geöffnet, dass es scheint, als würden ihre Augäpfel jeden Moment aus den Höhlen platzen. »Ob das klar ist?«, fauche ich sie an.

Da sie wegen des Messers nicht nicken kann, bringt sie nur ein leises *»Ja«* hervor.

»Braves Mädchen«, sage ich. »Und jetzt wirst du dich aufsetzen.«

Ich entferne mich einen halben Meter von ihr und warte darauf, dass sie meiner Anweisung folgt. Und tatsächlich richtet sie sich langsam und unter Stöhnen auf und lehnt sich mit dem Rücken an die Wand hinter sich. Die Knie zieht sie nah an ihren Körper, als könnte sie sich so vor mir schützen.

»Sehr gut. Dann können wir ja direkt loslegen.«

Ich sehe, dass sie fragen will, was ich mit ihr vorhabe. Aber sie scheint sich an meine Drohung zu erinnern und hält den

Mund. Tränen laufen über ihre geschminkten Wangen. Bald wird nichts mehr von dem perfekten Make-up übrig sein.

Erneut greife ich in meinen Rucksack und hole den Tablettenblister und eine kleine Flasche Mineralwasser hervor. Ich bemerke eine Erleichterung in Victorias Gesichtsausdruck. Vielleicht dachte sie ja, dass ich eine Kettensäge hervorhole und ihr damit die Gliedmaßen bei vollem Bewusstsein abtrenne. Der Gedanke bringt mich zum Schmunzeln. Aber an so einer Sauerei habe ich kein Interesse. Außerdem bin ich ja kein sadistisches Monster. Meine Gefangenen sollen schlicht und einfach an ihren eigenen Methoden sterben, die sie ständig auf ihren sozialen Kanälen anpreisen. Ich verabreiche ihnen nur ihre eigene Medizin. Nicht mehr und nicht weniger.

Ich drücke zwei Tabletten aus dem Blister und halte sie Victoria hin.

Sie sieht mich irritiert an. »Was ist das?«

Sofort scheint ihr bewusst zu werden, dass ich ihr befohlen hatte, keine Fragen zu stellen. Ängstlich sieht sie mich an. Aber ich drücke ein Auge zu. Schließlich soll sie ja ruhig wissen, was ich ihr verabreiche.

»Ach, das ist nur dein Wundermedikament Euthyrox – damit kennst du dich doch bestens aus!«

Erneut zeichnet sich Erleichterung in ihren Gesichtszügen ab. Zwei Sekunden später scheint ihr Ameisenhirn aber doch zu arbeiten, denn sie fragt: »Welche Dosierung ist das?«

Ich lache auf. »Ach, nur jeweils 200 Mikrogramm.«

Nun weiten sich ihre Augen erneut. »Das ist viel zu viel!«

»Ach wirklich? Du betonst doch in deinen Videos immer, wie harmlos und effizient Euthyrox ist.«

»Aber ich nehme täglich 75 Mikrogramm. 400 ist viel zu viel!«

Ich halte ihr die Tabletten direkt unter die Nase. »Nun hab dich nicht so, davon nimmst du bestimmt noch ein paar extra Kilos ab und schaffst dann den ganz großen Durchbruch mit deiner megatollen Figur!«

Sie reagiert nicht, sondern schaut mich nur angsterfüllt an. Langsam verliere ich die Geduld. Ich habe schließlich nicht den ganzen Tag Zeit. Ich greife wieder nach dem Küchenmesser, das ich neben dem Rucksack abgelegt hatte. »Entweder du schluckst jetzt die scheiß Pillen, oder ich schneide dir jeden einzelnen Finger deiner hübschen Hände ab!«

»Nein, nein, bitte nein!« Ihre Augen werden schon wieder feucht.

»Dann schluck endlich die Tabletten und hör auf, hier rumzuheulen!«

Sie schließt einen Moment lang die Augen. Dann hält sie mir endlich ihre gefesselten Hände hin.

Ich drücke ihr die Pillen in die Hand und reiche ihr dann die Wasserflasche. »Versuch bloß nicht, mich zu täuschen. Wenn du vorhast, die Tabletten unter deiner Zunge zu verstecken und nur so zu tun, als würdest du sie schlucken, kannst du dich darauf verlassen, dass ich keine Gnade zeigen werde.« Ich fixiere sie mit meinem Blick. »Ist dir das klar?«

Sie nickt langsam, schiebt sich tatsächlich die Pillen in den Mund und nimmt ein paar Schlucke aus der Wasserflasche. Ich bin mir ziemlich sicher, dass sie die Tabletten hinuntergeschluckt hat, aber zur Sicherheit überprüfe ich es doch lieber noch einmal. Ich reiße ihr die Plastikflasche aus den Händen und packe sie dann mit einer Hand am Hinterkopf. Sie stöhnt auf vor Schmerzen, schreit aber nicht. Mit der anderen Hand greife ich nach ihrem Mund. »Mach das Maul auf!«, befehle ich ihr.

Sofort öffnet sie die Lippen, und ich überzeuge mich davon, dass sie die Tabletten definitiv nicht in ihrem Mund versteckt hat. »Braves Mädchen«, sage ich und lasse sie los.

Aus dem Rucksack hole ich ein Küchentuch und das Klebeband. Dann mache ich mich daran, sie zu knebeln. Anfangs versucht sie, sich ein wenig zu wehren, doch schnell wird ihr bewusst, dass sie keine Chance hat, und lässt es über sich ergehen.

Zwei Minuten später betrachte ich sie zufrieden. Dann verstaue ich das Messer, die Wasserflasche und das Klebeband wieder in meinem Rucksack. Bevor ich den Raum verlasse, überprüfe ich, dass die Videokamera in der Victoria gegenüberliegenden Ecke richtig eingestellt ist. Schließlich will ich nicht verpassen, wie sich die Überdosis Schilddrüsenhormone auf ihren Körper auswirkt. Nachdem auch das erledigt ist, werfe ich einen letzten Blick auf das geknebelte und schluchzende Mädchen und verlasse das Zimmer.

Im Flur gehe ich die paar Schritte zu Carolines Zelle. Mal sehen, wie es unserem Topmodel geht. Lange wird sie bestimmt nicht mehr durchhalten. So abgemagert wie sie schon war, als ich sie entführt habe. Ich schätze, ein bis maximal zwei Tage, dann wird sie an einem Organversagen sterben. Ich öffne die Tür und trete in das hell erleuchtete Zimmer.

Caroline liegt in ihrer Ecke und rührt sich nicht, als ich auf sie zugehe. Vielleicht liegt sie ja sogar schon im Sterben. Ich hocke mich hin und betrachte sie. Ihre Augen sind geöffnet, und getrockneter Speichel klebt neben dem Klebeband, das fast vollkommen ihren Mund bedeckt. Ich betaste ihren Hals, um den Puls zu fühlen. Nichts. Das ging ja schneller als gedacht.

Ich schaue auf meine Armbanduhr. Da ich mir nur den Vormittag freigenommen habe, wird es langsam Zeit, dass ich zu meinem Arbeitsplatz zurückkehre. Aber das macht nichts. Ich kann die tote Caroline sowieso erst heute Nacht wegschaffen. Bei Tageslicht ist es viel zu gefährlich, von irgendjemandem gesehen zu werden.

Ich stehe auf, lösche das Licht und verlasse den Raum. Nachdem ich das Haus sorgfältig verschlossen habe, setze ich mich ins Auto und fahre erneut Richtung Palma.

Kapitel fünfundzwanzig

Silvia passierte das Schild, das sie darauf hinwies, dass sie Esporles erreicht hatte. Das nur zwanzig Minuten von Palma entfernt liegende Dorf mit seinen 5000 Einwohnern war für seine republikanische Haltung bekannt. Hier war die Mehrzahl der Einheimischen gegen die Monarchie von Felipe VI. und befürwortete, dass Spanien endlich in eine Republik umgewandelt werden sollte. Ihr persönlich gingen die ewigen Streitereien ihrer Landsleute auf die Nerven. Natürlich hatte der Altkönig Juan Carlos I. mit seinen zahlreichen Skandalen ordentlich Mist gebaut. Sein Sohn schien sich Silvias Meinung nach jedoch recht gut den neuen Zeiten angepasst zu haben. Eigentlich war es ihr ziemlich egal, ob sie nun in einer parlamentarischen Monarchie oder in einer Republik lebte, denn de facto würde dies sowieso nicht viel ändern. Das große Problem ihrer Heimat war tatsächlich die immense Spaltung, die quer durch das Land verlief. Oft erschien es ihr, als hätten viele nichts aus den fatalen Folgen des mittlerweile fast hundert Jahre zurückliegenden Bürgerkriegs gelernt.

Sie sah, dass zwanzig Meter vor ihr ein Wagen aus einer Parklücke fuhr, und setzte den Blinker. Agustina Vidals Haus befand sich direkt an der Hauptstraße, die durch das Dorf führte. Wenn sie hier parkte, musste sie nur ein paar Minuten zu Fuß gehen.

Fünf Minuten später klingelte Silvia an der robusten Holztür des Hauses. Sofort wurde sie etwas geöffnet, und eine groß gewachsene dunkelhaarige Frau Mitte fünfzig kam zum

Vorschein. Agustina Vidal musste schon in der Eingangshalle auf sie gewartet haben.

Die Frau musterte Silvia misstrauisch. »Sind Sie die Polizistin, die mich vorhin angerufen hat?«

Silvia holte den Polizeiausweis aus ihrer Handtasche und hielt ihn ihr vor die Nase. »Ja, das bin ich. Mein Name ist Comisaria Fiol. Dürfte ich hereinkommen?«

Agustina Vidal warf einen Blick auf den Ausweis, dann öffnete sie die Haustür vollständig und bat sie herein. Silvia sah sich kurz in der Eingangshalle um. Es handelte sich um ein typisch mallorquinisches Dorfhaus. Schmal, aber mit hohen Decken und wahrscheinlich mit zwei weiteren Stockwerken, in denen sich jeweils zwei Schlafzimmer befanden.

Frau Vidal ging ein paar Meter vor ihr. Silvia bemerkte sofort, dass die Dame leicht hinkte.

»Lassen Sie uns in den Innenhof setzen, ich brauche ein bisschen frische Luft«, sagte sie. »Möchten Sie etwas trinken?«

»Nein, vielen Dank«, erwiderte Silvia.

Sie setzten sich an einen weißen Plastiktisch, der umringt von Blumentöpfen mit roten Geranien in einem kleinen Innenhof stand.

»Frau Vidal, was ist mit Ihrem Bein?«, fragte Silvia direkt.

Agustina Vidal verzog den Mund. »Ach, ich hab so die Schnauze voll von den Ärzten. Die meinten, ich müsse mich unbedingt am Knie operieren lassen. Und nun hab ich den Salat. Ich hab auf sie gehört, aber vier Wochen später kann ich immer noch nicht richtig laufen. Ich sage Ihnen, verlassen Sie sich niemals auf die privaten Krankenhäuser hier, das ist reine Geldmacherei.«

Silvia hatte keine Zeit, sich über das spanische Gesundheitssystem zu unterhalten. Aber wenn die Dame mit ihrem

Hinken nicht schauspielerte, wäre es für sie in diesem Zustand wohl kaum möglich gewesen, mit einem Geländewagen zur Torre Picada zu fahren, geschweige denn, einen toten Mann den Wachturm hinaufzutragen.

»Am Telefon meinten Sie, dass Sie in den vergangenen Wochen keinen Wagen bei einer Autovermietung …«

»Ich habe noch nie in meinem Leben ein Auto gemietet«, unterbrach Agustina Vidal sie.

Silvia holte die Liste mit den markierten Namen aus ihrer Handtasche und legte sie vor der Frau auf den Tisch. »Sehen Sie, hier steht Ihr Name«, sagte sie und deutete mit dem Zeigefinger auf die entsprechende Zeile.

Agustina Vidal setzte die Lesebrille, die um ihren Hals baumelte, auf die Nase und betrachtete die Liste. »Frau Comisaria, ich bin bestimmt nicht die einzige Agustina Vidal Oliver, die auf Mallorca lebt. Wie Sie sicherlich wissen, sind meine Nachnamen weit verbreitet. Wahrscheinlich handelt es sich einfach um eine Frau, die den gleichen Namen trägt wie ich, und Sie verschwenden hier nur Ihre Zeit. Sollten Sie nicht eher nach dieser vermissten Deutschen suchen?«

Silvia ignorierte die Frage. »Bitte gucken Sie auf die Liste neben Ihrem Namen. Da sind die Personalausweisnummer und die Adresse eingetragen. Soweit ich weiß, sind wir hier in der Straße Joan Riutort Nummer 19, oder irre ich mich?«

Agustina Vidal guckte erneut auf das DIN-A4-Blatt in ihrer Hand. Sie hatte anscheinend wirklich nicht darauf geachtet, dass hinter den Personennamen deren Adressen aufgelistet waren. »Ah ja, das ist meine Adresse.« Sie schaute Silvia verwirrt an. »Aber ich schwöre Ihnen, dass ich noch nie ein Auto gemietet habe. Und wie soll ich denn überhaupt mit meinem schmerzenden Knie Auto fahren?«

»Wohnen Sie alleine?«, fragte Silvia.

Die Frau seufzte. »Mein Mann und ich haben uns vor zwei Jahren getrennt. Seitdem wohne ich alleine, ja.«

»Haben Sie Kinder?«

»Ja, einen Sohn und eine Tochter, sie sind dreißig und achtundzwanzig. Tolo wohnt in Palma, und Àngela ist hier in Esporles geblieben. Sie kommt mich öfters besuchen.« Sie lachte bitter. »Aber Tolo kommt leider nur jedes zweite Wochenende. Seine Freundin kann mich wohl nicht ausstehen.«

Silvia beugte sich über den Tisch und nahm die Liste der Autovermietung wieder an sich. »Können Sie mir bitte Ihren Personalausweis zeigen?«

»Ja, der ist drinnen in meinem Portemonnaie«, sagte sie und erhob sich stöhnend aus dem Plastikstuhl.

Silvia stand ebenfalls auf. »Ich begleite Sie.«

Sie gingen die drei Stufen, die in den Innenhof führten, hinauf und traten dann erneut in die dunkle Eingangshalle. Agustina Vidal öffnete die oberste Schublade einer antiken Holzkommode und holte eine lederne Geldbörse hervor. Sie entnahm einige Kreditkarten und legte sie auf die Kommode. »Also, das versteh ich nicht, mein Personalausweis ist hier nicht. Ich habe ihn immer in diesem Fach hier. Aber schauen Sie.« Sie hielt Silvia den Geldbeutel hin. »Da ist nichts.«

Silvia nahm das Portemonnaie und durchsuchte rasch die verschiedenen Fächer. Bis auf zwei Zwanzigeuroscheine war die Börse leer. »Was ist mit Ihrem Führerschein? Bewahren Sie den auch hier auf?«

»O mein Gott!«, rief die Frau und fasste sich an die Stirn. »Da hab ich ja gar nicht dran gedacht. Ja, mein Führerschein ist normalerweise auch in dem Portemonnaie.«

»Können Sie bitte noch mal in der Schublade nachsehen? Vielleicht sind sie ja aus dem Geldbeutel gefallen«, sagte Silvia, bezweifelte dies jedoch. Sie war sich mittlerweile sicher, dass irgendjemand sowohl den Ausweis als auch den Führerschein aus Agustina Vidals Geldbörse entwendet hatte.

»Nein, hier ist nichts«, sagte die Frau nun sichtlich verunsichert. »Wie kann das sein? Bei mir ist nicht eingebrochen worden. Und wer sollte auch meine Dokumente stehlen, aber das Geld und die Kreditkarten in der Börse lassen? Das ergibt doch keinen Sinn.«

Der Sinn ist, sich als Agustina Vidal auszugeben, dachte Silvia, sagte jedoch nichts. »Wann haben Sie Ihren Ausweis und Ihren Führerschein zuletzt gesehen?«, fragte sie stattdessen.

»Puh, lassen Sie mich überlegen.« Agustina Vidal starrte gedankenverloren auf den Steinboden. »Also, wann ich das letzte Mal meinen Führerschein vorzeigen musste, weiß ich gar nicht mehr. Seit der Operation bin ich ja nicht mehr Auto gefahren. Und davor ...« Sie sah Silvia mit gerunzelter Stirn an. »Ich kann mich nicht erinnern.«

»Und den Personalausweis?«, fragte Silvia. »Vor der Operation im Krankenhaus mussten Sie sich doch gewiss ausweisen.«

»Ja, ja, natürlich. Aber danach ... da muss ich überlegen.«

»Sie waren doch bestimmt seitdem bei Nachuntersuchungen, oder?«

»Ja, schon. Aber da muss man ja nicht jedes Mal seinen DNI vorzeigen. Der Arzt kennt mich ja, und am Empfang gebe ich immer nur meine Krankenkassenkarte ab.«

Silvia nickte. »Was ist mit anderen Terminen in den vergangenen Wochen? Waren Sie bei der Bank? Hatten Sie irgendeinen Termin bei einer Behörde, wo Sie sich ausweisen mussten?«

»Nein, nein. Seit der OP verlasse ich ja kaum noch das Haus. Bei der Arbeit bin ich bis Oktober krankgeschrieben, und Lust, mit dem schmerzenden Knie herumzuspazieren, habe ich nicht gerade. Ich gehe höchstens im Dorf ein paar Lebensmittel einkaufen.« Sie stützte sich mit den Händen auf die Kommode. »Und letztes Wochenende hat mich Àngela zum Mittagessen abgeholt. Wir waren in einem Restaurant in Valldemossa. Aber sonst hab ich wirklich nicht viel gemacht und war meistens zu Hause.«

»Okay«, sagte Silvia. »Also würden Sie sagen, dass Sie Ihren Ausweis seit Ihrer Operation nicht mehr gesehen haben?«

»Ja, ich denke, so ist es.«

»Wann war das genaue Datum der OP?«

»Das war der fünfte August, das weiß ich noch ganz genau!« Sie wendete sich erneut Silvia zu, und plötzlich schien ihr bewusst zu werden, was passiert war. »Frau Comisaria, meinen Sie, jemand hat meine Papiere gestohlen, um sich mit meinem Namen bei der Autovermietung auszugeben?«

»Ja, das könnte eine Möglichkeit sein«, erwiderte Silvia. »Daher ist es wichtig, dass Sie versuchen, sich genau zu erinnern, wer in den vergangenen Wochen bei Ihnen zu Besuch war und davon wusste, wo Sie Ihr Portemonnaie aufbewahren.«

»Es muss Marisa gewesen sein!«, schrie Agustina Vidal auf einmal.

Silvia sah sie an. »Wer ist Marisa?«

»Meine kolumbianische Putzfrau, sie kommt immer donnerstags.«

»Verstehe«, sagte Silvia. »Können Sie mir bitte den vollen Namen und die Telefonnummer der Dame geben?«

»Ja, Moment, ich hole mein Handy, da habe ich ihre Nummer gespeichert.«

Silvia notierte sich sowohl die Daten der Putzhilfe als auch der zwei Kinder von Agustina Vidal. »Gut«, sagte sie dann. »Hat Sie sonst noch jemand in den vergangenen Wochen besucht?«

»Nein, mich besucht hier keiner«, sagte sie. »Meine anderen Verwandten wohnen alle in Palma und kommen nicht nach Esporles.«

»Verstehe«, sagte Silvia. »Eine letzte Frage habe ich noch. Standen Sie selbst oder eines Ihrer Kinder in irgendeiner Weise in Kontakt mit den Internetstars Xavier Colomer oder Caroline Stern?«

Agustina Vidal sah sie entsetzt an. »Geht es bei Ihrer Ermittlung mit der Autovermietungsliste etwa um diesen schrecklichen Fall?« Sie schnappte nach Luft. »Was hat mein Ausweis damit zu tun? Bin ich etwa verdächtig? Oder meine Kinder?«

»Bitte beruhigen Sie sich, Frau Vidal«, erwiderte Silvia. »Wir verfolgen hier nur eine mögliche Fährte.«

»Aber was soll die ganze Fragerei denn dann?«

Silvia schluckte ihre aufkommende Ungeduld hinunter. »Können Sie mir bitte einfach sagen, ob Sie oder eines Ihrer Kinder die beiden Internetstars kannte?«

»Nein, natürlich nicht. Was haben wir denn mit solchen Leuten zu tun? Wir sind anständige Menschen!«

Silvia beschloss, es gut sein zu lassen und umgehend die Tochter und die Putzhilfe aufzusuchen, die beide ebenfalls im Dorf wohnten. Später in Palma würde sie dann Agustina Vidals Sohn kontaktieren. Zwar konnte sie sich nicht wirklich vorstellen, dass eine dieser drei Personen etwas mit dem Fall zu tun hatte, aber sie mussten der Spur mit Agustina Vidals verschwundenen Ausweispapieren nachgehen.

»Okay, Frau Vidal, so weit habe ich keine weiteren Fragen. Aber ich bitte Sie noch einmal zu überlegen, ob nicht sonst noch jemand in den vergangenen Wochen in Ihrem Haus war.«

»Es war niemand hier, das sagte ich doch schon!« Agustina Vidal sah sie wütend an. »Und Sie haben mir noch nicht gesagt, was mein Ausweis und diese komische Liste der Autovermietung mit dem Mord an Xavier Colomer zu tun hat!«

»Leider bin ich nicht befugt, Auskunft über eine laufende Ermittlung zu geben, Frau Vidal. Ich hoffe, Sie verstehen das«, sagte Silvia und wandte sich zum Gehen.

»Aber …«, begann die Dame erneut.

»Auf Wiedersehen«, unterbrach Silvia sie und legte dabei eine Festigkeit in ihre Stimme, die keinen Widerspruch duldete. Dann öffnete sie die Haustür und trat hinaus in den immer noch sonnigen Nachmittag.

Kapitel sechsundzwanzig

Marie saß mit einem Beamten der Policía Local von Cala Rajada vor dessen Computer und wartete darauf, dass der Polizist die Aufnahmen vom Morgen des vierten September fand. Tatsächlich gab es eine Überwachungskamera ganz in der Nähe der Straßenecke, an der sich Caroline Stern mit dieser Rebecca Biker verabredet hatte.

Das Handy in ihrer Handtasche vibrierte. Es war schon wieder Julia Heinrich.

Carolines Schwester hatte sie schon am Morgen und am frühen Nachmittag angerufen, um sich nach dem Voranschreiten der Ermittlungen zu erkundigen und ihre ohnmächtige Frustration an Marie auszulassen. Sie drückte den Anruf weg. Selbstverständlich taten ihr Ruth und Julia Heinrich leid. Es musste schrecklich sein, einen geliebten Menschen in den Fängen eines Mörders zu wissen und nichts unternehmen zu können. Aber es brachte allen Beteiligten nur wenig, wenn Marie pausenlos ihre Schimpfereien über sich ergehen ließ. Besser war es, ihre Konzentration einzig und allein auf die Ermittlungen zu richten, um Caroline Stern schnellstmöglich zu finden.

»Ah, hier haben wir die Aufnahmen vom vierten September«, sagte Gabriel Reynés. »Sie sagten, das Treffen war für 9:30 Uhr geplant, nicht wahr?«

»Ja, genau«, erwiderte Marie und sah gespannt auf den Bildschirm.

»Alles klar.« Der Polizist gab 9:20 Uhr bis 9:40 Uhr in ein Suchfeld oben rechts ein und drückte auf *Enter*.

Eine Dorfstraße erschien auf dem Monitor. Marie erkannte sie sofort wieder. Gestern war sie dort entlanggefahren. Die Kamera zeigte ein paar niedrige Wohnhäuser, den Coffeeshop, in dem Caroline Stern zuletzt gesehen worden war, und circa dreißig Meter von ihm entfernt war die Straßenecke zu erkennen, wo sich die beiden Frauen verabredet hatten. Autos fuhren langsam vorbei, und vereinzelte Fußgänger passierten die Straße oder gingen den Bürgersteig entlang. Ein Jogger in neongelber Kleidung lief geschwind an einer älteren Dame vorbei, die ihren Hund ausführte. Dann war eine junge blonde Frau zu sehen, die aus dem Coffeeshop trat und in Richtung Straßenecke lief.

»Das muss Caroline Stern sein«, sagte Marie und neigte sich noch ein wenig näher an den Bildschirm. Ihr Herz schlug schneller. Vielleicht würden sie gleich wirklich den Mörder oder die Mörderin erkennen können.

»Ja, sieht so aus«, bemerkte Gabriel Reynés und sah ebenfalls gespannt auf den Monitor.

Tatsächlich machte die blonde Frau an der Ecke halt und nahm einen Schluck aus dem Plastikbecher, den sie in der Hand hielt. Dann griff sie in ihre Handtasche und holte ihr Handy hervor. Die Videoaufnahme hatte leider keine perfekte Auflösung, aber Marie war sich sicher, dass es sich bei der Frau um die verschwundene Deutsche handelte.

Die junge Frau schaute von dem Handy auf und blickte sich um. Da sie anscheinend niemanden sah, widmete sie ihre Aufmerksamkeit wieder dem Smartphone.

Marie blickte auf die Uhrzeit, die unten auf der Aufnahme eingeblendet war. Die Uhr zeigte 9:31 an. Wenige Sekunden später erschien ein grauer Geländewagen auf dem Bildschirm. Er verlangsamte seine Geschwindigkeit und hielt direkt vor der blonden Frau.

»Das ist das Auto!«, sagte Marie aufgeregt.

Sie starrten beide wie gebannt auf den Monitor. Die junge Frau hob die Hand und neigte sich dann an das Beifahrerfenster. Einen Augenblick später öffnete sie die Beifahrertür und stieg in den Wagen. Das Auto fuhr davon und verschwand aus dem Blickwinkel der Kamera.

»Verdammt«, sagte Marie. »Man kann absolut nicht erkennen, wer hinter dem Steuer sitzt! Ich hatte die Hoffnung, dass der Fahrer oder die Fahrerin vielleicht aussteigen würde.«

»Ja, auch mit Heranzoomen werden wir da wohl nichts erkennen können.«

»Aber das Kennzeichen des Wagens können wir vielleicht ausmachen«, warf Marie ein. »Bitte zoomen Sie mal heran.«

Der Beamte drückte auf ein paar Tasten, und die Aufnahme des Autos wurde größer. Das Nummernschild war nun ein wenig verschwommen, es ließ sich aber immer noch deutlich genug erkennen.

»Bingo!«, sagte Marie und notierte sich rasch das Kennzeichen.

»Na, dann hat die Aktion ja Gott sei Dank doch etwas gebracht«, sagte der Polizist. »Kann ich Ihnen sonst noch irgendwie helfen?«

Marie dachte einen Augenblick nach. »Können Sie mir eine Kopie des Videos an meine E-Mail-Adresse senden? Dann gehe ich direkt mit der Aufnahme in den Coffeeshop. Es ist zwar unwahrscheinlich, aber vielleicht hat ein Angestellter ja doch die Szene beobachtet und einen Blick auf den Fahrer oder die Fahrerin geworfen.«

Gabriel Reynés hob die Augenbrauen. »Hätte sich diese Person dann nicht schon bei Ihnen gemeldet? Aber gut, notieren Sie mir bitte Ihre E-Mail-Adresse, dann schicke ich Ihnen das Video gleich.«

Marie schrieb ihre Adresse auf einen Zettel und reichte ihn dem Polizisten. Dann verabschiedete sie sich und verließ das Büro. Sie konnte es kaum erwarten, Silvia anzurufen und ihr das Kennzeichen durchzugeben. Damit hatten sie endlich einen konkreten Anhaltspunkt, der sie zum Täter oder zur Täterin führen würde.

Kapitel siebenundzwanzig

Silvia schlug mit der flachen Hand auf das Lenkrad. »O Mann, komm schon«, rief sie in die Stille ihres Wagens.

Aber das Mietauto vor ihr fuhr weiterhin im Schneckentempo die Landstraße entlang. Obendrein gab es auf der Strecke kaum eine Überholmöglichkeit.

Silvia atmete genervt aus. Aber ihre Gereiztheit galt nicht nur den Touris vor ihr, sondern hauptsächlich dem Umstand, dass weder ihr Besuch bei der Putzhilfe noch bei Agustina Vidals Tochter sie auf irgendeine Weise weitergebracht hatte. Marisa González und Àngela Pons hatten ehrlich erstaunt über das Verschwinden von Agustina Vidals Ausweispapieren reagiert. Außerdem deutete rein gar nichts darauf hin, dass eine der beiden Frauen in irgendeiner Verbindung zu Xavier Colomer oder Caroline Stern stand. Zwar war auch noch Tolo Pons, Agustina Vidals Sohn, auf ihrer Liste, aber Silvia hatte die Hoffnung auf diese Spur schon fast aufgegeben.

Gerade als sie an der Universität der Balearen vorbeifuhr, klingelte ihr Handy auf dem Beifahrersitz. Kurz dachte Silvia, dass es David sein könnte. Sofort überkam sie ein schlechtes Gewissen, weil sie sich den ganzen Tag noch nicht bei ihm gemeldet hatte. Doch ein Blick auf das Display teilte ihr mit, dass es Àngela Pons war.

Silvia nahm über die Sprechanlage ab. »Frau Pons, ist Ihnen doch noch etwas eingefallen?«, fragte sie direkt.

»Äh, hallo«, sagte die dünne Stimme der Mallorquinerin. »Ja, ich weiß ja nicht, ob das wichtig ist. Aber ich habe mich gerade daran erinnert, dass einige Leute Mutter nach ihrer Operation in der Clínica Rotger besucht haben.«

Silvia dachte einen Augenblick nach. Theoretisch hätten Agustina Vidals Papiere ihr natürlich auch während des Aufenthalts im Krankenhaus entwendet worden sein können. Dies jedoch führte zu einem wesentlich größeren Kreis an verdächtigen Personen. Silvia war ein wenig unentschlossen, ob sie wirklich noch weitere Zeit in diese Fährte investieren sollte. »Wissen Sie denn, wer genau Ihre Mutter dort besucht hat?«, fragte sie dann aber doch.

»Also, ich war ja nicht die ganze Zeit dort, aber ihre Cousins und Cousinen sind wohl alle vorbeigekommen. Und ich glaube, der alte Onkel Gerard und seine Frau auch.«

»Okay«, sagte Silvia. »Ich rufe gleich Ihre Mutter an und bitte sie, mir eine Liste der Besucher zu schicken. Vielen Dank für die Information, Frau Pons.«

Sie beendete das Telefonat. Gerade, als sie Agustina Vidal anrufen wollte, klingelte ihr Handy schon wieder. Es war Marie.

»Marie? Ich sitze noch im Auto auf dem Weg zurück nach Palma. Bist du an die Aufnahmen gekommen?«

»Ja, deshalb rufe ich dich an. Wir haben das Kennzeichen!«

Silvia spürte, wie Adrenalin ihren Körper durchfuhr. Endlich gab es eine erfreuliche Nachricht an diesem Deckstag! »Ah, super! Einen Moment, ich halte an. Dann checke ich das Kennzeichen sofort auf der Liste der Autovermietung.«

Sie setzte den Blinker und brachte den Wagen am Straßenrand zum Stehen. Mit fliegenden Fingern holte sie die Liste aus ihrer Handtasche. »Okay, schieß los!«

Marie buchstabierte ihr das Nummernschild, und Silvias Augen rasten über das Blatt in ihrer Hand. »Also doch!«, rief sie. »Agustina Vidal. Wir sind auf der richtigen Spur!«

In demselben Moment zeigte Silvias Handy ihr an, dass Mateu Fuster sie zu erreichen versuchte. »Sorry, Marie, ich ruf dich sofort zurück, ja?«

Ohne eine Antwort der Deutschen abzuwarten, nahm sie Mateus Anruf entgegen. »Was gibt's, Mateu? Ist es dringend?«

»Hi, Silvia«, sagte ihr Kollege mit ernster Stimme. »Ja, es ist dringend! Soeben ist bei uns eine weitere Vermisstenanzeige eingegangen. Ein junges Mädchen aus Algaida.«

»O nein! Sag jetzt bitte nicht, dass sie auch ein Internetsternchen ist!«

»Leider sieht es ganz danach aus. Auf jeden Fall hat Victoria Palmer einen ziemlich erfolgreichen YouTube-Kanal.«

»Verdammte Scheiße!«, schrie Silvia auf. »Wann und wo ist sie verschwunden?«

»Ihre Eltern sind vor einer halben Stunde zur Policía Local von Algaida gegangen und haben dort die Tochter als vermisst gemeldet. Die Kollegen haben uns dann sofort benachrichtigt.«

»Ja, aber seit wann ist sie verschwunden? Und wo wurde sie zuletzt gesehen?«

»Moment, Silvia, lass mich doch erst mal ausreden.«

»Ja, sorry«, gab sie zurück.

Sie hörte, wie Mateu am anderen Ende der Leitung tief durchatmete, und hoffte, dass er jetzt nicht eingeschnappt reagierte. Kurz kam eine schmerzliche Erinnerung an Ramón in ihr hoch. Ihr verstorbener Kollege hatte kaum je ein Problem mit Silvias direkter Art gehabt. Sie wischte den traurigen Gedanken beiseite und atmete innerlich auf, als Mateu weitersprach.

»Also, die Eltern haben ausgesagt, dass sie sich Sorgen gemacht hätten, als ihre Tochter nicht wie gewohnt von der Berufsschule, die sie besucht, zurückgekehrt sei. Sie haben es auf dem Handy des Mädchens versucht, das ausgeschaltet war. Dann haben sie bei der Schule angerufen. Dort teilte man ihnen mit, dass Victoria heute gar nicht zum Unterricht erschienen sei. Sie haben versucht, alle Freunde des Mädchens zu kontaktieren, aber keiner hatte heute von Victoria etwas gehört.«

»Okay«, sagte Silvia. »Also haben die Eltern sie zuletzt heute Morgen gesehen, bevor sie sich auf den Weg zur Schule machte?«

»So ist es.«

»Wo ist die Schule?«

»Hier in Palma. Da Victoria noch keinen Führerschein hat, nimmt sie jeden Morgen den Bus. Also wollte ich mich als Erstes an das Busunternehmen wenden, um herauszufinden, ob das Mädchen heute überhaupt nach Palma gefahren ist. Aber ich musste dir natürlich erst Bescheid geben.« Er räusperte sich. »Ah, und wegen dieses Engländers von der Liste der Autovermietung: Der Sohn ist zwar Influencer, aber …«

»Moment«, unterbrach ihn Silvia. Sie erklärte ihm in knappen Sätzen, dass Marie das Kennzeichen herausgefunden hatte und sie demnach mit Agustina Vidal auf der richtigen Spur waren.

»Ach so, darüber hatte mich noch niemand informiert.«

Silvia ignorierte seinen beleidigten Unterton. »Ich weiß es ja selbst erst seit ein paar Minuten. Marie hat es mir gerade erst erzählt, als dein Anruf reinkam.«

»Verstehe«, sagte Mateu. »Das bedeutet dann also, dass wir alle anderen Namen von der Autovermietungsliste streichen können und uns komplett auf diese Agustina Vidal und deren

Umfeld konzentrieren müssen.« Er stockte einen Moment, bevor er weitersprach. »Meinst du, es ergibt Sinn, dass wir die Autovermietung persönlich aufsuchen und gucken, ob sich einer der Angestellten an Frau Vidal erinnern kann?«

Silvia berichtete von der humpelnden Frau und den verschwundenen Ausweispapieren.

»Und du meinst, sie sagt die Wahrheit?«, fragte Mateu. »Immerhin steht ihr Personalausweis auf der Liste. So einfach ist es bestimmt nicht, sich mit einem geklauten DNI bei einer Autovermietung als jemand anderes auszugeben. Ich meine, der Angestellte wird ja wohl kurz auf das Foto gucken.«

Silvias Gedanken rasten. Sie musste all die neuen Informationen, die sie in den vergangenen Minuten erhalten hatte, erst einmal einordnen. »Auf mich hat Frau Vidal einen ehrlichen Eindruck gemacht, und ihr Humpeln und Entsetzen über die verschwundenen Papiere erschienen mir nicht gespielt«, sagte sie nach ein paar Sekunden. »Trotzdem werde ich ihr jetzt einen weiteren Besuch abstatten. Wir sollten auch schnellstmöglich einen Durchsuchungsbefehl für ihr Haus beantragen. Falls sie uns wirklich anlügt, wird sie ihren Ausweis und Führerschein bestimmt irgendwo in dem Haus versteckt haben. Kannst du dich bitte um den Durchsuchungsbefehl kümmern? Am besten rufst du sofort Richter Aguiló an. Der ist immer fix.«

»Ja, ist gut«, erwiderte Mateu. Silvia konnte heraushören, dass er nicht gerade begeistert war, sich um diesen bürokratischen Aufwand kümmern zu müssen. »Und was ist mit dem Verschwinden von Victoria Palmer? Ist das jetzt zweitrangig?«

»Nein, natürlich nicht«, erwiderte Silvia. »Aber bitte beauftrage einen Kollegen damit, herauszufinden, ob das Mädchen heute Morgen in dem Bus nach Palma saß oder nicht.«

»Okay, geht klar«, sagte er knapp. »Ich melde mich, sobald ich den Durchsuchungsbefehl hab.«

»Danke dir, Mateu«, sagte Silvia und legte auf.

Sie schaute auf die Zeitanzeige des Armaturenbretts. Es war bereits nach 18:00 Uhr. Sie wendete den Wagen und fuhr erneut in Richtung Esporles. Dann schaltete sie ein weiteres Mal die Sprechanlage an und drückte auf Maries Telefonnummer.

Kapitel achtundzwanzig

Endlich schließe ich die Wohnungstür hinter mir. Der Arbeitsnachmittag hat sich schier unendlich in die Länge gezogen, und ich fürchtete schon, gar nicht mehr nach Hause zu kommen. Ich streife mir die Schuhe ab und gehe barfuß in die Küche, um ein Glas Wasser zu trinken. Mein Rücken schmerzt und am liebsten würde ich mich ein paar Stunden auf dem Sofa ausruhen. Aber ich darf mich jetzt nicht zu sehr entspannen, sonst komme ich gleich gar nicht mehr hoch, und heute Nacht ist noch viel zu tun. Ich nehme eine Mineralwasserflasche aus dem Kühlschrank und schenke mir ein großes Glas ein.

Während ich trinke, gehe ich zum gefühlt hundertsten Mal meinen Plan durch. Wie gern würde ich Carolines Leiche auf dem Aussichtspunkt über der Cala Pi zur Schau stellen. Auf dem Felsvorsprung über der kleinen Bucht im Süden der Insel posieren täglich Dutzende Touristen und Einheimische für das perfekte Foto. Einer von Carolines letzten Posts war auf diesem sogenannten Instagram-Point aufgenommen worden. Aber ihre Leiche dort hinzubringen wäre schlicht und einfach zu riskant. Auch mitten in der Nacht könnte mich einer der zahlreichen Anwohner der Bucht beobachten. Oder irgendwelche Jugendlichen, die bis spät am Strand herumhängen, könnten auf mich aufmerksam werden.

Daher habe ich mich für einen anderen Ort entschieden, an dem Caroline eine Woche vor ihrem Verschwinden ein Foto von sich gepostet hat. Das Santuari Talaiòtic de Son Corró, eine Ausgrabungsstätte in der Inselmitte, wo vor über hundert Jahren die berühmten bronzenen Stierköpfe der prähistorischen Talayot-Kultur entdeckt worden waren. Zwar liegt die archäologische Sehenswürdigkeit sehr nah an der Landstraße, die die Dörfer Costitx und Sencelles verbindet, aber ich habe vergangene Woche selbst überprüft, dass kaum eines der wenigen Häuser in der direkten Umgebung bewohnt ist. Außerdem wird es mich keine große Mühe kosten, Carolines leblosen Körper bei den rekonstruierten Steinsäulen der Ausgrabungsstätte abzulegen. Ich kann mit dem Auto dort direkt vorfahren. Das wird um einiges leichter als das Manöver mit dem toten Xavier. Meine Güte, war das ein Kraftaufwand gewesen! Zwar hatte ich die Leiche auf eine Sackkarre gespannt und kam so besser die Treppen des Wachturms hoch, aber Muskelkater habe ich immer noch. Und gelohnt hat es sich allemal! Was für eine perfekte Inszenierung. Bei Caroline werde ich es vermeiden müssen, sie so zur Schau zu stellen. Die Prozedur würde zu viel Zeit in Anspruch nehmen, und das Risiko, doch von irgendeinem Nachbarn gesehen zu werden, erheblich erhöhen.

Ich stelle das leere Wasserglas auf den Tisch und verlasse die Küche. Im Flur überprüfe ich noch einmal, ob ich alles Nötige in den Rucksack gepackt habe. Dann gehe ich in das Zimmer, das meinem Schlafzimmer schräg gegenüberliegt, und setze mich an den rot lackierten Schreibtisch. Ich streife mit den Fingerkuppen über das abgenutzte Holz und bemühe mich, nicht in Tränen auszubrechen. Ich schließe die Augen und atme einige Male tief durch. Dann ziehe ich mir das Paar Silikonhandschuhe über, das neben der kleinen Schreibtischlampe bereitliegt, und öffne die oberste Schublade. Ich hole die Malereien heraus und lege die beiden Aquarelle vor mich. Zum wohl hundertsten Mal betrachte ich sie. Das rechte zeigt ein riesiges Feuer. Die Flammen sind in roten und orangen Farbtönen gemalt, und grauer Rauch steigt von ihnen auf. Zwischen den Flammen sind verzerrte Gesichter und Totenköpfe zu sehen. Ich wende den Blick ab und widme meine Aufmerksamkeit dem linken Bild. In der Mitte steht ein dämonenhaftes Skelett. Die Arme des Monsters sind weit ausgebreitet, und seine Hände besitzen zentimeterlange, spitze Klauen. Der Mund des Skeletts ist geöffnet. Aus ihm steigt eine schwarze Wolke, in die ebenfalls verzerrte Gesichter und Totenköpfe gemalt sind.

Ich schlucke den Kloß in meinem Hals hinunter und beginne damit, die Bilder sorgfältig zu falten. Als ich fertig bin, stehe ich auf und stecke sie in einen weißen Umschlag. Dann verlasse ich das Zimmer und gehe in mein eigenes, um mich für meine Mission umzuziehen.

Kapitel neunundzwanzig

Marie ging durch die verlassenen Straßen der Altstadt zu ihrer Wohnung an der Plaça de Santa Eulàlia. Es war fast ein Uhr morgens, und sie war so erschöpft, dass sie Mühe hatte, ihre Augen offen zu halten. Aber das Schlimmste war, dass sie in den vergangenen Stunden nicht wirklich weitergekommen waren. So euphorisch sie am Nachmittag über die Identifizierung des Nummernschilds gewesen war, so niederschmetternd waren die Ermittlungen danach verlaufen. Nicht nur, dass noch ein weiteres junges Mädchen spurlos verschwunden war, obendrein war bei der Hausdurchsuchung dieser Agustina Vidal absolut nichts Brauchbares zum Vorschein gekommen. Weder hatten die Kollegen ihre Ausweispapiere gefunden, noch waren sie auf sonst einen Hinweis gestoßen, der die Mallorquinerin mit den Verbrechen in Verbindung gebracht hätte.

Sie selbst hatte den Nachmittag und Abend mit weiteren Befragungen in Cala Rajada verbracht. Im Coffeeshop hatte sich niemand an das Auto, geschweige denn an dessen Fahrer oder Fahrerin erinnern können. Auch das erneute Aufsuchen von Herbert Kirchner, Natascha Schüle sowie Ruth und Julia Heinrich hatte nichts gebracht. Marie hatte ihnen allen Fotografien von Agustina Vidal, deren Tochter und der Putzhilfe gezeigt, aber niemand hatte die Frauen je zuvor gesehen. Auch der Nissan X-Trail sagte ihnen absolut nichts. Es war zum Verrücktwerden. Das Einzige, was ihnen übrig blieb, war Agustina Vidals Umfeld weiter auf den kleinsten Hinweis zu durchforsten.

Marie gähnte. In wenigen Minuten würde sie endlich zu Hause sein. Sie brauchte dringend ein paar Stunden Schlaf. Vor den mittlerweile geschlossenen Bars der Plaça Santa Eulàlia standen ein paar Jugendliche, die rauchten und sich lautstark unterhielten. Ihr Gelächter schallte durch die menschenleeren Gassen. Auf der anderen Seite des Platzes, vor der Kirche, fiel ihr eine ganz in Schwarz gekleidete Gestalt mit Baseballkappe auf, die schnellen Schrittes in Richtung Rathausplatz lief. Sie sah hochgewachsen und kräftig aus, aber eher weiblich als männlich. Irgendetwas an ihrem Gang und ihrer Haltung kamen Marie bekannt vor. Unvermittelt blieb die Gestalt stehen und drehte sich Marie zu. Für einen Augenblick stand sie wie angewurzelt da, und obwohl Marie wegen der Entfernung ihr Gesicht nicht erkennen konnte, schien es ihr, als würde die Person sie anstarren. Der kurze Moment verging, und die Gestalt setzte in schnellem Tempo ihren Weg fort. Marie kam die Situation merkwürdig vor. Sie beschloss, der Person zu folgen. Doch plötzlicher Lärm hinter ihr ließ sie innehalten.

Sie schaute an der Fassade des Gebäudes hoch, das sie gerade passiert hatte.

Eine ältere Dame im Nachthemd, die über das Geländer ihres Balkons gebeugt war, schrie aufgebracht die Jugendlichen an, dass sie endlich still sein und die Nachtruhe der Nachbarn respektieren sollten. Die Jugendlichen reagierten mit schallendem Gelächter und begannen noch lauter zu reden. Marie wandte den Blick von ihnen ab und schaute wieder zu der merkwürdigen Gestalt. Doch sie war aus ihrem Blickfeld verschwunden.

»Mist«, entfuhr es ihr. Nur ein paar Sekunden der Unaufmerksamkeit, und schon sah sie die Person nicht mehr. Sie ließ die Gruppe Jugendlicher links liegen und rannte in Richtung Rathausplatz. Dort angekommen, drehte sie sich in alle Richtungen. Aber nirgends war jemand zu sehen. Langsam ging sie die Straße weiter in Richtung Kathedrale.

Auf einmal leuchteten Scheinwerfer auf. Ein Wagen fuhr aus einer Parklücke vor dem Parlament. Marie rannte los und kam sich im selben Moment ein wenig komisch vor. Was tat sie hier eigentlich, indem sie mitten in der Nacht irgendeiner Unbekannten hinterherjagte? Trotzdem rannte sie weiter. Aber das Auto war schon losgefahren, und Marie konnte nur noch erkennen, wie der graue Geländewagen um die Ecke bog und dann aus ihrem Blickfeld verschwand.

Wie angewurzelt blieb sie stehen. Sie hatte weder die Person hinterm Steuer noch die Marke, geschweige denn das Kennzeichen des Autos sehen können. Aber es war eindeutig ein grauer SUV, der dem Wagen auf der Videoaufnahme, die sie am Nachmittag gesehen hatte, sehr ähnlich sah.

Sie rief sich zur Vernunft. Es gab Hunderte dieser Wagen auf der Insel. Und dass eine schwarz gekleidete Frau spätabends zu ihrem Auto lief, stellte auch nichts Ungewöhnliches dar. Sie wandte sich ab und ging erneut Richtung Plaça de Santa Eulàlia. Doch ihr ging die Beobachtung nicht aus dem Sinn. Der Gang der Person kam ihr irgendwie vertraut vor. Sie griff in ihre Handtasche und holte ihr Handy hervor.

Silvia meldete sich nach dem ersten Klingeln. »Was ist passiert?«, fragte sie sofort.

»Sorry, Silvia, warst du schon am Schlafen?«

»Nein, ich bin noch gar nicht zu Hause. Wollte aber jetzt los. Ist was passiert?«

»Ich weiß nicht so recht«, sagte Marie und erzählte ihr dann rasch, was sie beobachtet hatte.

»Hm, verstehe«, sagte die Comisaria. »Wir haben ja Polizeikontrollen auf verschiedenen Straßen, die nach dem Fahrzeug und Kennzeichen Ausschau halten. Vielleicht hat das alles gar nichts mit unserem Fall zu tun. Außerdem kann das Auto mittlerweile schon auf der Autobahn sein. Aber ich gebe den Kollegen trotzdem sofort Bescheid, dass sie die Ausfahrten um Palma herum im Auge behalten sollen.«

Marie wollte noch etwas erwidern, aber Silvia hatte schon aufgelegt. Sie schüttelte den Kopf. Ihrer Kollegin mangelte es wirklich oft an Taktgefühl. Was kostete es sie, kurz *Adiós* zu sagen? Sie seufzte und legte das Handy zurück in ihre Handtasche.

An der Plaça de Santa Eulàlia stand noch immer die Gruppe Jugendlicher, aber die alte Dame war nicht mehr auf dem Balkon. Wahrscheinlich hatte sie längst die Polizei verständigt, in der Hoffnung, dass ein Streifenwagen vorbeikam, der die Jugendlichen nach Hause schickte.

Gerade als Marie an der Gruppe vorbeikam, klingelte ihr Handy. Es war erneut Silvia. Wollte sie sich etwa doch noch verabschieden? Sie nahm den Anruf entgegen. »Ja?«

»Okay, die Kollegen sind verständigt«, sagte die Comisaria direkt. »Aber ich wollte dich noch nach einer anderen Sache fragen. Weißt du, aus welcher Richtung die Person kam, als sie dir am Platz aufgefallen ist?«

Marie versuchte, ihre leichte Gereiztheit zu verbergen. »Ich würde sagen, sie kam aus der Richtung der Basílica de Sant Francesc. Aber warum willst du das wissen?«

»Ach nichts, ich habe mich nur gerade erinnert, dass Agustina Vidals Sohn auch in dem Viertel wohnt.«

»Also ganz ehrlich, Silvia, ich bin mir ziemlich sicher, dass es sich bei der Gestalt um eine Frau und nicht um einen Mann gehandelt hat.«

»Ja, ja«, sagte Silvia. »Das hab ich schon verstanden. War auch nur so eine Überlegung. Morgen früh statte ich dem Herrn sowieso einen Besuch ab. Aber jetzt sollten wir wirklich versuchen, ein paar Stunden zu schlafen.«

»Alles klar«, sagte Marie. »Dann gute Nacht.«

»*Bona nit,* Marie«, erwiderte Silvia.

Na also, geht doch, dachte Marie und musste grinsen.

MITTWOCH,
11. SEPTEMBER 2019

Kapitel dreißig

Das heiße Wasser prasselt auf meine Schultern, und ich spüre, wie sich meine verspannten Muskeln lockern. Es ist alles glattgelaufen, obwohl die deutsche Schlampe mich fast erwischt hat. Ich hatte gar nicht mehr daran gedacht, dass Marie Lindner seit ein paar Monaten ganz in meiner Nähe wohnt. Aber erkannt hat sie mich Gott sei Dank nicht. Im Polizeifunk war nur zu hören, dass die Beamten sich auf die Ausfahrten rund um Palma konzentrieren sollten. Von meinem Mietauto und auch dem Kennzeichen war die Rede, aber eine Personenbeschreibung wurde nicht durchgegeben.

Den Wagen habe ich nun sicherheitshalber hinter dem alten Haus stehen lassen. Carolines Leiche habe ich mühelos auch in meinem Seat wegschaffen können. Für Victoria werde ich das gemietete Auto auch nicht mehr benutzen. Das wäre definitiv zu riskant. Sobald ich mit der ganzen Aktion fertig bin, werde ich mir überlegen, wie ich den Nissan von der Bildfläche verschwinden lasse. Ich verstehe wirklich nicht, wie die Bullen auf einmal an das Nummernschild gekommen sind. Klar hatte ich Pech, als Montagnacht auf dem Rückweg von dem Torre Picada auf einmal ein Auto hinter mir auftauchte. Aber wenn die Insassen sich an das Kennzeichen erinnert hätten, dann hätte die Polizei ja schon am Montag und nicht erst gestern nach meinem Wagen gefahndet. Und warum hätte sich überhaupt jemand das Kennzeichen merken sollen?

Aber mir darüber den Kopf zu zerbrechen, bringt mich jetzt auch nicht weiter. Zunächst muss ich mich um Victoria kümmern.

Als ich vorhin Carolines Leiche abholte, habe ich einen kurzen Blick in ihre Zelle geworfen. Das junge Ding war schweißdurchnässt, die Augen weit aufgerissen, und ihr Herz raste. Wahrscheinlich habe ich es mit 400 Mikrogramm Euthyrox doch ein wenig übertrieben. Morgen gebe ich ihr erst mal nur 100 Mikrogramm. Sonst fällt sie mir noch so schnell um wie Caroline, bevor ich überhaupt das erste Video von ihr veröffentlicht habe.

Ich steige aus der Duschkabine und hülle mich in meinen weißen Bademantel. Dann trete ich vor das Waschbecken. Der Spiegel ist vom Wasserdampf vollkommen beschlagen. Mit der flachen Hand wische ich darüber und betrachte mich. In meinem Gesicht erkenne ich Müdigkeit, aber gleichzeitig auch die Genugtuung, die meinen ganzen Körper durchströmt. Ein klares Zeichen dafür, dass ich nach allem, was passiert ist, endlich das Richtige mache. Vorbei sind die Jahre des Verkriechens, des Mitleids und des Nichtstuns. Jetzt, wo ich handle, fühle ich mich endlich wieder lebendig.

Ich werfe einen Blick auf meine Armbanduhr, die ich neben das Waschbecken gelegt habe. Es ist 4:10 Uhr. Leider konnte ich mir an diesem Morgen nicht freinehmen. In ein paar Stunden beginnt meine Schicht. Aber für ein kurzes Nickerchen reicht die Zeit auf jeden Fall. Ich verlasse das Bad und gehe in mein Schlafzimmer. Dort ziehe ich mir einen sauberen Schlafanzug an und überprüfe ein letztes Mal, ob die Weckfunktion auf meinem Smartphone richtig eingestellt ist. Dann lege ich mich ins Bett und falle innerhalb von wenigen Minuten in einen tiefen Schlaf.

Kapitel einunddreißig

Ein anhaltendes, wiederkehrendes Geräusch vermischte sich in ihren Traum und wurde immer lauter. Schlagartig öffnete Silvia die Augen. Ihr Telefon auf dem Nachttisch klingelte. Sie blickte auf die Digitalanzeige des Weckers.

»Verdammter Mist«, entfuhr es ihr.

8:10 Uhr. Sie hatte verschlafen.

Hastig fuhr sie sich mit der Zunge über ihre staubtrockenen Lippen und griff nach dem Handy. Der Anruf kam vom Polizeirevier. *»Sí?«,* sagte Silvia leicht benommen.

»Bon dia, Silvia.« Es war Maria Antonia. »Entschuldige, wenn ich störe. Aber hier hat gerade die Ortspolizei von Costitx angerufen. Sie haben eine Leiche gefunden. Eine junge Frau. Es scheint sich wohl um die vermisste deutsche Influencerin zu handeln.«

Jetzt war Silvia hellwach. »O nein! Nein, nein, nein.«

»Ja, es ist schrecklich«, erwiderte ihre Sekretärin. »Die Presse hat Gott sei Dank wohl noch keinen Wind von dem Fund bekommen, aber …«

»Bitte gib mir direkt den Namen und die Nummer des Beamten aus Costitx durch«, unterbrach Silvia sie.

»Ja, natürlich«, sagte Maria Antonia und nannte ihr Namen und Telefonnummer.

Silvia beendete das Gespräch und starrte auf den Fußboden. Sie hatten versagt, die junge Deutsche war gestorben. Sie hatten sie nicht retten können. Wut stieg in ihr hoch. Doch jetzt war nicht der Zeitpunkt, sich zu grämen. Sie mussten weiterermitteln, damit sie wenigstens Victoria Palmer rechtzeitig fanden.

Mit einem Satz sprang sie aus dem Bett und lief ins Bad, um sich rasch fertig zu machen. Marie, Mateu und Fernando würde sie vom Auto aus benachrichtigen.

Vierzig Minuten später erreichte sie die Abzweigung der Landstraße, die die Dörfer Sencelles und Costitx verband. Sie parkte ihren Wagen hinter einem Fahrzeug der Policía Local und lief auf die rekonstruierten Steinsäulen der bekannten Ausgrabungsstätte zu. Eine junge Polizistin war gerade damit beschäftigt, die Zone mit Absperrband einzugrenzen.

Silvia wandte sich an einen der Beamten, der gerade etwas aus seinem Auto holte. »*Bon dia,* ich bin Comisaria Fiol. Sie müssen unbedingt weiter unten einen Streifenwagen positionieren. Die Presseleute sind bestimmt bald vor Ort. Es muss umgehend dafür gesorgt werden, dass niemand hier Zutritt bekommt.«

Der Polizist musterte sie misstrauisch. »Keine Sorge, Frau Comisaria, *unsere* Kollegen sind schon unterwegs. Wenn *Ihre* Kollegen aus Palma so lange brauchen, bis sie hier sind, ist das nicht unsere Schuld!«

Sie war versucht, ihm eine patzige Antwort um die Ohren zu hauen, aber in diesem Moment hielt ein Wagen der Spurensicherung direkt neben ihnen. Auch Fernando war mit an Bord. Der Gerichtsmediziner stieg aus dem Auto und strich sich sein Hemd glatt.

»Ah, *meine* Kollegen sind ja schon da!«, sagte Silvia. »Also lassen wir die Machtspielchen. Wir haben keine Zeit zu verlieren. Bitte konzentrieren Sie sich darauf, dass hier vorerst niemand Weiteres durchkommt.«

Der Polizist sah sie argwöhnisch an. Aber er erwiderte nichts, sondern nickte kaum merklich. Silvia wandte sich von ihm ab und ging zu Fernando.

»Gut, dass du direkt mitgekommen bist«, sagte sie zu dem Gerichtsmediziner.

»In anderthalb Stunden habe ich einen Friseurtermin.« Fernando fuhr sich demonstrativ durch die dunkelblonden Haare. »Ich hoffe, dass wir bis dahin fertig sind.«

Silvia sah ihn fassungslos an. »Wie bitte? Hast du sie noch alle? Wir reden hier von einem Serienmörder, der gerade einen weiteren Menschen umgebracht und anscheinend noch ein Mädchen entführt hat, und du sorgst dich um deine Frisur?«

»Mann, Silvia, das war ein Witz!«, entgegnete er. »Du bist auch nicht mehr die von früher. Normalerweise hast du eine weitaus schnellere Auffassungsgabe. Ja, ja, meine Liebe, das Alter setzt auch dir allmählich zu.«

Silvia schüttelte ungläubig den Kopf. Warum konnte Fernando selbst an den schlimmsten Tatorten nicht einmal seine sarkastische Zunge zügeln? Aber wahrscheinlich war es einfach seine Art, mit dem Schrecken umzugehen, mit dem er sich tagtäglich auf seinem Obduktionstisch konfrontiert sah.

Sie beschloss, nicht weiter auf seinen Kommentar einzugehen. »Also, ich hab dir ja gerade schon am Telefon ein paar Details genannt. Ein Rentner aus Costitx hat vor gut einer Stunde auf seinem Morgenspaziergang die Leiche gefunden und daraufhin sofort die Ortspolizei verständigt.«

Sie kamen an der jungen Polizistin vorbei, die noch immer mit dem Absperrband zugange war, und sahen nun den leblosen Körper, der im Gras zwischen den Steinsäulen lag.

»Guck mal«, sagte Fernando sofort, als er die Leiche von Weitem erblickte. »Das ist ja schon mal interessant. Zwar trägt sie nur einen Bikini, aber Schuhe hat sie trotzdem an. Vielleicht um wieder Malereien in ihnen zu verstecken?«

»Genau daran habe ich auch gerade gedacht«, sagte Silvia. Sie waren bei dem toten Mädchen angelangt. »Mein Gott, ist sie dünn, nur Haut und Knochen.«

»Aber sie ist es eindeutig«, sagte Fernando. »Ich habe mir ein paar ihrer Videos angeguckt. Sie war auch zu Lebzeiten schon sehr mager. Ich habe ja noch nie verstanden, was manche Männer an diesen Hungerhaken finden. Aber jedem das Seine, nicht wahr?«

Silvia ignorierte seine Frage und kniete sich vor die Leiche. Caroline Stern lag mit ausgestreckten Gliedmaßen auf dem Rücken. Ihre toten Augen waren weit aufgerissen und von dunkler, verschmierter Wimperntusche umringt. Die platinblonden Haare waren strähnig und an den Schläfen verklebt. Die Lippen waren rissig und leicht geöffnet. Wahrscheinlich hatte sie tagelang kaum etwas zu trinken bekommen. Auch ihr Körper machte einen dehydrierten Eindruck. Aber Silvia konnte auf den ersten Blick nichts an ihrer Haut erkennen, das auf Verletzungen oder einen gewaltsamen Tod hindeutete. »Meinst du, der Täter oder die Täterin hat sie verhungern lassen?«

Fernando betrachtete die Leiche einen Moment lang. Dann streifte er sich Silikonhandschuhe über und kniete sich neben Silvia. Mit Zeigefinger und Daumen zog er ein wenig an der Oberschenkelhaut der Toten. »Verhungert oder verdurstet. Ihre Haut ist vollkommen ausgetrocknet. Aber wie du weißt, kann ich die exakte Todesursache erst nach einer genauen Obduktion feststellen.«

Silvia neigte sich über den leblosen Körper und versuchte, in den leicht geöffneten Mund zu schauen. »Guck bitte, ob sie auch etwas im Mund versteckt hat.«

»Zu Befehl!« Fernando schob seine rechte Hand langsam zwischen Caroline Sterns Lippen und begann, Gaumen und Backen abzutasten. »Nee, hier ist nichts.« Er zog die Hand wieder aus dem Mund der Leiche. »Aber lass uns mal in den Schuhen gucken.«

Silvia schaute auf die Füße der Toten. Die grünen Ballerinas passten farblich exakt zu dem Bikini, den die ehemalige Influencerin trug. Sie machte sich eine mentale Notiz, zu überprüfen, ob Caroline Stern ebendiese Schuhe schon auf der Videoaufnahme vor dem Coffeeshop getragen hatte.

Fernando löste den linken Ballerina-Schuh sanft von Caroline Sterns Fuß. Dann griff er mit der Hand in den Schuh. »Volltreffer! Hab ich es mir doch gedacht.« Er holte ein gefaltetes Papier heraus und öffnete es vorsichtig. »Wow!«, stieß er hervor, als er einen Blick auf das Bild geworfen hatte.

»Was ist? Zeig schon her!«

Er drehte es in ihre Richtung. Silvia beugte sich vor, um die Malerei besser zu erkennen. In der Bildmitte befand sich ein Skelett mit langen Krallen an den knöchrigen Fingern. Aber das Gruseligste war eine Art Sprechblase, die dem Skelett zu beiden Seiten aus dem Mund wuchs und in die furchtbar verzerrte Fratzen, dämonenartige Wesen und Totenköpfe gemalt waren.

»Was zum Teufel?«, brachte Silvia hervor und verzog das Gesicht. Dann fiel ihr Blick auf die untere rechte Ecke des Bildes. *25.3.2017 M.P.V.* stand dort. »Wieder die gleichen Initialen.«

»Ja, aber die Stilrichtung des Künstlers scheint sich ein bisschen geändert zu haben.« Fernando zog eine Augenbraue hoch.

»Meinst du, das Skelett hat etwas mit Carolines magerem, knochigem Körper zu tun?«, fragte Silvia. »Soll es womöglich eine Metapher darstellen?«

»Keine Ahnung, was in dem Hirn eines Psychopathen vorgeht. Das ist dein Spezialgebiet, meine Liebe. Aber lass mich erst mal in den anderen Schuh gucken.«

Vorsichtig schob er das Bild in eine Klarsichtfolie, die er aus seinem Arbeitskoffer geholt hatte. Dann zog er Caroline auch den rechten Schuh aus. Ein weiteres zusammengefaltetes Blatt kam zum Vorschein. Er öffnete es, pfiff durch die Zähne und hielt es dann Silvia unter die Nase.

Im Gegensatz zu den dunklen Farben und Grautönen des ersten Bildes war dieses regelrecht farbenfroh. Ein riesiges orange, rot und gelb leuchtendes Feuer nahm fast die gesamte Papierfläche ein. Aber auch diese Malerei ließ Silvia einen kalten Schauer über den Rücken laufen. Denn zwischen die auflodernden Flammen waren hier ebenfalls verzerrte Gesichter und teuflische Gestalten gemalt.

Silvia runzelte die Stirn. »Sieht für mich wie der bildliche Ausdruck der Hölle aus. Und auch hier sind die gleichen Initialen.«

»Also, für mich stellen diese Bilder das krasse Gegenteil zu denen dar, die wir in Xavier Colomers Schuhen gefunden haben«, sagte Fernando. »Und es handelt sich ja eindeutig um denselben Künstler.«

Silvia starrte noch immer auf die Flammen der zweiten Malerei. »Vom Paradies in die Hölle«, murmelte sie. »Aber was verdammt noch mal will uns der Mörder damit sagen?«

»Mir kommt da so eine Idee«, sagte Fernando. »Aber dir sicherlich auch, oder?«

»Dass Magerwahn einen in eine emotionale Hölle treibt?«, fragte Silvia und sah ihn direkt an.

»Genau«, erwiderte Fernando und grinste. »Siehst du, deine Gehirnzellen funktionieren doch noch einwandfrei.«

Silvia fuhr sich mit den Fingern über ihre Stirnnarbe. »Aber warum waren dann so fröhliche Bilder in Xavier Colomers Schuhen? Ich meine, er wurde ja auch mit seiner eigenen Medizin – in seinem Fall dem Fitnesswahn – in den Tod getrieben.«

»Und wenn die Bilder uns mitteilen wollen, dass aus einem fröhlichen Menschen durch Mager- und Fitnesswahn ein depressiver Mensch werden kann?«

Silvia presste die Lippen zusammen. »Ja, das könnte sein, aber ...« Sie hielt inne, denn in dem Moment fiel ihr etwas ein. »Verdammte Scheiße!«

»Was ist?«

»Ich habe gestern vollkommen vergessen, Agustina Vidal und ihrer Tochter die Malereien zu zeigen!«

Fernando sah sie fragend an. »Wer bitte schön ist Agustina Vidal?«

»Egal, Fernando, ich hab jetzt keine Zeit«, sagte sie und holte rasch das Handy aus ihrer Handtasche. »Leg mir bitte die Bilder so hin, dass ich schnell ein paar Fotos von ihnen schießen kann.«

»Aye, aye, Käpten.«

Nachdem Silvia die Fotos gemacht hatte, griff sie nach ihrer Handtasche und erhob sich. »Ich muss los. Melde dich bitte sofort, wenn ihr auf etwas Wichtiges stoßt.«

Dann lief sie zurück zu ihrem Wagen und ignorierte dabei den erstaunten Blick des Dorfpolizisten, mit dem sie zuvor diskutiert hatte.

Kapitel zweiunddreißig

Andreas, es tut mir leid, aber ich kann gerade wirklich nicht sprechen«, sagte Marie. Sie ließ die imposante Basílica de Sant Francesc links liegen und bog in eine kleine Seitengasse.

»Schatz, gestern Abend hast du mich auch schon abgewimmelt«, erwiderte er. »Ich mache mir Sorgen um dich. Marie, du bist schwanger, und wir sollten schleunigst zum Frauenarzt.«

Marie verdrehte die Augen und war froh, dass er ihren Gesichtsausdruck nicht sehen konnte. »Lass uns bitte später darüber sprechen. Wir haben eine weitere Leiche, eine dritte Person ist entführt worden und ich muss dringend zu einer Befragung.«

»Caroline Stern ist auch tot?«, fragte Andreas sofort.

»Leider, ja, aber ich kann jetzt wirklich nicht weitersprechen. Behalte diese Information vorerst für dich.«

»Ja, natürlich. Bitte pass auf dich auf! Und Marie ...« Er stockte einen Moment. »Ich liebe dich.«

Marie musste unwillkürlich lächeln. Trotz der leichten Übelkeit, die sie auch an diesem Morgen verspürte, wurde ihr warm ums Herz. Ja, sie liebte Andreas trotz allem, was vorgefallen war, immer noch. Dessen war sie sich in den vergangenen Tagen deutlich bewusst geworden. Und vielleicht war die plötzliche Schwangerschaft wirklich ein Zeichen dafür, dass ihre Ehe noch eine zweite Chance verdiente. »Ich liebe dich auch«, sagte sie mit leicht brüchiger Stimme.

Einen Augenblick war es still in der Leitung. Dann räusperte Marie sich. »Ich muss los. Ich melde mich.«

Sie beendete das Gespräch und atmete tief durch. Dann schaute sie auf die Straßenkarte ihres Handys. Tolo Pons' Wohnung befand sich in dieser Gasse. Eigentlich hatte Marie direkt nach Cala Rajada fahren wollen, um Ruth und Julia Heinrich die traurige Nachricht von Carolines Tod persönlich zu überbringen. Aber Silvia hatte darauf bestanden, dass Marie umgehend Agustina Vidals Sohn aufsuchte, der nur ein paar Straßen von ihrer Wohnung entfernt lebte. An Maries Stelle war die englischsprachige Kollegin der Personenfahndung damit beauftragt worden, Carolines Familie zu informieren. Marie war damit nicht ganz einverstanden gewesen und fühlte sich schlecht, Carolines Mutter und Schwester nicht selbst gegenüberzutreten. Aber sie hatte eine Diskussion mit Silvia vermeiden wollen.

Glücklicherweise hatte Marie Tolo Pons direkt erreicht. Da er von zu Hause aus arbeitete, hatte er sofort eingewilligt, dass sie ihn aufsuchte. Der Mallorquiner hatte am Telefon einen sympathischen Eindruck gemacht und Marie gar nicht auf die Hausdurchsuchung seiner Mutter am gestrigen Tag angesprochen.

Marie hatte die Haustür erreicht und drückte auf die Klingel mit den Namen »Tolo Pons und Ingrid Ábalos.« Kurz darauf ertönte ein Summen, und Marie öffnete die Tür. Über eine steile Steintreppe erreichte sie den zweiten Stock. Sie schluckte hart und versuchte, die Übelkeit zu ignorieren. Dann drückte sie die Klingel der Wohnungstür. Sofort wurde die Tür geöffnet, und ein gutaussehender dunkelhaariger Mann Ende zwanzig lächelte sie an.

Marie reichte ihm die Hand. »Tolo Pons? Ich bin Marie Lindner, vielen Dank, dass Sie direkt Zeit hatten.«

Er schüttelte ihre Hand. Sein Händedruck war angenehm sanft. »Ja, kein Problem. Meine Mutter war gestern ziemlich aus dem Häuschen. Ich habe mir schon gedacht, dass die Polizei auch bei mir bald auf der Matte steht. Das ist ja schon alles eine komische Geschichte. Ich meine, der verschwundene Führerschein und Personalausweis.« Er zog die Augenbrauen hoch, lächelte dabei aber noch immer. »Aber kommen Sie erst mal rein. Meine tratschenden Nachbarn müssen unser Gespräch ja nicht unbedingt mit anhören.«

Marie folgte ihm ins Innere. Die Wohnung hatte eine gewisse Ähnlichkeit mit Lillys Apartment, in dem Marie gerade wohnte. Eine Altbauwohnung, die perfekt saniert worden war und in der jedes Detail stimmte.

Er musste ihren Blick aufgefangen haben. »Ich bin Architekt und mag große, helle Räume. Das sieht man, oder?«

»Ja, sehr schön«, sagte Marie. »Sind Sie allein zu Hause?«

»Ja, meine Frau arbeitet als Beamtin in der Verwaltung hier im Rathaus, sie verlässt schon um 7:30 Uhr die Wohnung.«

Marie nickte.

»Setzen Sie sich«, sagte er und deutete auf ein cremefarbenes Sofa. »Kann ich Ihnen einen Kaffee anbieten?«

Liebend gern hätte Marie jetzt einen starken Milchkaffee getrunken, aber sie rief sich ihre Schwangerschaft ins Gedächtnis. Obwohl sie kaum Ahnung von den Lebensmitteln hatte, die Schwangere besser nicht zu sich nehmen sollten, war ihr doch bekannt, dass Kaffee dazugehörte.

»No, gracias«, sagte sie. »Ich würde Ihnen gerne ein paar Fragen stellen.«

»Ja, sicher.« Er zog einen der weißen Designerstühle vom Esstisch weg, stellte ihn vor das Sofa und ließ sich darauf nieder. »Fragen Sie ruhig.«

»Waren Sie und Ihre Frau gestern Nacht zu Hause?«

Nun änderte sich sein Gesichtsausdruck und er sah sie irritiert an. »Meine Frau und ich? Gestern Abend? Warum wollen Sie das wissen? Ich dachte, es geht um die Ausweispapiere meiner Mutter.«

»Ja, darum geht es auch. Aber können Sie mir trotzdem kurz diese Frage beantworten?«

Er zuckte mit den Achseln. »Wenn Sie meinen, dass diese Information Ihnen irgendwie weiterhelfen kann … Also, Ingrid und ich waren gestern zum Abendessen bei Freunden in Cala Major. Ich glaube, wir waren so gegen Mitternacht zurück und sind dann direkt ins Bett gegangen, weil wir ja beide früh aufstehen müssen.« Er beugte sich vor und hob eine Fluse vom Teppich auf.

Maries Blick glitt an seinem geneigten Kopf vorbei zur Wand hinter ihm. Von einer Sekunde auf die andere stellten sich ihr die Haare im Nacken auf. Instinktiv sprang sie vom Sofa auf und trat auf die Wand zu. Sie hörte ihr eigenes Blut in den Ohren rauschen, während sie das gerahmte Bild betrachtete, das ihre Aufmerksamkeit erregt hatte. Eine kleine Bucht, eine strahlende Sonne, blauer Himmel, spielende Kinder am Strand. Maries Augen glitten in die untere Ecke rechts. *12.08.2015 M.P.V.*

»Was ist los, Frau Lindner?«, fragte Tolo Pons. Er stand direkt hinter ihr.

Marie schrak zusammen. Sie drehte sich zu ihm um und wich einen Schritt vor ihm zurück. »Woher haben Sie dieses Bild?«

Er sah verdutzt auf das Aquarell. »Das hier? Was ist damit?«

Maries Puls war auf hundertachtzig, und sie hatte Mühe, Ruhe zu bewahren. »Bitte, antworten Sie auf meine Frage.«

Tolo Pons zuckte erneut mit den Achseln. »Ich verstehe langsam gar nichts mehr. Das Bild ist von meiner Großcousine Marina. Sie hat es mir damals zu meinem fünfundzwanzigsten Geburtstag geschenkt, aber …«

»Wo ist das Mädchen?«, unterbrach Marie ihn.

»Das wollte ich ja gerade sagen.« Er senkte den Kopf. »Die Arme ist leider vor zwei Jahren verstorben. Sie war erst siebzehn.«

Marie versuchte, seine Worte einzuordnen. »Woran ist sie gestorben?«

»An Herzversagen, es war alles sehr tragisch.«

»An Herzversagen? So ein junges Mädchen? War sie schwer krank?«

»Die Arme war magersüchtig.«

Maries Gedanken überschlugen sich. Doch bevor sie ihre nächste Frage formulieren konnte, sprach Tolo Pons schon weiter.

»Sie erlitt den Herzstillstand, während sie im Fitnessstudio trainierte.«

»Starb sie auf dem Laufband?«, fragte Marie.

Tolo Pons sah sie erstaunt an. »Ja, genau. Woher wissen Sie das? Und warum interessiert Sie das alles überhaupt?«

Marie ging nicht auf seine Frage ein. Endlich hatten sie eine richtige Spur. »Marinas Eltern sind also Ihr Großonkel und Ihre Großtante?«

»Ja, Marinas Mutter ist die Cousine meiner Mutter. Aber Onkel Enrique ist schon vor über zehn Jahren gestorben. Meine Großtante hat Marina alleine aufgezogen.« Er blickte an ihr vorbei und schien einen Moment seinen Gedanken nachzuhängen. »Es war sehr schwer für sie, über den Tod ihres einzigen Kindes hinwegzukommen. Aber ganz ehrlich haben wir auch nie sonderlich engen Kontakt gehabt. Und nach dem schrecklichen Tod hat sie sich noch weiter von uns allen abgekapselt. Jeder hat eben so seine eigene Art, mit einem schweren Verlust umzugehen, nicht wahr?«

Marie holte tief Luft. »Wie heißt Ihre Großtante, Herr Pons?«

Er lächelte leicht. »Vielleicht kennen Sie sie ja sogar. Soweit ich weiß, arbeitet sie immer noch im Verwaltungswesen der Policía Nacional.«

Marie schluckte. »Wie ist ihr Name?«

»Ich versteh zwar immer noch nicht, warum Sie das alles wissen wollen, aber gut, meine Großtante heißt Maria Antonia Vidal.«

Marie riss die Augen auf. »Maria Antonia? Silvia Fiols Sekretärin?« Ihr war bewusst, dass sowohl der Vorname *Maria Antonia* als auch der Nachname *Vidal* auf Mallorca weit verbreitet waren, aber dies konnte kein Zufall sein. Sie erinnerte sich an die schwarz gekleidete Frau, die gestern Nacht über den Rathausplatz geeilt war. Ihr war sofort etwas Vertrautes an der Gestalt aufgefallen. Und jetzt wusste sie auch, warum. Es war die große, kräftige Statur von Silvias Sekretärin gewesen, die so ungewohnt für die eher kleinen Mallorquinerinnen war. Sie musste sofort Silvia verständigen.

»Frau Lindner? Ist alles in Ordnung mit Ihnen?« Tolo Pons sah sie verständnislos an.

»Äh, ja«, Marie zeigte auf das gerahmte Bild. »Kann ich das mitnehmen? Es ist wirklich sehr wichtig.«

Der junge Mann zog eine Augenbraue hoch. »Ich verstehe gar nichts mehr. Können Sie mir vielleicht bitte jetzt einmal erklären, was hier los ist? Ich dachte, Sie wären wegen der verschwundenen Ausweispapiere meiner Mutter hier.«

Plötzlich fiel Marie etwas ein. »Herr Pons, ich habe noch eine wichtige Frage. Wissen Sie, ob Ihre Großtante in den vergangenen Wochen Ihre Mutter besucht hat?«

»Nein, das glaube ich nicht. Meine Familie hat kaum mehr Kontakt zu Maria Antonia.« Dann hellte sich sein nachdenklicher Gesichtsausdruck auf. »Aber Moment, mir fällt gerade ein, dass ich sie im Krankenhaus antraf, direkt nach der Knieoperation meiner Mutter. Sie kam gerade aus Mutters Zimmer, als ich ihr begegnete. Ich weiß noch, dass sie es eilig hatte und nicht sehr gesprächig war.«

In Maries Kopf formten sich allmählich alle Ereignisse zusammen. Sie nahm das gerahmte Bild von der Wand und klemmte es sich unter den Arm.

Tolo Pons schüttelte den Kopf. »Also wirklich, ich empfinde es als Frechheit, dass Sie nicht auf meine Fragen antworten und einfach mein Eigentum an sich nehmen. Habe ich als Bürger denn überhaupt keine Rechte mehr?«

»Ich gebe Ihnen mein Wort, dass ich Ihnen alles erklären werde«, sagte Marie, während sie zur Wohnungstür ging. »Aber ich muss jetzt wirklich los.« Sie ließ den verwirrten Mallorquiner im Flur stehen und eilte aus dem modernen Apartment.

Kapitel dreiunddreißig

Ich schaue der ach so tollen Comisaria Fiol hinterher, wie sie in ihrem Büro verschwindet. Wie immer hat sie mich kaum eines Blickes gewürdigt, diese arrogante Kuh. Wie gern hätte ich ihr dämliches Gesicht gesehen, als sie Carolines Leiche entdeckt hat. Ich habe wirklich das Gefühl, dass sie noch immer vollkommen im Dunkeln tappen. Aber gut so. Ein paar Videos von Victorias Zustand durch die Überdosis Euthyrox werde ich noch posten. Alle Welt soll sehen, was dieses Teufelszeug anrichtet. Aber dann werde ich mich absetzen. Es ist alles vorbereitet. Dann kann ich endlich dieser Stadt mit all ihren schmerzhaften Erinnerungen an dich für immer den Rücken kehren.

Mein Blick fällt auf den Fotorahmen neben meinem Computer. Du strahlst mich mit deinem wunderschönen fröhlichen Lächeln an. Die Aufnahme entstand vor deiner Krankheit, die mir für immer mein liebes, glückliches Mädchen nahm. Ich weiß, dass es auch meine Schuld war. Ich erkannte dein Leiden erst, als du schon vollkommen verloren warst. Anfangs dachte ich einfach, dass es dir guttun würde, dich sportlich zu betätigen und gesünder zu essen. Du verlorst deinen Babyspeck und verbrachtest immer mehr Zeit im Fitnessstudio. Doch dann wurdest du immer dünner, hast kaum mehr etwas von meinem Essen angerührt und dich stundenlang im Bad eingeschlossen. Du hast dir knappe Klamotten gekauft, dich mich Make-up zugekleistert und wurdest immer süchtiger nach deinem Handy.

Als ich dann eines Tages beim Saubermachen deines Zimmers die entsetzlichen Malereien entdeckte, wusste ich, dass die Sache ernst war. Du hattest so ein Talent gehabt. Immer hattest du diese farbenfrohen Bilder gemalt. Aber die Bilder, die ich fand, hatten jegliche Fröhlichkeit verloren. Stattdessen waren sie der Ausdruck eines Menschen, der in seiner eigenen Hölle gefangen war. Ich erinnere mich, wie ich dasaß, an deinem roten Schreibtisch, die furchtbaren Bilder in meiner Hand, und nicht aufhören konnte zu weinen. Doch das war noch nicht alles.

An jenem Morgen durchsuchte ich dein Zimmer und stieß auf die Euthyrox-Tabletten. Und auf dein Tagebuch, das du unter der Matratze versteckt hattest. Ja, ich weiß, eine Mutter sollte niemals in den Sachen ihrer heranwachsenden Tochter schnüffeln. Aber ich war verzweifelt, ich hatte solche Angst um dich. Ich verschlang die Aufzeichnungen deines Tagebuchs, und erst da wurde mir das volle Ausmaß deiner Erkrankung bewusst. Du schriebst von deinen Idolen, von Xavier, Caroline, Victoria und noch anderen Internetsternchen. Aber diese drei hatten es dir besonders angetan. Du befolgtest Xaviers extremes Sportprogramm, hieltest dich an Carolines Abnehmtipps und nahmst genau wie Victoria täglich 75 Mikrogramm L-Thyroxin ein, obwohl du gar keine Unterfunktion der Schilddrüse hattest.

Ich beschloss, zu handeln. Am selben Tag noch vereinbarte ich einen Termin bei einem der renommiertesten Psychologen Palmas und begann, über deine Krankheit zu recherchieren. Ich wollte alles tun, um dir zu helfen. Doch ich erreichte dich gar nicht mehr. Als ich an jenem Abend das Gespräch mit dir suchte, blocktest du vollkommen ab, zogst dich in dein Zimmer zurück und gingst mir aus dem Weg. Ich versuchte es immer wieder, aber je mehr ich mich bemühte, desto weniger Zeit verbrachtest du zu Hause. Ich spielte sogar mit dem Gedanken, mich über deinen Willen hinwegzusetzen und dich in eine Klinik einweisen zu lassen. Aber ich hatte Angst, dass du dich dann vollkommen von mir abwenden würdest. Hätte ich es doch bloß getan! Ich war mit den Nerven am Ende und wusste nicht mehr, was ich machen sollte.

Und dann kam der schlimmste Tag meines Lebens. Das Datum wird für immer in meinem Gedächtnis eingebrannt bleiben. Es war ungefähr eine Stunde nachdem du unsere Wohnung verlassen hattest. Ich hatte an diesem Tag Nachmittagsdienst und war zu Hause, als das Telefon klingelte.

»Ja?«, meldete ich mich.

»Guten Tag, spreche ich mit Maria Antonia Vidal?«, erklang eine weibliche Stimme am anderen Ende der Leitung.

»Ja, wer sind Sie?«, fragte ich. Instinktiv verspürte ich bereits in diesem Moment Besorgnis.

»Mein Name ist Lydia, ich rufe vom Fitnessstudio Illes Sport an. Könnten Sie bitte hierherkommen? Ihre Tochter hatte einen Unfall.«

In mir zog sich alles zusammen. »Was ist mit Marina?«, brachte ich heraus.

»Sie ist auf dem Laufband zusammengebrochen. Ein Krankenwagen ist schon unterwegs.«

Ich legte auf und rannte nur mit Bademantel und Hausschuhen bekleidet die fünfhundert Meter von unserer Wohnung zum Sportstudio. Als ich dort ankam, war der Krankenwagen schon eingetroffen. Ich bahnte mir einen Weg durch die umherstehenden Schaulustigen und erblickte deinen ausgestreckten Körper neben dem Laufband. Zwei Sanitäter knieten über dir. Gerade als ich mich an sie wenden wollte, hörte ich, wie der jüngere zu dem älteren sagte: »Keine Chance, sie ist tot.«

Die Welt um mich herum begann sich zu drehen. Die Stimmen der Umherstehenden drangen nur noch wie aus weiter Entfernung zu mir durch. Ich spürte, wie die Tränen meine Wangen hinabliefen und meinen Blick verschleierten. Meine Beine entglitten mir, ich konnte mich nicht mehr aufrecht halten. Ich fiel zu Boden, sah besorgte Gesichter über mir. Dann verlor ich das Bewusstsein.

Als ich wieder aufwachte, lag ich selbst im Krankenwagen, und einer der Sanitäter redete beruhigend auf mich ein. Ich wurde ins Krankenhaus Son Espases gebracht, man verabreichte mir hoch dosierte Beruhigungstabletten und behielt mich über Nacht dort. Am nächsten Tag besuchte mich ein freundlicher Arzt und erklärte mir deine genaue Todesursache. Die sportliche Überlastung im Zusammenhang mit der geringen Nahrungszufuhr hatten dein Herzversagen verursacht. Wie ich außerdem später erfuhr, hatte die Autopsie ergeben, dass die Hormontabletten einen schädlichen Einfluss auf die korrekte Funktion deiner Organe ausgeübt hatten.

»*Buenos días,* Maria Antonia.« Marie Lindners Stimme holt mich in die Gegenwart zurück.

Rasch wische ich mir eine Träne aus den Augenwinkeln und setze mich aufrecht hin. Ich mühe mir ein falsches Lächeln ab und grüße die große Deutsche. Genau wie Silvia schenkt auch sie mir keine weitere Aufmerksamkeit. Sie hat mich wohl gestern Nacht wirklich nicht erkannt. Aber sie scheint außer Atem und sieht verschwitzt aus. Warum nur? Wo kommt sie denn gerade so eilig her? Im Polizeifunk war nichts von ihr zu hören.

Sie rauscht an mir vorbei und verschwindet ebenfalls in Silvia Fiols Büro. Mateu Fuster ist vorhin auch schon zu ihr rein. Ich frage mich, was die drei dort machen. Sollten sie nicht lieber draußen sein und nach einem Mörder suchen? Vielleicht sind sie ja so planlos, dass sie sich erst einmal stundenlang beraten müssen, bevor sie weitere Schritte einleiten. Aber irgendwie kommt mir die ganze Situation auch ein wenig komisch vor.

Kapitel vierunddreißig

»Du meinst wirklich, dass wir hier untätig herumsitzen sollen, während unsere gesuchte Person direkt nebenan sitzt?« Mateu Fuster sah sie zornig an.

»Ja, verdammt noch mal«, blaffte Silvia zurück. »Ist es denn so schwer zu verstehen, dass wir erstens noch gar keinen handfesten Beweis haben, um Maria Antonia festzunehmen, und zweitens – und das ist momentan das Allerwichtigste – wir Victoria Palmer lebend finden müssen. Und das können wir nur, indem wir Maria Antonia beschatten und ihr auf Schritt und Tritt folgen.«

Silvia verschränkte die Arme vor der Brust und starrte auf ihren Schreibtisch. Es fiel ihr immer noch schwer, sich ihre langjährige Sekretärin als Serienmörderin vorzustellen. Aber als Marie ihr am Telefon aufgeregt von ihrer Entdeckung in Tolo Pons' Wohnung berichtete, hatte sie sich sofort an den Tod von Maria Antonias Tochter erinnert. Silvia hatte Marina zwar nie persönlich kennengelernt und hatte auch gar nicht gewusst, dass das Mädchen unter Magersucht gelitten hatte, aber sie erinnerte sich an mehrere Wochen vor zwei Jahren, als Maria Antonia krankgeschrieben und nicht zur Arbeit gekommen war. Silvia und Ramón waren damals wie zahlreiche andere Kollegen zu Marinas Beerdigung gegangen. Maria Antonia war am Boden zerstört gewesen, und Silvia hatte nicht gewusst, was sie für ihre Sekretärin tun konnte. Sie hatten nie ein inniges Verhältnis zueinander gehabt. Es war mehr Ramón als Silvia gewesen, der damals die richtigen Worte gefunden hatte.

Als Maria Antonia Wochen später wieder ihre Arbeit aufnahm, trat sie so professionell wie eh und je auf, und ihr Hang zu Ordnung und Organisation hatte sich noch weiter verschärft. Silvia musste sich eingestehen, dass sie feige gewesen war. Sie hatte gedacht, dass es das Beste sei, ihre Sekretärin nicht weiter auf den furchtbaren Tod ihrer Tochter anzusprechen. Aber das war wohl eindeutig die falsche Entscheidung gewesen. Warum hatte sie sich nicht mehr um sie gesorgt? Warum war sie oft nur so empathielos? Vielleicht hätte sie, wenn sie sich mehr für Maria Antonia interessiert und stärker nachgehakt hätte, all dieses Grauen vermeiden können. Dann wären nicht zwei junge, gesunde Menschen auf so erbärmliche Weise zu Tode gekommen. Aber es war nicht mehr zu ändern. Sie hatte einen Fehler begangen, aber sie durfte sich jetzt keine Vorwürfe machen, sondern musste sich voll und ganz darauf konzentrieren, Victoria zu retten.

»Wir könnten sie aber auch direkt festnehmen und sie mit den Tatsachen konfrontieren!« Mateu war näher an Silvias Schreibtisch getreten. »Wir verlieren wertvolle Zeit. Vielleicht liegt Victoria Palmer schon längst im Sterben, und wir sitzen hier tatenlos herum!«

»Mateu, es ist zu gefährlich!«, entgegnete Silvia. »Was ist, wenn wir Maria Antonia festnehmen und sie einfach die Aussage verweigert? Wenn sie eisern schweigt? Dann finden wir Victoria Palmer womöglich nie.«

»Ich wäre dafür, dass wir umgehend ihre Wohnung durchsuchen. Vielleicht hält sie das Mädchen ja dort gefangen.«

Es klopfte an der Tür.

»Das muss Marie sein«, murmelte Silvia. »Komm rein«, rief sie dann.

Marie trat herein und schloss eilig die Tür. Dann nickte sie sowohl Mateu als auch Silvia knapp zu. Silvia fielen ihre roten

Wangen auf. »Alles gut?«, fragte sie, während sich die große Deutsche auf einen Stuhl vor ihrem Schreibtisch fallen ließ.

»Puh, ehrlich gesagt, kann ich das alles noch gar nicht fassen«, sagte Marie. »Maria Antonia. Was meint ihr? Ihr kennt sie ja viel besser und länger als ich.«

Silvia wechselte einen raschen Blick mit Mateu. »Ja, im ersten Moment war ich auch geschockt, als du mir alles am Telefon erzählt hast. Aber sie muss es sein. Es passt alles zusammen. Ich meine, wie sollte sonst jemand an die Bilder von Marina kommen? Und vor allem: Wieso sollte er sie in den Schuhen der Leichen verstecken?«

Mateu legte die Handflächen auf Silvias Schreibtisch. »Und gerade deshalb sollten wir endlich handeln. Wir müssen sie festnehmen und umgehend verhören.«

Bevor Silvia etwas erwidern konnte, wandte sich Marie an ihn. »Das war auch mein erster Gedanke. Aber die Gefahr, dass sie dann einfach dichtmacht und wir Victoria Palmers Aufenthaltsort nicht herausbekommen, ist leider gegeben.«

»Ich habe mit Miguel Capó gesprochen«, warf Silvia ein. »Wie ihr wisst, kann der Wachmann von seinem Arbeitsplatz aus Maria Antonia sehen und …«

»Du hast Miguel eingeweiht?«, unterbrach Mateu sie.

Silvia funkelte ihn an. »Nein, natürlich nicht! Lass mich doch erst mal ausreden!« Sie atmete genervt aus. »Ich habe Miguel nur Anweisungen gegeben, dass er mich sofort verständigen soll, falls Maria Antonia ihren Arbeitsplatz verlässt.«

»Und was ist, wenn er der Sekretärin das bereits erzählt hat?«, fragte Mateu. »Du weißt doch selbst, was für Tratschtanten wir hier auf dem Revier haben.«

»Reg dich nicht so auf!«, sagte Silvia. »Für Miguel lege ich beide Hände ins Feuer. Er arbeitet schon seit über zwanzig

Jahren hier und hat sich noch nie auch nur den kleinsten Fehler erlaubt. Ich vertraue ihm zu hundert Prozent.«

»Also gut«, meldete sich Marie zu Wort. »Wie ist dann der genaue Plan, Silvia?«

»Maria Antonia ist heute mit dem Auto zur Arbeit gekommen«, sagte sie. »Ich habe eben, bevor ihr gekommen seid, zusammen mit Lucas Carrasco einen GPS-Sender am rechten Außenspiegel ihres Seats angebracht. Der Informatiker hat mir das Ortungsprogramm schon auf meinem Handy installiert.«

Marie und Mateu schauten sie erstaunt an.

»Wie habt ihr das denn so schnell gemacht?«, fragte die Deutsche.

Silvia strich sich eine Haarsträhne hinters Ohr. »Ja, ich war auch überrascht, dass das so einfach abläuft. Aber Lucas hat dafür nicht einmal zehn Minuten gebraucht.«

»Also ist dein Plan, dass wir Maria Antonia folgen, sobald sie das Präsidium verlässt?«, fragte Marie.

»Ja«, erwiderte Silvia. »Und da ich der Technik trotz allem nicht hundertprozentig traue, will ich, dass wir ihr dicht auf den Fersen bleiben und versuchen, den Wagen im Blick zu behalten. Es ist meiner Meinung nach zu riskant, nur auf den GPS-Sender zu setzen.«

»Das ist aber ebenfalls riskant«, warf Mateu ein. »Was ist, wenn sie mitbekommt, dass du ihr folgst? Deinen Dienstwagen kennt sie ja wohl. Und meinen und Maries bestimmt auch.«

Silvia nickte. »Genau aus dem Grund habe ich meinen Wagen schon mit dem eines Kollegen aus der Drogenfahndung getauscht. Den Ford kennt sie bestimmt nicht. Ich habe den Wagen bereits vor dem Revier so geparkt, dass wir Maria Antonia direkt folgen können, wenn sie mit ihrem Seat aus der

Tiefgarage fährt. Ich habe vorhin auf ihren Stundenplan geschaut. Sie arbeitet heute nur bis 14 Uhr. Marie, du und ich gehen vorher schon runter und …«

Es klopfte an der Tür. Silvia runzelte die Stirn. Wer war das schon wieder? »Ja?«, rief sie.

Maria Antonias Kopf lugte zwischen Tür und Türrahmen hervor. Schlagartig stellten sich die feinen Härchen auf Silvias Unterarm auf. Hatte sie womöglich an ihrer Bürotür gelauscht? Aber sofort beruhigte sie sich wieder, denn dies war kaum möglich. Die Wände waren sehr dick und die Tür massiv. Sie hätten schon richtig laut reden müssen, damit die Sekretärin irgendetwas hätte verstehen können.

»Entschuldigt die Störung«, sagte Maria Antonia und fasste sich an den Kopf. »Silvia, ich habe ziemliche Kopfschmerzen. Ist es in Ordnung, wenn ich jetzt schon Feierabend mache und nach Hause gehe?«

Mist, Mist, Mist, dachte Silvia, aber sofort kam ihr eine Idee. »Oh, das tut mir leid, Maria Antonia. Ja, du kannst gleich gehen. Aber ich brauche dich noch kurz für eine Sache. Bitte warte eben, ich bin sofort bei dir.«

Die Sekretärin nickte. »Ist gut, ich bin an meinem Schreibtisch.« Dann zog sie die Tür wieder hinter sich zu.

Marie und Mateu starrten sie an.

»Was jetzt?«, fragte Marie leise.

»Wir müssen sie auf der Stelle verhaften.« Mateu presste die Zähne zusammen. »Wie sollen wir vor ihr bei dem Wagen sein, ohne dass sie etwas merkt?«

Silvia holte den Schlüssel des Fords aus ihrer Handtasche und überreichte ihn Marie. »Ihr beide geht jetzt runter und setzt euch in den Ford. Ich werde währenddessen Maria Antonia ein paar Minuten mit irgendeiner Aufgabe beschäftigen und sie dann nach Hause schicken. Sobald sie weg ist, komme ich sofort runter. Sie muss durch den Hinterausgang, der zur Tiefgarage führt. Ich verlasse das Gebäude durch den Vorderausgang. Falls sie trotz allem schon aus der Garage kommt, bevor ich bei euch bin, dann folgt ihr, und ich besorge mir ein anderes Auto und komme hinterher.« Sie blickte erst Marie, dann Mateu an. »Alles klar?«

»Okay, verstanden«, sagte Marie knapp und stand auf.

Mateu schaute ein wenig mürrisch. »Ja, in Ordnung.« Er erhob sich ebenfalls. »Wenn das mal alles gut geht.«

Kapitel fünfunddreißig

Also war meine Sorge, dass sie irgendetwas im Schilde führen, unbegründet. Sie sind vollkommen auf der falschen Fährte. Anscheinend verdächtigen sie im Moment diesen alten deutschen Macker, mit dem Caroline eine Affäre hatte. Silvia wollte unbedingt noch, dass ich ihr einen Katasterauszug vom Grundstück dieses Herbert Kirchner heraussuche. Frau Comisaria ist ja in vielem richtig tough, aber dass sie immer noch keinen Plan hat, wie die Website des Catastros zu bedienen ist … So clever, wie sie immer tut, ist sie auf jeden Fall nicht. Egal, das Wichtige ist, dass sie in die falsche Richtung ermitteln und mir das zugutekommt. Aber trotz allem habe ich ein komisches Gefühl im Magen. Eine innere Stimme sagt mir, dass es Zeit ist, die ganze Aktion schnellstmöglich zu erledigen.

Ich bin am Ende der Avingudes angekommen. Ich schaue auf das ruhige Meer, das sich vor mir erstreckt, während ich darauf warte, dass die Ampel auf Grün springt. Als sich die Autos vor mir in Gang setzen, biege ich links ab und fahre am Kongresshotel vorbei in Richtung Autobahn. Ich habe beschlossen, direkt zu Victoria zu fahren. Ich bin so müde, dass ich mich zu Hause sonst bestimmt ins Bett legen würde. Aber ausruhen kann ich mich auch später auf der Finca noch, während ich darauf warte, dass das L-Thyroxin bei Victoria seine volle Wirkung zeigt. Ich werde ihr heute ganze 600 Mikrogramm verabreichen und die hoffentlich extremen Nebenwirkungen auf ihrem YouTube-Kanal hochladen. Falls sie dadurch schon den Geist aufgibt, werde ich ihre Leiche direkt heute Nacht wegschaffen. Wenn nicht, bekommt sie morgen zum Frühstück eine noch höhere Dosis serviert.

Eine gute halbe Stunde später erreiche ich endlich mein Grundstück. Ich stelle den Seat hinter dem Nissan ab und steige aus. Nachdem ich die Hintertür des Hauses geöffnet habe, bleibe ich einen Moment lang in der Küche stehen und überlege, ob ich mir erst noch einen starken Kaffee kochen soll. Ich entscheide mich dafür und hole die Aluminiumkanne aus dem unteren Küchenschrank. Ich gebe Kaffeepulver und Leitungswasser in die Kanne und stelle sie dann auf die Gasflamme des Herds.

Während ich darauf warte, dass das Wasser kocht, schweift mein Blick über den Küchentisch. Sofort überkommt mich erneut eine tiefe Traurigkeit. Ich sehe dich vor mir, wie du an dem Tisch sitzt und mit herausgestreckter Zunge konzentriert auf ein Blatt Papier malst. Dann schaust du zu mir auf und grinst mich an, bevor du dich erneut deinem Bild widmest. Damals, vor deiner Krankheit, haben wir hier oft in der Abgeschiedenheit der Natur die Wochenenden verbracht. Ich habe gekocht und gelesen, du hast den ganzen Tag gemalt. Du wolltest Kunstgeschichte studieren. Ich bin mir so sicher, dass du eine erfolgreiche Karriere vor dir hattest. Du hattest solch ein Talent.

Das Brodeln des kochenden Wassers holt mich in die Gegenwart zurück. Ich wische mir eine Träne von der Wange und schalte den Herd aus. Dann nehme ich mir eine Tasse aus dem oberen Küchenschrank, mische den heißen Kaffee mit Milch aus dem Kühlschrank und spüle die hellbraune Flüssigkeit hinunter. Trotz der Milch ist der Kaffee stark, und ich hoffe, dass das Koffein rasch seine Wirkung entfaltet.

Nachdem ich die leere Tasse in die Spüle gestellt habe, gehe ich in den Flur, hole den Schlüsselbund aus meinem Rucksack und schließe Victorias Zimmer auf. Als ich eintrete, erschrecke ich. Victoria liegt vollkommen regungslos auf dem Rücken. Ihre Beine sind ausgestreckt, die Hände liegen mit den Handschellen auf ihrem Bauch.

Ich überlege kurz. Es ist unmöglich, dass sie nur wegen der paar Tabletten von gestern schon ins Gras gebissen hat. Ich gehe auf sie zu, stelle meinen Rucksack ab und knie mich neben sie. Noch immer rührt sie sich nicht. Ich beuge mich über sie, um nach ihrem Puls zu fühlen. Gerade als ich ihren Hals berühren will, sehe ich aus den Augenwinkeln, wie sich blitzschnell ihre Hände heben. Doch ich habe keine Zeit mehr zu reagieren. Das Metall der Handschellen um ihre Handgelenke trifft mich mit voller Wucht an der Schläfe, und ich kippe mit dem Kopf zur Seite. Ich versuche, mich aufzurichten und sie zu packen, doch das Biest steht plötzlich über mir. Ich sehe nur noch ihren Fuß, den sie mit voller Kraft gegen meinen Kopf rammt.

Kapitel sechsunddreißig

Marie tat es Silvia und Mateu Fuster gleich und kletterte die circa zwei Meter hohe Steinmauer hinauf. Sie verdrängte den Gedanken, dass sie mit ihrer Kletterei womöglich ihre Schwangerschaft gefährdete, und schob ihre Füße in größere Steinöffnungen, um besser hochzukommen.

Silvia hatte es tatsächlich geschafft, zu ihnen in den Wagen zu kommen, bevor Maria Antonia aus der Tiefgarage des Polizeipräsidiums gefahren war. In einiger Distanz waren sie dem Seat der Sekretärin erst durch Palmas Innenstadt und dann auf der Autobahn Richtung Manacor gefolgt. Bevor sie das Dorf Montuïri erreichten, zeigte Silvias Handy an, dass der dunkelblaue Seat rechts auf einen asphaltierten Weg abgebogen war. Sie hatten eine Minute am Straßenrand gewartet, dann waren sie dem Wagen gefolgt.

Nach einer kurzen Strecke verwandelte sich der asphaltierte Weg in eine Schotterpiste. Da der Weg einsam dalag und sie auf kein anderes Fahrzeug trafen, war es zu riskant gewesen, weiterzufahren und womöglich von Maria Antonia entdeckt zu werden. Daher hatten sie den Ford vor einem verlassen aussehenden Anwesen stehen lassen und waren zu Fuß weitergegangen.

Dann war der blaue Punkt auf Silvias Handy plötzlich dreihundert Meter von ihrer Position entfernt stehen geblieben. Maria Antonia musste ihr Ziel erreicht haben. Sie hatten die Kollegen aus Palma benachrichtigt und sicherheitshalber Verstärkung angefordert.

Nach einem zehnminütigen Fußmarsch waren sie bei dem Grundstück angelangt, an dem der blaue Punkt zum Stehen gekommen war.

»Ich hoffe nur, dass hier nicht gleich eine Alarmanlage angeht«, flüsterte Marie, nachdem sie die Steinmauer auf der anderen Seite wieder hinuntergeklettert war.

»Da habe ich auch schon dran gedacht«, sagte Mateu, der sich neben ihr einen Weg durch das dichte Gebüsch bahnte. »Aber am Eingangstor vorne habe ich weder ein Schild von der Sicherheitsfirma Trablisa noch von Securitas Direct gesehen.«

»Und einen Wachhund scheint sie auch nicht zu haben«, sagte Silvia. »Sonst hätten wir ihn bestimmt schon bellen gehört.«

Hoffentlich, dachte Marie. Zwar liebte sie Hunde, aber die riesigen schwarzen *Pastors Mallorquins,* die die Einheimischen bevorzugt auf ihren Fincas hielten, konnten schon sehr angsteinflößend sein.

»Da«, sagte Silvia, die zwei Meter vor Mateu durch die wilde Vegetation ging. »Seht ihr die Autos hinter dem Steinhaus?«

Jetzt sah Marie die Fahrzeuge ebenfalls. Der blaue Seat stand hinter einem grauen Geländewagen. Zwar konnte Marie ihn aus der Entfernung nicht richtig erkennen, aber es konnte durchaus sein, dass es sich um einen Nissan X-Trail handelte.

»Wir müssen sofort da rein«, sagte Silvia, während sie ihre Pistole aus dem Holster zog. »Ich schlage vor, dass wir uns aufteilen. Es sieht so aus, als hätte das Haus mehrere Eingänge. Marie übernimmt den Hintereingang, Mateu die Vordertür, und ich dringe über die Terrasse ein. Wenn wir sie von allen Seiten umzingeln, kann sie nicht entkommen.«

»Ist das nicht ein bisschen riskant, wenn wir da einfach so eindringen?«, warf Marie ein. »Was ist, wenn Maria Antonia in Panik gerät und das Mädchen direkt tötet?«

Silvia starrte sie an. »Und du meinst, es stellt kein Risiko für Victoria Palmer dar, wenn wir abwarten, bis Maria Antonia vielleicht auch sie zu Tode quält?«

Noch bevor Marie etwas erwidern konnte, ergriff Mateu Fuster das Wort. »Ich finde, Marie hat recht. Es wäre ziemlich unverantwortlich, da jetzt einfach reinzugehen.«

Marie war froh, dass sie nicht alleine mit ihrer Meinung dastand.

Silvia wirkte irritiert, hob dann jedoch resigniert die Schultern. »Also gut, wie ihr meint.« Sie steckte demonstrativ die Pistole zurück ins Holster.

Marie war erstaunt, dass Silvia nicht wie gewohnt ihren Willen einfach durchsetzte. Aber wahrscheinlich sah sie selbst ein, dass die Situation heikel war und sie sich nicht einfach gegen zwei ihrer Kollegen stellen konnte.

Marie trat noch näher an die beiden heran. »Ich würde vorschlagen, dass wir uns so positionieren, wie du gesagt hast, aber anstatt in das Haus einzudringen, warten wir draußen. Maria Antonia wird bestimmt nicht ewig da drinnen bleiben. Und sobald sie herauskommt, nehmen wir sie fest. So gefährden wir Victoria Palmers Leben nicht.«

Mateu nickte. »Dem stimme ich zu.«

Silvia verzog kaum merklich den Mund, nickte dann jedoch ebenfalls. »Okay, dann lasst uns auf unsere Posten gehen und hier nicht weiter herumstehen.«

So lautlos, wie es ihnen möglich war, bahnten sie sich einen Weg durch das Gestrüpp bis zu dem alten Steinhaus. Als sie nur noch wenige Meter von dem Gebäude entfernt waren, trennten sie sich.

Marie ging gebückt an den geparkten Fahrzeugen vorbei. Wie erwartet, handelte es sich bei dem grauen Geländewagen um den gesuchten Nissan X-Trail. Das Kennzeichen stimmte mit dem, das sie auf der Videoaufnahme gesehen hatte, überein. Sie ging an den Autos vorbei und schlich weiter, die zwei Steinstufen hinauf, die zur Hintertür des Hauses führten. Auch hier an der Hinterseite waren alle Blendläden verschlossen. Nirgends konnte man ins Innere blicken.

Mit gezückter Waffe lehnte sie sich an die Holztür und lauschte. Bildete sie sich das nur ein, oder hatte sie gerade ein Geräusch vernommen, so als wäre irgendwo da drinnen etwas umgefallen? Sie presste ihr Ohr noch näher an die Tür, aber alles schien still. Doch plötzlich hörte sie Schritte. Ja, eindeutig! Da lief gerade jemand durch das Haus.

Marie hörte ihr eigenes Herz schlagen. Die Schritte schienen näher zu kommen. Maria Antonia wollte anscheinend das Haus durch die Hintertür verlassen. Marie umklammerte noch fester den Griff ihrer Pistole und positionierte sich direkt neben der Tür. Jetzt hörte sie, wie der Schlüssel im Schloss umgedreht wurde. Sie hielt den Atem an und richtete ihre Waffe direkt auf den Eingang. Die Tür wurde aufgerissen.

»Hände hoch, sofort!«, schrie Marie, noch bevor sie Maria Antonia erblickte.

Doch zu ihrem Erstaunen erschien nicht die Sekretärin im Türrahmen, sondern ein erschrocken dreinblickendes Mädchen. Die Augen in ihrem aufgedunsenen Gesicht waren stark gerötet. Sie trug keine Schuhe, und ihr gelbes Sommerkleid starrte vor Schmutz. Ehe Marie irgendetwas sagen konnte, begann das Mädchen zu schreien.

»Beruhigen Sie sich, ich bin Polizistin«, sagte Marie mit gedämpfter Stimme. Ihre Gedanken überschlugen sich. Wenn

Victoria hier vor ihr stand, wo zum Teufel war dann Maria Antonia? »Sind Sie in Ordnung? Wo ist Ihre Entführerin?«

»Sie ist da drinnen, sie hat ein Messer!«, schrie das Mädchen.

In dem Moment kamen Silvia und Mateu mit gezückten Waffen um die Ecke gerannt.

»Was ist hier los? Wer hat gerade …« Silvia verstummte, als sie das Mädchen erblickte. »Verdammt! Wo ist Maria Antonia?«

»Sie müssen da rein, sie hat ein Messer!«, schrie Victoria erneut.

»Moment«, sagte Mateu und horchte auf. »Ich meine, ich habe gerade ein Geräusch gehört.«

»Aus welcher Richtung?«, fragte Silvia.

»Ich glaube, von der anderen Seite.«

»Los, das muss Maria Antonia sein«, sagte Silvia. »Wahrscheinlich versucht sie zu entkommen. Mateu, lauf du nach links, ich nach rechts. Marie, bleib hier bei dem Mädchen und behalte die Hintertür im Blick.«

Bevor Marie etwas erwidern konnte, war Silvia schon losgerannt.

Kapitel siebenunddreißig

Silvia umrundete das Haus und erblickte sofort die offen stehende Terrassentür, vor der sie bis eben, als sie den Schrei hörte, gelauert hatte. Sie verfluchte sich selbst für ihre Unachtsamkeit.

Mit halb zusammengekniffenen Augen suchte sie das Grundstück ab, und da sah sie Maria Antonia. Sie lief circa zweihundert Meter von ihr entfernt über das Grundstück auf ein Wäldchen zu. Ohne weiter nachzudenken, rannte Silvia ihr hinterher. Aber die Sekretärin legte ein unerwartet schnelles Tempo vor, und Silvia hatte Mühe, sie nicht aus den Augen zu verlieren. Nun bereute sie es, den ganzen Sommer über kaum Sport getrieben zu haben.

Sie biss die Zähne zusammen und versuchte, die bereits einsetzenden Seitenstiche zu ignorieren. So groß war Maria Antonias Vorsprung nicht. Bestimmt würde sie diese Geschwindigkeit nicht lange aufrechterhalten können. Doch falls sie den Wald erreichte, wäre es leicht für sie, zu entkommen. Silvia bemühte sich, schneller zu rennen, aber sie konnte die Distanz zwischen ihr und der Sekretärin nicht verringern.

Aus einiger Entfernung hörte sie Mateu nach ihr rufen. Aber sie wollte keine wertvollen Sekunden verlieren und unterdrückte den Drang, sich umzudrehen. Maria Antonia hatte nun fast den Wald erreicht.

»*Merda*«, fluchte Silvia. Einen kurzen Moment später konnte sie die große Frau nicht mehr sehen. Nun musste sie vorsichtig sein. Maria Antonia war bewaffnet. Zwar hielt Silvia es für unwahrscheinlich, dass die Frau sie angreifen würde. Bestimmt wollte sie nur auf schnellstem Weg entkommen. Trotzdem beschlich Silvia ein ungutes Gefühl, als sie endlich den dichten Waldrand erreichte. Sie lief langsamer, denn sie hatte keine Ahnung, in welche Richtung die Sekretärin gerannt war. Während sie sich nach allen Seiten umwandte, horchte sie angestrengt in die Stille.

Plötzlich vernahm sie ein Knacken im Unterholz. Mit gezückter Waffe huschte sie in die Richtung, aus der das Geräusch gekommen war. Etwas bewegte sich hinter einem Busch. Silvia hielt den Atem an und richtete die Pistole auf das Gebüsch. »Komm raus, Maria Antonia, es hat keinen Sinn, dich weiter zu verstecken. Du machst alles nur noch schlimmer.«

Sie erhielt keine Antwort. Aber die Zweige des Rosmarinstrauches bewegten sich erneut. Mit einem Satz sprang Silvia hinter den Busch, die Pistole fest umklammert. Eine kauende Bergziege starrte sie gelangweilt an.

»Scheiße!«, rief Silvia. Im selben Moment rannte die Ziege erschrocken davon.

Erschöpft lehnte sie sich an den dicken Baumstamm hinter ihr. Wahrscheinlich war es besser, auf Verstärkung zu warten und zusammen mit den Kollegen das gesamte Gebiet zu durchforsten. Früher oder später würden sie Maria Antonia finden. Von Weitem hörte sie Mateu, der immer noch nach ihr rief. Gerade wollte sie sich aufrichten und in seine Richtung zurückkehren, als sie spürte, dass etwas auf ihren Kopf tropfte. Schlagartig griff sie sich an die Stirn und schaute auf ihre Fingerspitzen.

Blut. Was zum Teufel …?

Silvia wich einen Schritt zur Seite und schaute den Baumstamm empor. Doch bevor sie ihre Waffe aufrichten konnte, stürzte sich Maria Antonia auf sie. Silvia fiel rückwärts zu Boden. Im selben Moment spürte sie einen stechenden Schmerz in der linken Schulter. Maria Antonia saß auf ihr, ihre Hand hatte einen Messergriff gepackt. Die Klinge steckte in Silvias Schulter.

Silvia bekam kaum Luft, aber sie hielt noch immer die Pistole mit der rechten Hand umklammert. Maria Antonia zog das Messer aus der klaffenden Wunde und hob es nun drohend an. »Es tut mir leid, Chefin. Aber es geht nicht anders.«

Mit letzter Kraft presste Silvia ihre Dienstwaffe an Maria Antonias Oberschenkel und drückte ab. Die große Frau schrie auf vor Schmerz und kippte zur Seite. Trotz der pochenden Schmerzen in der Schulter richtete Silvia sich rasch auf und verpasste Maria Antonia einen Tritt. Nun lag sie vor ihr, mit dem Bauch auf dem Boden.

»Du Miststück!«, keuchte Maria Antonia und versuchte, sich aufzurichten. »Ich hätte dich sofort töten sollen!«

Silvia stürzte sich von hinten auf sie. Sie packte Maria Antonias Hände und drückte sie ihr auf den Rücken. Gerade als sie ihr Handschellen anlegte, erschien ein schnaufender Mateu vor ihr.

»Alles in Ordnung?«, stieß er hervor. »Du blutest stark!«

Silvia antwortete nicht. Ihre linke Schulter brannte wie Feuer. Sie ließ die Handschellen einschnappen. Dann rollte sie sich von der bewegungsunfähigen Sekretärin ab und sackte erschöpft zu Boden.

Drei Monate später

Marie

Andreas hielt ihre Hand fest umschlungen. Marie hatte das Gefühl, dass er noch aufgeregter war als sie selbst. Der Gynäkologe hatte ihr soeben das kühle Gel auf den Bauch verteilt und begann nun mit der Ultraschallsonde über ihre Haut zu fahren. Maries Puls beschleunigte sich. Seit Tagen hatte sie an diese Untersuchung gedacht, und je näher der Termin rückte, desto nervöser war sie geworden. Wahrscheinlich war es ein Fehler gewesen, in letzter Zeit so viel über eine Schwangerschaft in ihrem Alter zu lesen. Nun plagten sie zahlreiche Sorgen, dass dem Baby irgendetwas fehlen könnte.

Sie schloss die Augen und versuchte, an etwas Erfreuliches zu denken. Die vergangenen Monate mit Andreas waren sehr schön gewesen. Nach dem erfolgreichen Abschluss der Ermittlungen und Maria Antonias Festnahme hatte sie sich mit Andreas ausgesprochen und war zurück auf ihre Finca nach Sóller gezogen. Sie hatten sich gemeinsam um die anfallenden Tätigkeiten im Hotel gekümmert, aber hatten gleichzeitig auch viel Zeit zu zweit verbracht. Sie hoffte, dass nun endlich eine neue Etappe in ihrem Leben begann, die sie mit all den schrecklichen Erlebnissen der vergangenen Jahre abschließen ließ.

»Na, das sieht ja alles hervorragend aus«, sagte der Arzt.

Marie öffnete die Augen. »Wirklich?«

Sie spürte, wie Andreas' Griff um ihre Hand sich lockerte. Auch er schien über die Worte des Arztes erleichtert.

»Kopf, Nasenknochen und Nackenfalte – alles tipptopp«, sprach der Arzt weiter. »Und an Ihren Blutwerten, Frau Lindner, ist auch nichts auszusetzen.«

Marie überkam eine ungekannte Glückseligkeit. Einen Moment lang kam sie sich vollkommen albern vor, wie sie dalag, den Bauch mit Gel beschmiert, und mit einem breiten Grinsen im Gesicht und unfähig, ein Wort herauszubringen.

»Das ist großartig!«, sagte Andreas. Dann neigte er sich zu ihr und küsste ihre Stirn. »Ich freu mich so«, flüsterte er.

»Und …«, der Arzt fuhr noch immer die Sonde über Maries Bauch und blickte auf das Ultraschallbild, »das Geschlecht kann ich auch schon erkennen. Wollen Sie es denn wissen?«

Marie sah Andreas an. Bei all der Sorge wegen der Untersuchung hatte sie gar nicht daran gedacht, dass sie heute schon erfahren konnten, ob sie ein Mädchen oder einen Jungen erwarteten.

»Ja, das wollen wir«, sagte Andreas.

»Also, Sie bekommen ein kleines Mädchen.« Jetzt grinste auch der Gynäkologe. »Herzlichen Glückwunsch!«

»Oh, wirklich?«, rief Andreas. »Schatz, ein Mädchen!«

Marie wusste nicht, was sie sagen sollte. Sie war so überglücklich, dass sie einfach keine Worte fand. Andreas griff erneut nach ihrer Hand, und sie sah, dass er Tränen in den Augen hatte. Nun konnte auch sie sich nicht mehr zurückhalten und begann, hemmungslos zu schluchzen.

Silvia

Sie öffnete die Augen und wusste im ersten Moment nicht, wo sie war. Über ihr baumelte ein ausgeschalteter Deckenventilator, der an diesem kalten Dezembermorgen vollkommen fehl am Platz wirkte. Silvia drehte den Kopf ein wenig zur Seite und schaute auf Davids nackten Rücken. Ihr Freund – mittlerweile konnte sie ihn wirklich als ihren Freund bezeichnen – stand am Fenster seines kleinen Stadtapartments und schaute verträumt über die Dächer Madrids.

Bei seinem Anblick musste sie schmunzeln. Er schien völlig in Gedanken versunken. Am Vortag war sie nach Madrid gekommen. Da sowohl der sechste als auch der achte Dezember spanienweite Feiertage waren, hatte sie sich eine Woche freinehmen können. Eine ganze Woche nur für David und sie.

Es war nicht einfach gewesen nach Maria Antonias Festnahme. Die Enthüllung der Identität der Mörderin hatte sowohl auf dem Polizeipräsidium als auch in allen Medien riesiges Erstaunen verursacht. Maria Antonias persönliche Geschichte um den frühen Tod ihrer Tochter hatte hohe Wellen geschlagen. In den darauffolgenden Wochen waren auf allen Nachrichtensendern unzählige Reportagen über Mager- und Sportsucht sowie über die extreme Präsenz der sozialen Medien im Leben der heutigen Jugend gezeigt worden. Für Silvia war es im Nachhinein sehr schwer gewesen zu akzeptieren, dass ihre langjährige Sekretärin zu solchen Gräueltaten imstande gewesen war.

Immer wieder hatte sie sich Vorwürfe gemacht, sich damals, nach dem Tod von Marina, nicht um Maria Antonia gekümmert zu haben. Sie hatte immer das Gefühl gehabt, dass ihre Sekretärin nicht über den tragischen Tod ihrer Tochter sprechen wollte. Und da Silvia selbst nicht gut mit tiefen

Emotionen umgehen konnte, hatte sie einfach nicht mehr nachgefragt. Ohnehin musste sie sich eingestehen, dass sie ihre Sekretärin nie richtig gekannt hatte.

Wie traurig es doch war, so viele Jahre in unmittelbarer Nähe mit einem Menschen zu arbeiten, ohne wirklich etwas über seine persönlichen Empfindungen zu wissen. Dies war etwas, das sie sich in Zukunft zu ändern vorgenommen hatte. Bis jetzt war sie zwar in dieser Hinsicht noch nicht wirklich erfolgreich gewesen, aber sie arbeitete täglich ein wenig daran, empathischer gegenüber ihren Mitmenschen aufzutreten.

»Hey, hey«, sagte sie.

David zuckte unmerklich zusammen, drehte sich aber direkt um und strahlte sie an. Wie sehr sie dieses Lächeln mochte. Sie war froh, dass er sich mittlerweile mit ihren oft stressigen und endlos langen Arbeitstagen, an denen sie manchmal einfach vergaß, ihn zurückzurufen, abgefunden hatte. In den vergangenen Monaten hatten sie fast jedes Wochenende gemeinsam verbracht. Meist war sie es, die nach Madrid flog, da er oft auch am Wochenende Konzerte gab. Dann saß sie abends in der ersten Reihe des Teatro Principal, lauschte den Klängen des Orchesters und hatte oft Mühe, die Augen aufzuhalten. Für sie war und blieb Klassik zwar schön, aber ein richtiger Fan dieses Musikstils würde sie wohl trotzdem nicht werden.

Sie hatte keine Ahnung, wie es mit David und ihr in Zukunft weitergehen sollte, aber für den Moment gefiel ihr die jetzige Situation sehr gut. Unter der Woche konnte sie sich vollkommen auf ihre Arbeit konzentrieren und die Ruhe ihrer Stadtwohnung genießen, wenn sie irgendwann abends nach Hause kam. Und an den Wochenenden konnte sie ihre Verliebtheit in vollen Zügen genießen und David ihre ganze

Aufmerksamkeit schenken. Sowohl er als auch sie vermieden das Thema Zukunft geflissentlich und konzentrierten sich auf die Tage, die sie zusammen verbrachten.

Er setzte sich auf die Bettkante neben ihr und begann, ihren Arm zu streicheln. Silvia wich instinktiv zurück. Die linke Schulter schmerzte noch immer leicht. Die Stichverletzung, die Maria Antonia ihr zugefügt hatte, war tief gewesen und hatte mehrfach genäht werden müssen. Silvia war zwei Wochen krankgeschrieben worden und hatte Bettruhe verordnet bekommen. Aber sie hatte es nicht ertragen, wie ein Pflegefall behandelt zu werden, und war so schnell wie möglich an ihren Arbeitsplatz zurückgekehrt.

»Oh sorry, ich vergesse es ständig«, sagte er.

Sie lächelte. »Schon gut, es ist wie ein Reflex, den Arm wegzuziehen.«

Er erwiderte ihr Lächeln. »Worauf hast du Lust zum Frühstück?«

Silvia warf die Bettdecke zurück. »*Churros* mit heißer Schokolade!«

»Echt? Das hab ich seit Jahren nicht mehr gegessen.«

Silvia küsste ihn auf den Mund und stand auf. »Na, dann wird es aber Zeit!«

Mord mit französischem Charme –
der neue Nr.-1-Bestseller von Pierre Martin

PIERRE MARTIN

MADAME LE COMMISSAIRE UND DIE PANISCHE DIVA

EIN PROVENCE-KRIMI

Saint-Tropez hat Brigitte Bardot. Fragolin dagegen den Film- und Gesangsstar Colette Gaspard – auch wenn kaum einer weiß, dass die Diva hier geboren wurde. Einziger Kontakt zu ihrem Geburtsort ist ihre Zwillingsschwester Juliette, die noch immer in Fragolin lebt. Genauso wie die Kommissarin Isabelle Bonnet, deren Erholungsmodus jäh unterbrochen wird, als Juliette sie im Namen ihrer berühmten Schwester um Hilfe bittet: Die Künstlerin wird von einem Stalker terrorisiert, der sie mit unheimlichen Anrufen, Drohmails und perversen Botschaften verfolgt. Die Diva bittet Isabelle, den Stalker zu finden und auf sie aufzupassen. Madame le Commissaire lässt sich überreden – und befindet sich plötzlich mitten in ihrem nächsten Fall, der sie für einige Zeit von der Provence nach Paris führen wird. Obwohl sie dort nie mehr hinwollte …
Der achte Fall für Isabelle Bonnet.

KNAUR

Blumig, blutig, feurig: der Showdown
für Ursula Poznanskis Blumenhändlerin

URSULA POZNANSKI

VANITAS – ROT WIE FEUER

THRILLER

Ihre Verfolger haben sie in Wien aufgespürt. Die österreichische Polizei sucht sie in Zusammenhang mit einem Mordfall. Völlig auf sich allein gestellt tritt Blumenhändlerin Carolin die Flucht nach vorne an: Sie fährt nach Frankfurt, in die Hochburg ihrer Feinde, in die Höhle des Löwen. Ausgerüstet mit ihrem Wissen über den russischen Karpin-Clan, über Schwächen, Gewohnheiten und alte Feindschaften ihrer Gegner, beginnt Carolin, Fallen zu stellen und ein Netz aus Intrigen zu weben. Schon bald zieht sie eine blutige Spur durch Frankfurt – nur leider scheint es, als wäre ihre Rückkehr doch nicht unentdeckt geblieben …
Band 3 der Vanitas-Reihe.

»Was Poznanski mit dem ersten Satz verspricht, das hält sie – die Spannung reißt bis zur letzten Seite nicht ab.«
Kronenzeitung

KNAUR

Vorsicht vor dem Krimi-Leseclub aus Rimini!

GIULIA DIE FANO

VIER SIGNORAS UND EIN TODESFALL

EIN RIMINI-KRIMI

Als Annas Vater in seinem Restaurant in Rimini stirbt, stolpert die Profilerin mitten in ihren ganz eigenen Mordfall: Plötzlich ist da eine Tasche mit unerhört viel Geld und am Morgen nach der Beerdigung treibt eine Leiche in ihrem Swimmingpool – ihr Nachbar aus Berlin! Den kennt sie aber kaum, und einen Grund, ihn umzubringen, hat sie schon gar nicht – nur glaubt ihr das natürlich niemand. Zum Glück kann sie auf die Unterstützung ihrer drei besten Freundinnen vom Krimi-Leseclub setzen. Die haben nämlich neben Witz, Charme und Schneid auch das detektivische Know-how, um jeden Fall zu lösen ... Wäre da nicht ein verliebter Commissario, der Anna nicht aus den Augen lässt.

Der erste Fall für Anna Antonelli – für alle, die Italien lieben und von spannenden Krimis in traumhafter Urlaubs-Kulisse nicht genug kriegen können.